英国王妃の事件ファイル⑨

貧乏お嬢さまと時計塔の幽霊

リース・ボウエン　田辺千幸 訳

Malice at the Palace

by Rhys Bowen

コージーブックス

謝辞

友情と、わたしのような作家に対する支援と、ジャイアンツのチケットに感謝をこめて、本書をカレン・メイヤーズに捧げる。バックネット裏の席は最高！

素晴らしい手紙を送ってくれて、わたしが登壇するイベントに足を運んでくれるレディ・ジョージーのすべてのファンに感謝を。

そしていつものように、わたし自身のハートのクイーンである人々に感謝を。編集者のジャッキー・キャンター、そして素晴らしいエージェントのメグ・ラリーとクリスティーナ・ホグレブ。あなたたちと共に仕事ができることはこのうえない幸せだと、毎日感じています。もちろん最初の読者であり、常にわたしの鼻を折ってくれるジョンのことも忘れてはいません！

歴史に関する覚書

イギリス王室の名が汚されたとお考えの方もおられるかもしれませんが、本書は史実に基づいています。

ジョージ王子（ケント公）は放蕩者《ほうとう》として知られていましたが、それは結婚後も変わりませんでした。男女両方の愛人がいて、そのなかにはノエル・カワード、女優のジェシー・マシューズなどがおり、さらには作家のバーバラ・カートランドとも関係があったと噂されています。

狂騒の一九二〇年代に、彼はロンドン社交界の花形で、薬物依存症だったために〝銀の注射器の娘〟と呼ばれていたアリス・〝キキ〟・プレストンと知り合います。ふたりはその後、長年にわたって愛人関係にありました。

ジョージ王子には非嫡出子がいたことが知られていますが、キキが母親だったのか、それとも別の愛人バイオレット・エヴァンズだったのかは定かではありません。伝記作家たちのあいだでも意見が分かれているところです。生まれた子供は出版界の大物のアメリカ人の養子として引き取られました。名前をマイケル・キャンフィールドと言い、のちにリー・ブーヴィエ（ジャクリーン・ケネディの妹）と結婚して有名になりましたが、アルコールと薬物を手放すことができず、ニューヨークからロンドンに向かう飛行機の事故で命を落とします。ジョージ王子にまつわる人々の多くが悲しい最期を迎えています。ジョージ王子自身も第二次世界大戦中、彼の乗る飛行機がスコットランドの山腹で墜落し、死亡しました。墜落原因が操縦士のミスだったのかどうかは、不明のままです。

キキ・プレストンは一九四六年、ニューヨークで五階の窓から身を投げました。バイオレット・エヴァンズはガス自殺しました。

ジョージ王子の行状はあまりに恥ずべきものだったため、死後、彼にまつわる記録は封印され、一般には公開されていません。

それとは対照的に彼の兄アルバート——のちのジョージ六世——は模範的な人生を送り、イギリスが第二次世界大戦という暗黒の日々を切り抜けるために大きく貢献しました。

貧乏お嬢さまと時計塔の幽霊

主要登場人物

ジョージアナ（ジョージー）……ラノク公爵令嬢
クイーニー……ジョージーのメイド
ダーシー・オマーラ……アイルランド貴族の息子。ジョージーの恋人
ベリンダ……ジョージーの学生時代からの親友
デイヴィッド王子……英国皇太子
ジョージ王子……デイヴィッド王子の弟
マリナ王女……ギリシャの王女。ジョージ王子の結婚相手
イルムトラウト女伯……マリナ王女の親戚
ビーチャム＝チャフ少佐……結婚式の臨時責任者
ボボ・カリントン……英国社交界の花形
ジェレミー・ダンヴィル……内務省の役人
ペラム……ロンドン警視庁公安課の警部
ガッシー・ゴームズリー……出版王の息子
トビー・ブレンチリー……下院議員。閣僚

1

一九三四年　一〇月二八日　日曜日
クラボン・ミューズ　ロンドン　SW7

屋外の天気：最悪！
屋内の天気：ぬくぬくとして快適。

今度こそ人生を楽しんでいる。というか、ダーシーがまた秘密の任務でどこかに行っていなければ、楽しめたはず……本当にいらつく人！

ロンドンの基準からすると、暗い嵐の夜だった。もちろん、スコットランド高地にある実家のお城に吹きつけるすさまじいまでの強風にはおよびもつかないが、安全な家のなかにいられてよかったと思うくらいの荒天だ。雨が窓を打ち、屋根のスレートを叩く。風がうなりをあげて煙突から吹きこんでくる。ここがわたしが生まれ育ったラノク城だったなら、冷たい隙間風がタペストリーを大きくたなびかせながら廊下を吹き抜けて、家のなかも戸外と同じくらい不快だっただろう。けれど今夜のわたしはぬくぬくとして居心地よく、ラノク城でないことをおおいに感謝しながら嵐の音を聞いていた。ここはナイツブリッジにある友人ブレンダの馬小屋コテージで、わたしはそこで過ごす日々を満喫していた。

八月末にアメリカから戻ってきたあと――何度目かの夫と手早く離婚したがった母親に連れていかれたのだ――母は例によってごくごく簡単な別れの言葉を残して、再びさっさと旅立っていった。わたしが二歳のときに家を出ていって以来、母はひとり娘のわたしを残していくときにうしろ髪を引かれる様子を見せたことがない。だが今回ばかりは、そんなものがあることすら知らなかった母親らしい感情を垣間見せてくれた。ブラウンズ・ホテルを出ていく際、多額の小切手をわたしに差し出したのだ。

「ああ、ジョージー。ハリウッドでのあなたは素晴らしかったわ。あなたがいなければ、わたしはあんな恐ろしい事態を乗り切れなかった」

母の柄にもない言葉にどう応えればいいのかわからず、わたしは顔を赤らめるばかりだった。「まあ、そんなこと」ようやくそれだけ言った。

「わたしはドイツのマックスのところに帰らなくてはならないけれど、あなたから逃げ出そうとしているなんて思わないでちょうだいね。来てくれればいつだってあなたを歓迎するし、好きなだけいてくれていいのよ」母はわたしの頬にキスをしながら言った。

「ありがとう。でもベルリンにはあまり行きたいとは思わないわ。あのヒトラーとかいうとんでもない小男が権力を握ってからは。いつだって怒鳴り散らして、ふんぞり返っているんですもの」

母は世界中の観客を魅了してきた鈴のような笑い声をあげた。

「あら、彼のことを真剣に受け止めている人なんていないのよ。だってほら、あんな口ひげですもの。一度手にキスされたことがあるけれど、まるでハリネズミと遭遇したみたいだったわ。ドイツ人の士気を高めるにはいいけれど、それほど長続きはしないだろうってマックスは言っているの」

「どちらにしろしばらくは、古きよきイギリスにいるほうがいいわ。ハラハラドキドキするのは、アメリカで過ごしたあの日々で充分よ」

「それじゃあ、スコットランドには帰らないのね？」母が訊いた。

「ええ。ラノク城ではあまり歓迎してもらえないし、ハリウッドにいるあいだはロンドンの自宅を使っていいってベリンダが言ってくれているから。それにお母さまがくれたこの小切手があれば、しばらくは食べるものに困らないわ」

母の美しい顔が曇《くも》った。「ダーリン、食べるものに困ったことがあるの？」

「しょっちゅうよ。紅茶とベイクド・ビーンズで一カ月過ごしたこともあるわ」

「ひどい話ね。ジョージー、なにか必要なものがあれば、そう言ってくれればいいのよ。あなたも知っているとおり、マックスはとんでもなくお金持ちなの。あなたにお小遣いをあげるように彼に頼んだっていいのよ」

「マックスのお金で生きていくわけにはいかないわ、お母さま。おじいちゃんがいやがるもの。ドイツのお金なんてとんでもないって。ドイツ人を憎んでいるか、知っているでしょう？　息子が戦死したあと、おじいちゃんがどれほど
「人は許して、忘れることを学ばなければいけないのよ。いつも父にはそう言っているのに。それにわたしたちが結婚したら――彼のお金はわたしのものにもなるわけだから」母は興奮した様子で両手をあげた。「結婚式には必ず来てちょうだいね！　わたしの花嫁付添人《メイド・オブ・オナー》になってちょうだい」

「本当に彼と結婚するつもり？」わたしは思い切って尋ねた。

「それが彼の望みなら、イエスと答えることになるでしょうね。成り行きを見守るしかないわ。そうでしょう？　さあ、もう行かなくちゃ。臨港列車に乗り遅れてしまうわ。体に気をつけるのよ。それからあの素敵なダーシーと、できるだけ早くベッドを共にすることね。処女は流行遅れだし、そもそも二〇歳を過ぎているのにとんでもないことだわ」

その言葉を残し、母は去っていった。わたしはベリンダのこぢんまりした居心地のいい馬小屋コテージに移り、しばらくは有閑夫人のような日々を過ごした。ひとつだけその幸せな時間に水を差すものがあるとすれば、それはダーシーがまた秘密の任務でどこかに行ってしまったことだった。いつロンドンに戻ってくるのかもわからなければ、連絡を取ることもできない。まったく、本当に腹立たしい人。彼はなにか極秘の仕事（ときにはＭＩ５の覆面捜

査官のようなことをしているのではないかと思うこともあった）をしていて、ブエノスアイレスやカルカッタから唐突に葉書が送られてきたりする。

一段と激しい風が窓枠をがたがたと揺らした。わたしは毛布を引っぱりあげ、ここが安全で暖かいことに安堵しながら、小さなボールのように丸まった。母がくれたお金がいつまでもあるわけではないが、節約すればクリスマスまではもつだろう。なにか仕事を見つけられさえすれば、ベリンダが帰ってくるまで――彼女がハリウッドで衣装デザイナーとして成功すれば、その日ははるか先かもしれない――ここで暮らすことができる。だが夫をつかまえるための教育しか受けていないわたしのような若い女性にできる仕事など、どこにもないように思えた。クリスマスシーズンにどこかのデパートの短期の仕事に応募することも考えてみたが、その話が親戚の耳に入ったら騒ぎになることがわかっていたのであきらめた。

セルフリッジズやガメージのカウンターに立つことにどうして親戚が文句を言うのかと思った人のために言っておくと、彼らはごく普通でもなければ、ありふれた人々でもない。国王陛下と妃殿下だ。わたしの曾祖母はヴィクトリア女王なのでわたしもとりあえずは王室の一員で、それができるだけのお金も与えられていないのに、振る舞いだけはその身分にふさわしいものを求められている。本当に不公平だ。

心配ごとは心の隅に追いやった。いまはすべてが順調だ。メイドのクイーニーがこの数週間留守にしていたから、いたって平穏な日々が続いていた。ウォルサムストー・ハイ・ストリートを横断しているときに路面電車《トラム》と衝突して脚の骨を折った母親の世話をするために、彼女は自宅に戻っている。だが怪我は治ったとのことなので、クイーニーがいつ戻ってきてもおかしくなかった。クイーニーは宇宙史上かつてない最低最悪のメイドだったから、わたしは複雑な思いだった。実をいえば、家族はできるだけ早く彼女をわたしのところに帰らせようとしているのではないかと考えていた。もちろんそれは義務感からなどではなく、一刻も早く彼女から解放されたいからだ。わたしはため息をつくと、楽な姿勢を取ってもっと楽しいことを考えた。うとうとし始めたところで物音が聞こえ、ぱっと目を覚ました。

風と雨の音に交じって、掛け金が開く間違いようのない金属音とドアの開閉音が聞こえた。だれかが家に入ってきている。ベッドに入る前に鍵をかけ忘れたのだろうかと考えてみたが、確かにかけたという記憶があった。わたしはベッドを飛び出した。ベリンダのコテージはとても小さくて、二階にあるのはわたしがいる寝室とバスルームとメイドの部屋だけだ。うろたえてあたりを見回した。強盗が押し入ってきても隠れるところなどない。ベッドを確かめたが、その下は箱とトランクでいっぱいだし、衣装ダンスはベリンダの服であふれている。音を立てないようにして、物置かバスルームまで行くことはできるだろうか？　バスルームをのぞこうとする強盗はいないはずだ。

そろそろとドアを開けてあたりの様子を探ろうとすると、下の廊下から低い話し声が聞こえてきた。なんてこと。ひとりじゃない。武器として使えるものはないかと、わたしは部屋を振り返った。たとえ間に合うようにプラグを抜くことができたとしても、繊細な磁器のテーブルランプでは役に立たないだろう。そのとき、聞いたことのある笑い声がした。ベリンダだ。突然戻ってきたのだ。荷物を運んできたタクシー運転手と話をしているに違いない。ほっとしたのもつかの間、彼女の声がした。

「トビーったら、本当にいけない人ね。ほら、もうやめてちょうだい。手袋をはずすまで待って」

「待てないよ、きみはあんまりおいしそうだからね」低い男の声が言った。「その服を破いて、きみをベッドに押し倒して、うんと楽しむんだ」

「服を破かれるのは困るわ」ベリンダがまた笑った。「お気に入りなんですもの。でも、好きなように脱がせてくれてもいいのよ」

「さぞ素晴らしい眺めだろうな。船で最初にダンスをしたときから、きみとベッドを共にしたくてたまらなかった。だがあそこでは人目が多すぎた。ホテルではなくてきみの家に誘ってくれたのは、素晴らしく気が利いていたよ。わたしのような地位にいる男はいくら注意してもしすぎるということはないからね」

トビー？　大臣のサー・トビー・ブレンチリー？　ふたりが階段のほうへと進んできたので、それ以上考えている暇はなかった。困惑と逡巡にかられながら、ドアのうしろに立ち尽くす。わたしがこの家を、彼女の寝室を使っていることをベリンダは忘れているの？　わたしがここにいるにもかかわらず、大臣とベッドを共にするつもりなの？　そのあいだ、わたしにどこにいろと言うの？　いらだちのあまり、ため息が漏れた。いかにもベリンダらしい。

彼女がくすくす笑いながら言った。

「もう、せっかちなんだから」ふたりが階段をあがってくる。わたしはどうすればいい？　飛び出していって、こう言う？「お帰りなさい、ベリンダ。親友に家を貸していたことを忘れていた？」

サー・トビーは若くない。脅かして心臓発作を起こしたらどうする？　けれど、踊り場を横切ってメイドの部屋まで行っている時間はもうない。かといって、ここにいてふたりのいちゃつく声を聞かされるのはごめんだ。

わたしが決める必要はなくなった。ベリンダが階段を駆けあがってきたのだ。「ほら、早く。ベッドにあとから入ってきた人は意気地なしよ！」

彼女が勢いよく寝室のドアを開けたので、わたしはその背後に閉じこめられる格好になった。顔の前に、彼女がドアに吊るしてあった数枚のガウンがある。ふたりが手早く服を脱ぐ音が聞こえた。このまま音をたてず動かないようにしていれば、サー・トビーはすることを終えて帰っていくかもしれない。それどころかふたりは眠ってしまって、その隙にわたしはここをそっと抜け出して物置に隠れられるかもしれない。

「ああ、本当にきみはおいしそうだ。その可愛らしい小さな胸。男を狂わせるには十分だ。さあ、こっちにおいで」

ベッドのスプリングがきしむ音やうめき声やため息が聞こえてきた。そのとき、困ったことが起きた。ベリンダのガウンの一枚についている羽根飾りが、わたしの鼻をくすぐり始めたのだ。くしゃみが出そうだと気づいてぞっとした。ドアの裏側の狭いスペースに押しこめられていたから、手を鼻に持ってくることさえ難しい。それでもなんとか手を持ちあげて、鼻と口を押さえた。ベッドから聞こえる物音はさらに荒々しいものになっている。鼻はまだむずむずしていて、手を離した瞬間にくしゃみをしてしまいそうだ。必死にこらえたものの、息はしなくてはならない。そしてとうとう、あらゆる努力にもかかわらず、ベリンダの「ああ、そうよ。いいわ」といううめき声と同時に、盛大なくしゃみが出た。「ハックション」

とたんに部屋が静まり返ったのは驚きだった。

「いまのはなんだ？」サー・トビーが訊いた。

「だれかがいるわね」ベリンダが体を起こしたらしく、ベッドがきしむ音がした。

「だれもいないときみは言ったじゃないか」

「きっとわたしのメイドよ。戻ってくるとは伝えていないんだけれど。どうしてわかったのかしら？　部屋で眠っているのかどうか、確かめてくるわね」ベリンダはそこまで言ってから声を潜めた。「どこにも行かないでね。すぐに戻ってくるから、そうしたら続きをしましょう」

「それはどうかね。メイドがいるならやめておこう。彼女は噂好きかね？」

「この寝室でなにが起きていようと目をつぶっているように、あの子にはたっぷりとお給金を払っているの。心配ないわ、トビー。大丈夫。ガウンを……」

そしてベリンダはドアを戻した……。

2

外が暴風雨だったのは幸いだった。そうでなければ、ベリンダの悲鳴はヴィクトリア駅どころか、テムズ川の向こう側まで届いていただろう。

「ベリンダ、大丈夫よ」わたしは手を伸ばして彼女に触れた。「わたしよ。ジョージーよ」

「ああ、神さま」ベリンダは息を呑み、はだかの胸に手を当てた。「ジョージー。どうしたっていうの？　いったいなんだってわたしの寝室に隠れているの？」

「脅かしたなら、ごめんなさい、ベリンダ」わたしは謝った。「隠れるつもりはなかったんだけれど、目が覚めて、あなたたちが階段をあがってくるのに気づいたときには、もうなにをするのも手遅れだったの。それに勢いよくドアを開けて、その裏側にわたしを閉じこめたのはあなただわ」

サー・トビーはベッドの脇に立ち尽くしていたが、見知らぬ女性の前ではだかでいることに不意に気づいたらしかった。レースで縁取りしたハート形のクッションをあわててつかみ、大事なところに押し当てた。老いて、滑稽《こっけい》に見えた。ニュース映画や雑誌で見る有能そうな小粋な男性とは似ても似つかない。

「この人物を知っているのかい、ベリンダ？」彼が訊いた。「警察を呼ぶべきかね？」

「いいえ、とんでもない。彼女はわたしの親友、ジョージアナ・ラノクよ」

「レディ・ジョージアナ？　ラノク公爵の妹の？　なんとまあ。だがその彼女がきみの家でなにをしているんだ？　それも寝室で？」

「さっぱりわからないわ、トビー」

もうたくさんだ。ふたりは、追いつめられた危険動物を見るような恐怖と疑念をたたえたまなざしでわたしを見つめている。

「興奮のあまり、留守のあいだこの家を使ってくれていいってわたしに言ったことを忘れたみたいね、ベリンダ。それに、戻ってくるなら、あらかじめ言っておいてほしかったわ」

ベリンダはドアにかかっているガウンの一枚を手に取り、羽織ろうとしているところだった。スイスの教養学校の同じ部屋で暮らしていた一〇代のころに比べて、そのからだはより丸みを帯びている。男たちが彼女に惹かれる理由がよくわかった。

「わたしの家を使っていいと言ったことは覚えているわ」ベリンダはガウンに手を通し、ウエストのところで紐を結びながら言った。「でも本当にそうしているとは知らなかった。ひとこと、連絡してくれてもよかったんじゃないかしら？」

「ひとこと連絡ですって？」わたしは完全に頭に血がのぼった。「ベリンダ、わたしは二通も手紙を書いたのよ。あなたがどこにいるのかわからなかったから、一通はゴールデン・ピクチャーズ気付で、もう一通はビバリーヒルズ・ホテル宛てに。どちらも受け取っていないと言うの?」

「もちろん受け取っていないわよ。わたしはゴールデン・ピクチャーズには戻らなかったの。ミスター・ゴールドマンの未亡人が事実上、閉鎖してしまったんですもの。少なくとも、いまは活動を停止している。それにビバリーヒルズ・ホテルに滞在できるだけのお金が、わたしにあるはずもないでしょう」

サー・トビーが咳払いをした。

「そういうことなら、ベリンダ、わたしは早々に退散させてもらう。服を着るあいだ、お嬢さんがたは、外に出ていてもらえるだろうか」

ベリンダとわたしは部屋を出た。

「ジョージー、あなたのせいでなにもかも台無しよ」

ベリンダは、恥ずかしさにすくみあがっているわたしをねめつけた。

「ごめんなさい。でも、部屋を使っていいと言ったのはあなただし、わたしはそうさせてもらってちゃんと手紙を書いた。あなたと大臣に楽しんでもらうために、こんな時間に、それも嵐のなかに出ていくつもりはなかったわ」

サー・トビーが部屋から出てきた。ダークスーツに母校のネクタイを締めた姿は、いつもの彼らしく見えた。

「それではわたしは帰るよ、ベリンダ。ナイツブリッジまで行けばタクシーが拾えるはずだ。見送りはいらない」

ベリンダは彼を追って階段をおりていった。「また近いうちに会える？」

サー・トビーは、一部の男たちがするような耳障りな咳払いをした。

「それはあまり好ましくないだろう……ぜひ会いたいところだが。スキャンダルになるような危険を冒すわけにはいかないのでね。今夜のことはなかったことにしよう。すべて忘れてくれ」

彼はそう言い残すとオーバーを手に取り、玄関のドアを開けて嵐のなかへと出ていった。

わたしは階段の上からその様子を見守っていたが、やがてゆっくりと階下におりた。ぴりぴりした空気のなかで、ベリンダと見つめ合った。

「さてと、これまでということね」ベリンダが言った。「なにか飲むものはある？」

「紅茶をいれましょうか？　それともココアとか？」

わたしが言うと、ベリンダがぷっと噴き出した。

「ジョージー、あなたってどうしていつもいつもそんなに純情でナイーブなの？　いつになったら大人になって世の中というものを学ぶわけ？　だれかが飲むものが欲しいって言ったら、それはウィスキーのことなの。ココアじゃなくて」

「あなたのバーキャビネットにスコッチがあったと思うわ」わたしは答えた。「わたしの人生はあなたとは違うのよ、ベリンダ。わたしはセックスするために大臣を家に連れてきたりはしない。そういう意味では、相手がだれであってもね」

ベリンダはため息をついた。「あなたは本当にココアみたいね、ジョージー。でもわたしはおおいに期待していたのよ。権力のある男性ってすごく魅力的だし、彼が上手だっていうことはわかっていたんですもの。でももうこれっきり……」

ぎこちない沈黙が広がった。

「ごめんなさいって謝ったわ。ほかになにを言えばいいのかしら？　それにあなたは、これまで幾度となくわたしを利用してきた。ハリウッドに突然押しかけてきたりしてね。あなたのほうがわたしに借りがあるんじゃない？」

ベリンダが部屋の隅にあるキャビネットに近づいていくあいだ、長い沈黙が続いた。グラスに液体を注ぐ音がする。ふたつのグラスに。戻ってきたベリンダは、半分ウィスキーの入ったグラスをわたしに差し出した。

「さあ、飲んで。あなたにもこれが必要だわ。それにあなたの言うとおりね。ここを使ってってわたしが言ったんだし、厚かましく何度もあなたを利用してきたのは本当よ。ほら、飲みましょう」

言われたとおりにグラスを口に運ぶと、燃えるような液体が喉をおりていき、全身がかっと熱くなるのを感じた。わたしは咳きこみ、涙をぬぐった。ベリンダが笑いながら言った。

「ウィスキーが飲めないスコットランド人なんて、あなたくらいよ」

「わたしは四分の一しかスコットランド人の血を引いていないもの」弱々しく笑って言った。

「おいしいと思ったことは一度もないわ」

「あなたはココアのほうがいいのよね」ベリンダはまた笑った。「どちらにしろ、彼とどうにかなる可能性はなかったでしょうけれどね。船旅のちょっとしたお楽しみよ。ああやって家に帰っていったわけだし」

「奥さんのところへね」わたしは言った。「誇り高き英国男性は妻と子供のいる己の城の王でなくてはならないと言って、家族の神聖さを語ったのは彼だったんじゃなかったかしら？」

ベリンダはうなずいた。「彼は政治家なのよ、ジョージー。あの人たちは、みんなが聞きたがっていることを言うものなの」

「ベリンダ、わたしはいいことをしたんだと思うわ。あなたは大問題を起こしていたかもしれないのよ。政府が転覆していたかもしれない」

「それはそれで面白いでしょうね。少なくとも、わたしが何者なのかは世の中に知られることになる。有名人になれるわ」

「悪い意味でね。まともな家の人はだれもディナーに招待してくれなくなるわ。夫を誘惑されたら大変だもの」

「それもあなたの言うとおりね。だれかの愛人になるのも悪くないかもしれないって、ちらっと考えたの。面倒を見てもらって、どこかのおしゃれなアパートメントで暮らすのも」

「なんの保証もないのよ、ベリンダ。どうしてだれかの奥さんじゃだめなの？　あなたの家系だって悪くないのに」

「わたしは不良品なのよ、ジョージー。本当の上流階級の家庭は、わたしのような女と息子を結婚させたがらないわ。あなたと違って、わたしが処女じゃないことはだれでも知っているもの。それなのに財産はまったくない。いまのわたしは本当にすっからかんなの。なにか幸運でも降ってこないかぎり、どうやってメイドにお給金を払って、テーブルに食べるものをのせればいいのかもわからないわ」

「それじゃあ、ハリウッドではうまくいかなかったのね？　ミセス・ゴールドマンがゴールデン・ピクチャーズを閉鎖したにしても、ほかのスタジオはどうなの？　才能ある衣装デザイナーを欲しがる人はいなかったの？　あなたには素晴らしい伝手《つて》があるじゃないの。クレイグ・ハートとふたりではだかで泳いだんだから」

　ベリンダは顔をしかめた。「ハリウッドには才能のある人が大勢いるのよ。わずかな仕事を奪いあっているわ。それにあそこは居心地がよくないの。あのライフスタイルはわたしには合わない。無作法だし、人工的すぎるのよ。だれも本当のことなんて言わないの。大きなことを言って、できもしない約束をして、なにもかも嘘なのよ」

「残念だったわね。あなたなら素晴らしい衣装デザイナーになれるのに。とても才能があるもの」

「そんなことを言ってくれるのはあなただけよ、ジョージー」ベリンダは弱々しい笑みを浮かべた。

「シャネルのところで働いていたし、本当に腕がいいもの。自分のブランドを立ちあげるといいわ。あなたならできる」

「ええ、できるでしょうね。お金さえあれば。お店がいるし、お針子や生地もいる……それに前に話したことを覚えている？　高価な服を買える人たちって、なんでもつけにしたがるの。払ってもらうのが本当に大変なんだから」

今度はわたしがため息をつく番だった。「生きていくのって大変よね。ドイツに帰る前にお母さまがそれなりの額の小切手をくれたんだけれど、それだって永遠にあるわけじゃない。あなたが戻ってきたからもうここにはいられないし、どうすればいいのかしら。スコットランドに戻るしかないんでしょうね。わたしは一家のお荷物だって、また義理の姉に言われるんだわ」

ベリンダがわたしの肩に手を置いた。「ここにいてもらいたいところだけれど、メイドが戻ってきたらあなたの寝る場所がないのよ。友人を居間のソファで眠らせるのはどうかと思うし」

「ここにいられないことはわかっているわ」わたしは言った。

「ベルグレーブ・スクエアに実家の別宅があるじゃないの。寝室がたくさんあるんでしょう？　どうしてあそこを使わないの？」

「わたしひとりのためにあの家を使うわけにはいかないって、フィグにはっきり言われたの。寝室をひと部屋暖めるだけのわずかな石炭ですら、あの人たちには賄《まかな》えないらしいわ」

「あなたのお兄さんって、そんなにお金に困っているの？」ベリンダが訊いた。

「義理の姉はそう言っている。元々けちなだけだとわたしは思っているけれど。それにわたしにはお金を使いたくないのよ。わたしが社交界にデビューしたときに、ビンキーが果たすべき責任は終わったんだって何度も言われたわ。いい相手と結婚していないのは、わたしが悪いんですって」

「結婚といえば……」ベリンダは一拍間を置いてから言葉を継いだ。「ダーシーとはどうなっているの？　まだ付き合っているんでしょう？」

「近くにいるときはね」わたしはベリンダのうしろの白く塗られたドアを見つめた。「しばらく会っていないわ。ダーシーがどういう人か、あなたも知っているでしょう？　ふらりと戻ってきたときは天国みたいな気分を味わわせてくれるけれど、またすぐにどこかに行ってしまって、どこにいるのか、いつ帰ってくるのかもわからない。あんなにいらだつ人はいないわ。ロンドンに家すらないのよ。留守にしている友だちの家にいて、ソファで眠っているの。そのうえ、これからどこに行くのかだって、わたしに話してくれないことのほうが多いんだから」

「ジョージー、ダーシーの仕事だけれど、実際にだれのために働いているのか知っている？　なにか違法なことだったらどうする？　ギャングのために麻薬を運んでいるとか」

「まあ、それはないと思うわ。ごく内密にしておかなければならない仕事が多いのよ。依頼されればたいていのことは引き受けているみたいだけれど、でもほとんどは法のこちら側の仕事よ」ここにいるのはふたりきりで、外は嵐が吹き荒れているにもかかわらず、わたしはあたりを見まわして声を潜めた。「実を言うと、政府のスパイのようなことをしているんじゃないかって思っているの。彼はなにも言わないし、わたしも訊かないけれど。彼はお金を貯めようとしているのよ。そうすれば結婚できるから……」

「あなたたち、婚約したの？」ベリンダはわたしの手を握りしめた。

頬が赤くなるのがわかった。「ええ、まだ秘密だけれど。わたしを養っていけるとダーシーが思うまでは、発表するわけにはいかないの。でもそれがいつになることか。わたしは小さなアパートで暮らしたってかまわないって言ったんだけれど、彼はちゃんとしたいらしくて」

「もちろんよ」ベリンダはうらやましそうなまなざしをわたしに向けた。「あなたは幸せね、ジョージー。あなたを愛している素晴らしい男性との未来が待っているんだわ」

あまりにもベリンダらしくない台詞《せりふ》だったので、わたしはまじまじと彼女を見つめた。

「ベリンダ、あなたもきっと素敵な人に会えるわ。絶対よ。あなたには才能があるんですもの、わたしより明るい未来が待っているわよ」

「ジョージー」ベリンダはわたしを抱きしめた。「あなたって本当にいい人ね。幸せになって当然だわ」

「元気を出して、ベリンダ。きっとなにもかもうまくいくから。仕事が見つかるかもしれないし、それともお父さまの気持ちが和らいでお金をくれるかもしれないわ……たしか、おばあさまからなにか受け継ぐことになっていたんじゃない？」

ベリンダは苦々しい顔になった。「祖母は一〇〇歳まで生きるでしょうね。いまも毎朝五キロ歩いて、水風呂に入っているの。それにあの意地の悪い継母がいるかぎり、父からはなにももらえない。残念だけれど、生きていくためにはクロックフォーズに戻らなきゃいけないみたい」

「クロックフォーズ？　クラブのこと？　本気でギャンブルでお金を稼ぐつもりなの？」

「実を言うと、わたしはかなりうまくやっているのよ。あそこではなにも知らない、頼りない若い娘のふりをするの。こんなところに来たのは初めてで、どうしていいかわからないみたいな。そうしたら、親切な男の人がわたしの代わりに賭けてくれる。だから、わたしが自分のお金を損することはないし、びっくりするくらい勝つことが多いのよ。もちろん見返りを求める人もいるけれど……」ベリンダはにこやかに笑って見せた。「暗い話はこれくらいにしましょう。わたしのベッドはふたりで寝られるくらい大きいの。これからのことを考えるのは、朝になってからにしましょう」

3

一〇月二九日　月曜日
クラボン・ミューズ、その後ベルグレーブ・スクエアのラノクハウス

愛しの日記帳：ゆうべベリンダが突然戻ってきた。かなり気まずかった。わたしはこのあとどこに行けばいいだろう？　だれかの親切心や哀れみや義務感に頼って生きていくのは、もうたくさん。いつになったら自分の家を持てるのかしら？

朝になるころには、嵐は過ぎ去っていた。世界はまばゆい日差しに包まれている。わたしはベッドを出て窓に近づき、朝の静けさを楽しんだ。眼下の歩道には濡れ落ち葉や小枝が散らばり、ゆうべの嵐の激しさを物語っている。ベリンダがため息をつきながらなにかつぶやいたので、わたしは振り返った。まだ気持ちよさそうに夢のなかだ。眠っている彼女はいたって無邪気そうに見えた。わたしは彼女を見つめ、考えた。普段のベリンダは楽観的で、己の才覚でうまく世の中を渡っていくタイプだ。魅力的なイタリアの伯爵やブルガリアの王族

と付き合っていたこともある。あんなふうに自分の弱い面を見せるのは彼女らしくない。ハリウッドでなにかあったんだろうか……。

人のことを心配している場合ではないと考え直した。少なくとも彼女には自分の家があるのだし、それなりの暮らしぶりを強いる王家の親戚はいない。これからどうしようかと考えた。ベリンダはすぐに出ていってほしいと思っているだろうか？　もしそうなら、次のスコットランド行きの電車に乗るほかはない。ぞっとした。強風が吹きつけ、信じられないほど陰鬱な冬のラノク城。もうあそこはわたしの家ではないから、泊まらせてくれるかどうか手紙を出してフィグに尋ねなければならない。もしノーと言われたら……わたしは窓から顔を背け、考えまいとした。いつでもドイツにくればいいと母は言ってくれたけれど、それも気が進まない。ここ最近、世の中がどういうことになっているかを考えれば。

どちらにしろ、荷造りを始めたほうがよさそうだ。クイーニーを彼女の両親の家に迎えにいかなくてはならない。それはつまり、祖父を訪ねる口実ができたということだ。そう考えると、思わず頬が緩んだ。ロンドンにいるときは、定期的に祖父に会いに行っている。ここで言う祖父とは、王女と結婚したいかめしいスコットランド公爵ではなく、母方の祖父のことだ。かつてはロンドンの警察官だったが、いまは引退して前庭に石像が置かれている二軒長屋で暮らしている。幸いなことに、スコットランドのほうの祖父はわたしが生まれる前に亡くなった。ラノク城の胸壁にはいまも彼の幽霊が出るという話だ。

わたしは、生きているほうの祖父が大好きだ。自分だって決して裕福ではないにもかかわらず、いつだってわたしを歓迎してくれる。ふとある考えが脳裏をよぎった。しばらくおじいちゃんのところにいさせてもらったら、楽しいんじゃないかしら？　ベーコンを焼くにおいで目を覚まし、かわいらしいキッチンでいっしょに紅茶を飲み、暖炉の前でおしゃべりをする様を思い浮かべた。ため息がこぼれた。許されないことだとわかっていたからだ。新聞記者に知られでもしたら親戚に恥をかかせることになると、以前にはっきり釘を刺されていた。落ちぶれた王族。街角でフィッシュ・アンド・チップスを頰張る妃殿下。左派の新聞が大騒ぎすることは目に見えていた。

本当にうんざりだ。王家の人たちに恥をかかせるような仕事はできないし、わたしといっしょにいたがる人のところに泊まることもできない。それなのに、経済的にはなんの支援もしてくれないときている。わたしにどうやって生きていけと言うのだろう？　その答えは簡単だ。半分頭のいかれた、どこかの軟弱なヨーロッパの王子――しばしば暗殺されているような――と結婚することを求められているのだ。何人かを紹介されたが、わたしはどれも拒否して多くの人をいらだたせた。いくら住む場所を手に入れるためとはいえ、若い娘にも我慢できる限界というものがある。

わたしにもなにかできることがあるはずだと、足音を立てないように階段をおり、ヤカンに水を入れながら考えた。問題は、社交的な場での振る舞い方以外、なんの訓練も受けていないことだった。いまは不況の真っただ中で、立派な資格を持った人たちでさえ、仕事を求めて行列を作っているくらいだ。わたしはため息をつき、紅茶をいれた。母のあの美貌を受け継いでいれば、わたしもステージに立つことができたかもしれないのに。だが残念ながらわたしは父親似で、長身ですらりとした、スコットランド人らしい健康的な外見の持ち主だった。

祖父に会いに行くことを考えて、気持ちを引き立たせた。それから卵を茹で、トーストを焼いたところで、ベリンダを起こしに行った。食卓について紅茶を飲み、トーストをかじっているベリンダは、ゆうべよりもさらにぐったりした様子だった。

「あなたを追い出すのは、すごくいやな気分よ、ジョージー」ベリンダは言った。「もうひと部屋あれば……」

「わかっているわ。気にしないで。心配しなくても大丈夫、どうにかなるから。とりあえずクイーニーを迎えに行って、荷造りをさせるわ。最悪の場合、何日かはおじいちゃんのところに泊めてもらう」

「それって、王家の人たちがいやな顔をするんじゃなかったかしら?」

「そうね。でも、だからってどうしろと言うの?　ほかに選択肢はないもの。あとで『ザ・レディ』誌を買うわ。わたしにもできる仕事がきっとあると思うの」

「ジョージー。ばかなことを言わないで。『ザ・レディ』に載っているのは、家庭教師やレディズ・メイドの広告よ」

「同伴者や私設秘書の広告もあるわ。なんであれ、ラノク城よりはましよ」

「それはそうね。でも、どうするかが決まるまでは、ここのソファで寝てくれていいのよ。

あなたを嵐のなかに追い出したりしたくないわ」

わたしは微笑んだ。「気づいていないみたいだけれど、とても気持ちのいい朝よ」

ベリンダは、ぼうっとした顔つきを窓に向けた。「そうなの？　気がつかなかったわ」わたしに向き直って笑みを浮かべる。「ごめんなさいね。もうわかっていると思うけれど、わたしは朝が苦手なのよ。日が高くなるにつれ、だんだん元気が出てくるの。クロックフォーズに行くころには絶好調になっているわ」

わたしはベリンダのことを考えながら階段をあがり、顔を洗って服を着替えた。彼女の自信に満ちた生き方や機転のよさや優雅な物腰を、常々うらやましいと思っていた。この世界で生き抜く術《すべ》を知っている人間がいるとすれば、それはベリンダだ。わたしはカシミアのセーター――母のお古だ――とタータンチェックのスカートを身につけ、ハリスツイードの古いオーバーをその上に着て、外に出た。すがすがしい朝だ。こんな日に散歩するのは大好きだ。ここがスコットランドだったなら、竜の炎のような白い息を吐く馬に乗り、岩山にひづめの音を響かせながらヘザーのなかを駆けまわって、さぞ爽快な気分を味わえただろう。

歩いているうちに、気持ちが上向いてきた。ラノク城に行くのもそれほど悪くないかもしれない。馬に乗ったり、散歩したり、かわいい甥や姪と遊んだりできる。いくらフィグでも、一週間程度の滞在に文句は言わないだろう。『ザ・レディ』に目を通して、応募の手紙を書くくらいのあいだは。去年のクリスマスには、ハウス・パーティーを手伝った経験もある。今年も同じようなことができるかもしれない。レディ・ホース＝ゴーズリーがきっと推薦状を書いてくれるだろう。それとも、だれかの私設秘書になってもいい。タイプは上手とは言えないけれど、きちんとした手紙なら書けるし、なにより上流社会のルールならよくわかっている。王家とつながりがあって、正しいやり方を知っている秘書を求めている成金がいるかもしれない。マスコミの詮索のまなざしが届かない、ロンドンから離れた場所でのそういう仕事なら、王家の人たちも認めざるを得ないだろう。

さらに心強い事実を思い出した。アインスフォード公爵未亡人がいる。わたしは、彼女の同伴者兼私設秘書のようなものだったのではない？　今年の春先、彼女はわたしがいっしょにいたことを喜んでくれたし、今度だってきっと歓迎してくれるはずだ。若き公爵と彼のいとこもスイスから戻ってきているかもしれない。だとしたら、楽しいひとときを過ごせるだろう。わたしは元気を取り戻し、明るい気分でポント・ストリートを進んだ。どこを歩いているかにも気づかないくらい、考え事に没頭していた。スローン・ストリートを横断しようとして立ち止まったところで、ようやくそこがベルグレービアであることに気づいた。ベルグレーブ・スクエアにある我が家のロンドンの別宅のすぐ近くだ。子供のころ、あの家で過ごしたことはほとんどなかったから、自分の家という感じはまったくしなかったけれど、ちょっとのぞいてみたくなった。ベルグレーブ・スクエアは鉄柵に囲まれた庭園で、そこに立つ木々はどれも葉を落としていた。四方に白い壁の邸宅が立ち並ぶ閑静な住宅街だ。

二人の子守が乳母車を押して歩きながら、おしゃべりをしている。階段を洗っているメイドがいる。牛乳配達人の運ぶ牛乳瓶ががちゃがちゃと音を立てている。どれもごく平和な風景で、わたしはいつしか憧憬のまなざしでラノクハウスを眺めていた。ベルグレーブ・スクエアの北側に建つ、一番大きくて、一番立派な建物がそれだ。

「もし……」わたしはそう声に出していたが、自分でもなにが言いたいのかわかっていなかった。この世界にまだわたしのいるべき場所があればよかったのに、と言いたかったのかもしれない。立ち去ろうとしたちょうどそのとき、玄関のドアが開いて、現ラノク公爵である兄のビンキーが首のスカーフをいじりながら姿を現した。ビンキーはわたしに気づくことなく通り過ぎようとしたが、わたしは彼の前に立って声をかけた。

「お久しぶり、ビンキー」

ビンキーは驚いて足を止め、あたかも幻影を見ているかのように目をしばたたいた。

「ジョージー、おまえか。びっくりしたよ。うれしい驚きだ。おまえがロンドンにいるとは知らなかった」

「わたしも知らなかったわ」

「数週間前に来たのだ」ビンキーが説明した。「フィグのおばが亡くなって、それなりの財産を遺してくれたので、ラノク城にセントラル・ヒーティングをつけることにしたのだよ。冬はひどく寒いだろう？　アデレイドがひどい喉頭炎《クループ》にかかってね。そういうわけで、ボイラーやパイプなどを取りつけているあいだ、ロンドンに滞在することにしたのだ。どちらにしろ、ポッジの家庭教師を探さなくてはならなかったから、一石二鳥というやつだ。退屈な暮らしはもうたくさんだったしね。おまえはどうだね？　なにをしていたんだ？　最後に聞いたときは、アインスフォード公爵夫人のところにいるということだったが」

「あれからいろいろあったの」わたしはそう答えながら、兄にはもっとまめに手紙を書くべきだったと申し訳ない気持ちになった。だが、たとえ書いていてもフィグが燃やしていたに違いないと自分に言い聞かせた。「お兄さまはどこかに出かけるところなんでしょう？　また時間のあるときに改めてうかがってゆっくり話をするわ。こんな寒いところで立ち話はいやだもの」

「おまえが急いでいないなら、なかに入ろう。わたしは朝刊を読みにクラブに行こうと思っただけなのだ。おまえに会えばフィグも喜ぶ」

後半部分はまったく事実でないことはわかっていたが、それでもせっかくの誘いを断るつもりはなかった。「ぜひ、みんなに会いたいわ。ポッジとアデレイドに会ったのは、ずいぶん前ですもの。いまでもあの子をアデレイドって呼んでいるの？　赤ちゃんにはあまりふさわしい呼び名じゃないようだけれど」

「わたしはポチャ子と呼んでいるんだ。丸くてふっくらした頬っぺたをしているのでね。だがフィグはそれが気に入らないし、子供のことは正しい名前で呼ぶべきだと子守が言い張るのだ。赤ちゃん言葉やばかげたことはだめらしい」

「新しい子守がいるの？」

「そうだ。フィグが決めたのだよ。いままでの子守は年を取りすぎているし、甘すぎるというのが彼女の言い分だ。そういうわけで、年金を与えて辞めてもらった。だが実を言うとわたしは、新しい子守があまり好きになれなくてね。現代的すぎるし、有能すぎるし、細菌のことばかり心配するのだ」

わたしたちは話をしながら階段をあがり、ビンキーが玄関のドアを開けた。

「さあ、お入り、ジョージー」

わたしはビンキーについて玄関ホールに入った。まだドアを閉め終えてもいないうちに、だれかが出入りしたときにはそうと気づく執事の持つ不可思議な感覚を駆使したのか、執事のハミルトンが近づいてきた。

「もうお戻りになったのですか、旦那さま？　なにかお忘れ物でもなさいましたか？」そこまで言ったところでわたしに気づき、ハミルトンはいかにもうれしそうに顔を輝かせた。

「レディ・ジョージアナ。これはこれはうれしい驚きです。ご無沙汰しておりました」

「元気にしていたかしら、ハミルトン？」わたしは彼にオーバーを脱がせてもらいながら尋ねた。

「ご想像のとおりです、マイ・レディ。リウマチがありますし、この家には階段がいやになるほどありますので。モーニング・ルームにコーヒーをお持ちしますか、旦那さま？　それともレディ・ジョージアナは食堂で朝食をお召しあがりになりますか？　今朝奥さまはお部屋に運ばせておられましたが、食堂もまだそのままになっています」

「今朝のキドニーはおいしかったよ、ジョージー。それに我が家の料理人の作るケジャリーは一級品だからね」

「ぜひいただくわ」母の小切手をできるかぎり長くもたせるため、ハロッズで出来合いの食品を買うというたまの贅沢《ぜいたく》を除けば、わたしは質素な生活を送っていた。それに、キドニーの調理の仕方など知るはずもない。

「それでは先に食べておいで」ビンキーが言った。「わたしは、おまえが来ていることをフィグに伝えてくるよ。それからいっしょに二度目の朝食をいただこう。腹回りに余計な肉がついているとフィグに文句を言われているのだがね」ビンキーはサンタクロースのようになりつつあるお腹を叩きながら言った。

「食堂にいれたてのコーヒーをお持ちしますか、マイ・レディ？」ハミルトンは、厨房に通じるベーズ張りのドアの前から訊いた。

「ええ、お願い。ありがとう、ハミルトン。食堂がどこにあるかは忘れていないと思うわ」

ビンキーは階段をあがっていき、わたしは家の奥へと向かった。食堂に行き着くより先に、甲高い声が聞こえてきた。「ここに？　いったいなんの用なの？」

「べつに用があるわけではないと思うね」ビンキーが答えている。「たまたま歩道で会ったので、わたしが招待したのだ」

「ビンキー、あなたには本当にうんざりするわ。なにも考えていないんでしょう？　わたくしはまだベッドのなかだし、着替えもしていないのよ。もっとふさわしい時間に出直してくるように言うべきだったのに」

「なにを言うのだ、フィグ。ジョージーはわたしの妹だ。そしてここはあの子の家だ」

「いまはわたくしたちの家なのよ、ビンキー。どこにいたのか知らないけれど、あなたの妹はもう何カ月も留守にしていて、自分の人生を歩んでいたの。そうすべきとおりにね。あなたにはもう彼女に対する責任はないんですもの」そして重苦しいため息。「いいから下に行って、彼女をもてなしていてちょうだい。わたくしも起きなくてはいけないようね。今朝はベッドのなかで、ゆっくり『カントリー・ライフ』を読もうと思っていたのに」

ビンキーが再び階段をおりてきて、わたしはそっと食堂に入った。

「フィグはすぐに来るよ」ビンキーは明るく笑って言った。「今朝はゆっくり朝寝をしていたものでね。だが気にせずにお食べ。まだ温かいはずだ」

わたしは言われたとおり、ケジャリーとキドニーとスクランブル・エッグとベーコンを山盛りにしたお皿を前にして座った。しばらくお目にかかったことのないごちそうだったから、生活水準をこれほどあげられるくらい、フィグは多額の遺産を受け継いだのだろうかといぶかった。最後にラノク城を訪れたときは、クーパーのオックスフォード・マーマレードをゴールデン・シュレッドに替えるくらい、フィグがテーブルに並べるものは貧相だった。

コーヒーが運ばれてきて、皿をほぼ空にしたところで廊下を近づいてくる足音が聞こえ、フィグが姿を見せた。

「ジョージアナ」歯切れのいい口調で言う。「驚いたわ。ここで会えるとは思わなかった」

最後に会ったときより老けて見えた。額には決して消えないしわができかけている。フィグは決して美しいとは言えないが、以前は田舎育ちらしい健康そうな顔色をしていた。それがいまではひどく顔色が悪くて、こんな人と残りの人生を過ごさなければならないのかと思うと、改めてビンキーが気の毒になった。もし期待どおりにことが運んだら、わたしは毎朝必ずダーシーといっしょに朝食のテーブルにつこうと心に決めた。希望的観測にすぎないかもしれないけれど。

フィグは自分のカップにコーヒーを注ぐと、わたしの向かいに腰をおろした。

「あなたがロンドンにいるなんて知らなかったわ。知っていたら、食事に招待していたのに。それどころか、あなたがどこにいるのか全然わからなかったのよ。そうよね、ビンキー？ 連絡がないことを、彼はとても心配していたのよ」

「アインスフォード公爵夫人のところに行ったと聞いたのが最後だった」ビンキーが言った。

「あそこでトラブルがあっただろう？ 気の毒なセドリックにまつわる不幸な事件だった」

「ジョージアナは不幸な事件を呼び寄せる癖があるようだから」フィグが言った。「アインスフォードのあとは、外国に行っていたんですって？ バルモラルで公爵未亡人にお会いしたら、そんなことをおっしゃっていたのよ」

「母とアメリカに行っていたの」わたしは答えた。

「いったいなんのために？ 今度は金持ちのアメリカ人の結婚相手を探していたのかしら？」フィグは乱暴にコーヒーをかき混ぜた。

「フィグ、それはちょっと言いすぎだぞ」ビンキーがたしなめた。

「その反対よ。離婚するために行ったの」わたしは可愛らしく彼女に微笑みかけた。「母は実業家のマックス・フォン・ストローハイムと結婚するつもりでいるの」

「ドイツ人と?」フィグは顔をしかめた。「聞いた、ビンキー? ジョージーの母親はドイツ人と結婚するんですって。世界大戦のことをどうしてそんなに早く忘れてしまえるのか、わたくしには理解できないわ」

「ジョージーのお母さんのお相手は、世界大戦とはあまり関わりがないと思うよ」ビンキーはいつものように愛想よく言った。マックスはおそらく武器を供給することで財産を築いたのだろうとわたしは考えていたが、そのことには触れなかった。彼の手がける事業は広範囲にわたっている。「それで、アメリカは楽しかったかい、ジョージー? 長く滞在したの?」

「楽しいこともあったわ。ありがとう。〈ベレンガリア号〉の航海は――」

「聞いた、ビンキー?」フィグが口をはさんだ。「〈ベレンガリア号〉ですって。億万長者の船って呼ばれているのよ。わたくしには一生乗れない船ね。わたくしは人生のどこかで道を誤ったんだわ。わたくしも女優になって、ジョージーの母親みたいにいろいろな男の人と付き合えばよかった」

「きみにはそれだけの容姿がないよ」ビンキーが優しく告げた。「ジョージーのお母さんが並外れて美しいことは、きみも認めないと」

フィグは真っ赤になり、わたしは危うくコーヒーを噴き出すところだった。

「彼女は高級娼婦みたいなものよ」フィグの口調は辛辣だった。

「それは言い過ぎだよ、フィグ。ジョージーのお母さんは華やかな暮らしをしているかもしれないが、実際はきちんとした人だ。父と結婚していたときは、わたしにとてもよくしてくれた。寄宿学校でわたしが辛い思いをしていることに気づいてくれた、唯一の人だったよ」フィグは勝ち目がないことを悟ったらしく、話題を変えた。

「バルモラルでは、あなたがいないことを残念がっていたのよ、ジョージアナ。国王陛下と王妃陛下はおふたりとも、あなたに会いたかったとおっしゃっていたわ」

「まあ、わたしなんていなくても、どうということはないでしょうに」わたしはそう言いながらも、今年のハウス・パーティーを欠席したことにおふたりが気づいてくださったことがうれしかった。

「とても残念がっていらした。国王陛下は〝それではジョージアナはどこにいるのだね？わたしたちのような古い人間といっしょにいることにうんざりして、若い人たちと楽しんでいるのだろうか？〟とまでわたくしにおっしゃったの」

「それに幼い王女たちもおまえに会いたがっていたよ、ジョージー」ビンキーが言った。「エリザベス王女は巧みに馬を乗りこなすようになっていてね。おまえといっしょに乗馬ができないのを残念がっていた」

「国王陛下ご夫妻の期待を裏切るのは、あまりいいことじゃないと思うわよ、ジョージー」フィグが言った。「なんといっても、おふたりは王家の長なんですもの。バルモラルに顔を出すことを王妃陛下がお望みなのはわかっているでしょう？」

そのとおりだった。バルモラルに行かなくてもすむ理由を考え出すのは至難の業だ。二年に一度は欠席できるように、計算ずくで妊娠した王家の女性がいるという噂すらあった。けれどわたしたちラノク家の人間にとっては、それほどの苦行ではない。凍えるほど寒い部屋や夜明けに起こされるバグパイプの音には慣れている。トイレのタータンチェックの壁紙は言わずもがなだ。

「今年はとても楽しいひとときを過ごしたのよ。そうよね、ビンキー？」フィグはコーヒーを飲み干すと、立ちあがってトーストを取りに行った。

「そうなのだ。もちろん、天気には恵まれなかったがね。それどころか、毎日雨だった。そのうえ、狙った鳥はすべて打ち損じた。まあ、それ以外はとても楽しかったがね。夜明けに演奏するバグパイプ奏者が新しくなったのだよ」

「行けなくて残念だったわ」わたしは澄ました顔で言い、フィグに向き直った。「遺産を相続したんですってね。それでセントラル・ヒーティングをつけることにしたって聞いたわ」

「たいした額じゃないのよ」フィグがあわてて答えた。「おばはとても質素に暮らしていたの。まったく贅沢はしていなかった。死ぬまぎわまで、ガール・ガイドを精力的に続けていたわ」

「新しいボイラーがつくまでこっちにいるの？」

「結婚式まで、こちらに滞在しようと思っているのだよ」ビンキーが言うと、フィグがたしなめるように顔をしかめた。

「結婚式？」

「ロイヤル・ウェディングだ」
「デイヴィッド王子がようやく考えを改めて、結婚することになったの？」わたしは驚いて
尋ねた。
「デイヴィッド王子ではないの。彼は、なかなか未来の王妃にふさわしい人を選べないでい
るようね」フィグが答えた。「弟のほうよ。来月結婚するのはジョージ王子」
これ以上の驚きはなかった。ジ王子はとても魅力的で愉快で楽しい人だけれど、かなりの遊び人だという噂だ（何度か、
目撃もしている）。「それじゃあ国王陛下と王妃陛下は彼の手綱を締めようとしているのね」
「手綱を締める？　どういうことかしら？」
「噂によれば……」わたしはビンキーをちらりと見たが、なんの表情も浮かんでいなかった
ので、噂はスコットランドまで届いていないのか、あるいは兄夫婦はあまりに純朴すぎてジ
ョージ王子の放縦な暮らしぶりを想像できないのだろうと思った。
「ジョージー、一国の王子であっても、若いときには少しくらい羽目をはずすものよ。正し
い行いをして、ふさわしい結婚をすれば、それくらいは許されるわ」
近衛兵の熊の毛皮の帽子をかぶっただけの素っ裸でポーズを取ったり、ノエル・カワード
と関係を持ったりするのは〝少しくらい羽目をはずす〟とは言えないだろうと、わたしは思
う。コカインを吸っているパーティーで彼を見かけたことも一度あったし、まったく不適切
な相手との情事の噂が聞こえてきたこともあった。

「お相手はどなた？」

「ギリシャのマリナ王女だよ」ビンキーが答えた。「デンマーク王室の血を引く方だ。彼女のいとこのフィリップに会ったことがあるだろう？　ハンサムないい若者だ。スポーツも得意だ」

「もちろんわたくしたちは結婚式に招待されているのよ」フィグは満足そうに言い添えた。「なにがあっても出席するわ。そうよね、ビンキー？」

「もちろんだとも。さぞ楽しいだろうね」

「わたしも招待されているのかしら」わたしはつぶやいた。「大がかりな式なの？」

「ウェストミンスターの聖マーガレット教会でするのよ」フィグが言った。「招待客リストのなかにあなたが入っているかどうかはわからないわ。どこかで線を引かなくてはならないでしょうからね」

ビンキーは椅子ごとわたしに近づいた。「それでジョージー、これからどうするつもりだね？　いまはロンドンに？」

「友人の馬小屋コテージを借りていたの。でも彼女が突然帰ってきたものだから、出ていかなくてはいけないのよ。ふさわしい仕事を探すあいだ、ラノク城に戻っていようかと思っていたのだけれど、でもそれもできないということがわかったわ。だから祖父の家に……」

「エセックスの？」あたかもそこが地獄の一丁目であるかのようなフィグの口ぶりだった。

「もうひとりの祖父は何年も前に亡くなっているから、答えはイエスよ。祖父はとてもいい人なの。ただ――」

「わたくしたちとは階級が違う」フィグがあとを引き取って言った。「エセックスで暮らすなんて、とんでもないわ！　王家の方々の耳に入ったら、いったいなにを言われることか。エセックスでロンドンの下町育ちの人間といっしょに暮らすことを、あの方たちが認めるとは思えない。彼がどれほどいい人であろうと、関係ないのよ」

「それじゃあ、わたしにどうしろと言うの？」

「ここにいればいい」ビンキーが熱意のこもった口調で言った。

フィグの顔は見物だった。口を開いてなにか言おうとしたが、結局そのまま閉じた。わたしはすかさず言った。「お邪魔だったりしないかしら？」

「邪魔？　ここはおまえの家じゃないか、ジョージー。ぜひ、いてもらいたいよ。そうだろう、フィグ？」

明らかに不自然な間のあと、フィグは強張った笑みを浮かべて言った。

「もちろんよ。ぜひ、ここにいてもらいたいわ」

4

一〇月二九日
ラノクハウス　ベルグレーブ・スクエア　ロンドン　W1

　ラノクハウスをあとにして、地下鉄のハイド・パーク・コーナー駅に向かいながら、わたしはほっとしていた。これでしばらくは泊まる場所ができた。あとは両親の家にいるクイーニーを迎えに行って、荷造りをしてもらうだけだ。

「あら、どうしよう」ふと現実に気づいた。フィグがさぞかしいらだつだろう。彼女はクイーニーが嫌いで、くびにしろとずっとわたしに言い続けている。クイーニーとわたしのふたりしてフィグをいらつかせるのかと思うと、意地の悪い喜びを覚えた。もしわたしも結婚式に招待されていれば、一一月末までは滞在することになる。それまでにはきっと仕事か、あるいはどこか行くところが見つかるだろう。

　列車が到着し、わたしは祖父の家を目指した。クイーニーを連れて帰れるくらい彼女の母親が回復しているかどうかは、祖父の隣に住むクイーニーの大おばが知っているはずだ。祖父の家は下流中産階級の人たちが暮らす静かな郊外にある。二軒長屋にはどれも小さな前庭があって、夏には薔薇やラベンダーに彩られているのだが、この時期はどれも葉を落として殺風景だ。それでも祖父の前庭は、花壇の中央に明るい色に塗られた三体の石像がいるおかげでそれほど寂しくは見えなかった。わたしは大きく深呼吸をしてから、玄関に近づいた。応答があるまで、ずいぶん長くかかった。「いま行く、いま行く」

ドアが開くと、そこに祖父が立っていた。驚いたことにガウンとスリッパという姿だ。不審そうな表情だったが、わたしに気づくとしわだらけの顔がぱっと輝いた。

「なんとまあ。まさかおまえだとは思わなかった。てっきり隣のばあさんが約束のシチューを持ってきてくれたのだとばかり。おまえが来ると知っていたら、もう少しましな格好をしていたんだが」

「具合が悪いの?」祖父を抱きしめながら、無精ひげの生えたざらざらした頬にキスをした。

「たいしたことはないよ。いつもの気管支炎の軽いやつだ。こんな天気のときにはよくこうなるんだ。だがもう治りかけだ。医者の言うとおりゆっくり体を休めて、隣のばあさんに世話をしてもらっている。よくしてくれているよ。あれやこれやと料理を作っては、持ってきてくれるんだ。まあ、とにかくお入り。こんなところに立っていることはない。お湯を沸かそう。ばあさんが昨日、ドライフルーツたっぷりのおいしいダンディ・ケーキを焼いてくれたんだ」

わたしは祖父について台所に入り、祖父がヤカンに水を入れているあいだに、木の椅子に腰かけた。

「病気だって教えてくれればよかったのに。そうすればわたしが看病しに来たのに」

「ありがとうよ。だがいまも言っただろう、たいしたことはないんだ。いつもながらの不調にすぎんよ。この肺は、ロンドンの街で長く暮らしすぎたんだ。もうまっとうに働かん」

「わたしに田舎の家があればよかったのに。そうしたらおじいちゃんとそこでいっしょに暮らせたのに。田舎の空気のなかなら、きっともっと楽になるわ」

「わしのことなら心配しなくていい」祖父はわたしの手を叩いた。「いい人生だったよ。これ以上、文句は言えん」

わたしは祖父の手を握り締めた。祖父はいつだってたくましくて、はつらつとしていた。すべてのことに真っ正面から取り組んできた元警察官。その祖父の口から出たあきらめたような台詞を聞いて、わたしは心配になった。

「そんな言い方しないで、おじいちゃん。まだまだ元気でいてもらわなくちゃ。わたしの結婚式に参列して、初めての子供を抱っこしなきゃいけないんだから」

「そのどちらかは近々なのかな？」祖父はいたずらっぽく笑った。「ダーシーはいまもおまえに言い寄っているのかね？」

「全然」わたしは笑顔で答えた。「いまもどこにいるのやら。でもいずれは……」

「いい男だよ、ダーシーは。あいつといっしょにいれば、おまえは大丈夫だ」

ヤカンのお湯が沸いた。祖父はポットにスプーン三杯の紅茶の葉を入れて、お湯を注いだ。

「で、今日はなんだってこんなところまで来た？　わしとおしゃべりをしに来たのか？　それともなにかほかに用事でも？」

「おじいちゃんとおしゃべりするのは大好きよ。いつだって元気になれるもの。でも今日はクイーニーを迎えに来たの。ただ、彼女の実家の住所がわからなくて」

「クイーニーを迎えに来たって？」祖父は喉をぜいぜい言わせながら笑い、やがて咳きこんだ。「なんとまあ。彼女の家族は間違いなく大喜びだ。ひどい目に遭わされていたからな。おまえの頭がおかしくならなかったのが不思議だと、実の母親が言っているくらいだ。おまえは聖人かなにかに違いないと言っていたよ」

「それじゃあクイーニーは、あまり役には立たなかったのね？」

祖父はまたくすくす笑った。「そういうことだ。一度料理しようとしたら、ガスコンロが爆発したそうだ。母親の骨折した脚の上に火よけのついたてを倒したこともあったらしい。彼女を連れて帰ってくれると知ったら、家族はおまえの足にキスしたがるかもしれないな」

「かわいそうなクイーニー。いつも失敗ばかりしてしまうのよ」

「それでもおまえはまた彼女を雇おうというんだね？」

「ええ」わたしはため息をついた。「だって、ほかにだれがあの子を雇ってくれるというの？　それに、わたしが出せるお給金で雇えるのはあの子くらいだし、いないよりはましだもの」

「そうか。おまえが本気でそう思っているのなら、いまクイーニーは隣の家にいる。ばあさんが料理を教えようとしているんだ。ここまでのところ、うまくはいっていないらしいがね。

とんでもないものが出てきたと父親が言っていたよ。残念な話だ。彼女の大おばはあんなに料理がうまいのに。ほら、ケーキをお食べ」

わたしはケーキの容器の蓋を開け、ダンディ・ケーキを気前よく切った。濃厚で、しっとりして、フルーティーで、とてもおいしかった。

「クイーニーの大おばさんはとてもお料理が上手ね。その腕前でまだおじいちゃんを口説き落としていないのが意外だわ」

祖父はにやりと笑った。「せっせと料理を運んでくるし、それらしいことをほのめかしてもいるよ。だがおまえと門柱にしか聞かせられん話だが、わしはこのままがいいと思っているんだ。わしが必要としているときにはそこにいてくれるが、あれこれうるさく口を出されることはないから、いらつくこともない。それに、もし彼女と結婚したら、クイーニーが親戚になるんだぞ。おまえがそれを望むとは思えんが。どうだね？」

「とんでもないわ。クイーニーが親戚になるなんて、考えられない。ただのメイドのいまですら、言われたことをしないのよ。そんなことになったが最後、手がつけられなくなるに決まっている」

わたしたちは声をあげて笑った。

「それじゃあおまえは、ナイツブリッジの金持ちどもが住むあたりにある友だちの家に泊まっているんだな？」

「今朝まではね」わたしはことの顛末《てんまつ》を話した。

「いつだってここに来ていいんだぞ」祖父が言った。「親戚たちは気に入らないだろうが」

「そうなの。でも心配しないで。いい具合に解決したから。兄がいまロンドンの家に滞在していて、わたしもいていいって言ってくれたの。王家の結婚式があるから、兄夫婦はあとひと月はロンドンにいるみたい。それまでには、どうにかなると思うわ」

「どうにかなる？　たとえば？」

わたしはため息をつき、祖父の背後に延々と連なる同じ形状の裏庭に目を向けた。強い風に洗濯物がたなびいている。「それがわかればいいんだけれど。仕事を見つけたいのよ。わたしにもなにかできることがあると思うの。クイーニーよりはましなレディズ・メイドになれることは、間違いないわね」

祖父はまたくすくす笑った。「わしもそう思うよ」

わたしは紅茶を飲み干し、ケーキを食べ終えた。

「さあ、そろそろ避けられない運命と向き合うときね。クイーニーを迎えに行くわ。クイーニーが戻ってきたことを知ったときの、義理の姉の顔を想像するのが、唯一の楽しみよ」そう言って、いたずらっぽく笑った。

祖父に別れのキスをし、また近いうちに来ると約束したあと、わたしは隣の家のドアをノックした。ドアが乱暴に開いたかと思うと、スカーフの下からカーラーをのぞかせた女性が現われて、わたしをにらみつけた。「また『エホバの証人』だかなんだかの勧誘かい？　あたしが地獄に行くとでも言うつもりなら……」

「こんにちは、ミセス・ハギンズ」わたしは挨拶をした。

ミセス・ハギンズの言葉が途切れ、その顔に恐怖の表情が浮かんだ。片手で口を押さえる。

「なんとまあ。公爵令嬢さまじゃないか。悪かったね、気づかなくて。昨日も、あのいまいましい宗教の勧誘が来ていたもんだからね。いったいあたしみたいなものをどうしようっていうんだろうねえ。寄付するようなお金なんてないのに。ああいう輩《やから》の目的は、たいていお金だからね」ミセス・ハギンズは髪を撫でつけるような仕草をしたが、カーラーを巻いたままだということに気づいて、ますます気まずくなったらしい。「おじいさんに会いに来たんだろう？　ここ何日か調子が悪かったんだけれど、快方に向かっていると思うよ。元気が出るように、アイリッシュ・シチューとダンプリングを作ってあげたからね」

「クイーニーがこちらにいると聞いたのだけれど」

「いるともさ。料理の手伝いをしてくれている。かわいそうな母親の世話をするためにあの子をよこしてくれて、本当に助かったよ。それじゃあ、あの子を迎えに来たんだね？」彼女の声には明らかに期待の響きがあった。

「ええ、そうなの。お母さまが回復に向かっていて、もうクイーニーがいなくても大丈夫だというのなら」

「行かせないわけにはいかないよね、そうだろう？　つまるところ、あの子の雇い主はお嬢さまなんだから、どうしてもっていうんじゃないかぎり、身の回りのことをお嬢さまに自分でやらせるわけにはいかないからね。あの子がいないあいだ、大変だっただろうと思うよ」

「なんとかやってきたわ、ミセス・ハギンズ」わたしは言った。「お母さまがまだクイーニーを必要としているのなら、わたしは――」

「それはだめだよ、お嬢さま」ミセス・ハギンズがわたしを遮って言った。「するべきことはしないとね。クイーニーはお嬢さまのところに帰らなきゃいけない。それは間違いないよ。さあ、あんたも――じゃなかった、お嬢さまもなかに入って」

クイーニーがどうしてああなったのかがわかった気がした。彼女は何度教えても、わたしを正しい敬称で呼べた試しがない。わたしは薄汚れた廊下に足を踏み入れた。

「クイーニー！」ミセス・ハギンズは、どんな曹長でも満足するに違いないよく通る声で叫んだ。「だれがあんたに会いにきたか、見においで。わざわざこんなところまできてくれたんだよ。あんたに会いたくてたまらなかったんだとさ」

それは言いすぎだと思ったが、わたしはなにも言わなかった。すぐに台所のドアが開いて、クイーニーが現われた。初めて会ったときと同じ格好をしている。豊満な体にはややきつそうなカラシ色の手編みのセーターと紫色のスカートだ。わたしを見ると、その顔に大きな笑みが浮かんだ。

「なんとまあ、お嬢さん。会えてうれしいですよ。あたしなしじゃ、どうにもならなくなったってことですか？」

「こんにちは、クイーニー。わたしも会えてうれしいわ」

「ここを出ていきたくないなんてことは、言いませんよ。家族は好きですよ、もちろん。でも、ここではずいぶんとこき使われますからね。もうちょっと落ち着いたところで、お嬢さんと静かに過ごすのも悪くないですよね」

「あなたを迎えに来たのは、荷造りをしてほしいからなの。馬小屋コテージを出ることになったのよ」

お月さまのようなクイーニーの顔に期待に満ちた表情が浮かんだ。

「それじゃあ、またどこかに行くんですね？　ヨーロッパですか？　アメリカですか？　ハリウッドに行ってきたって話したときの、ご近所さんたちの顔を見せたかったですよ。信じようとしなかったんで、こう言ってやったんです。〝あたしの雇い主のレディ・ジョージアナに訊いてみるんだね。有名な映画スターの母親といっしょにハリウッドで撮った写真が新聞に載ったからね〟って」

「今回は遠くへは行かないの。数週間ほど、ラノクハウスに滞在するのよ」

「あたしたちだけでですか？」

「いいえ。兄と兄の家族がいっしょよ」

「なんてこった。あのうぬぼれ屋の義理のお姉さんがいっしょなんですか？」

わたしが義理の姉のことをどう考えていようと、使用人が彼女を批判していいということにはならない。これまで何度もクイーニーにそのことは言い聞かせてきたが、ほかの大方のことと同様、それも彼女の頭にはとどまっていなかった。

「クイーニー、あなたは自分より身分が上の人のことをどうこう言える立場ではないと、教えたでしょう？　確かに義理の姉は難しい人だけれど、あなたが自分の仕事をきちんとこなしてさえいれば、彼女に文句を言われることはないのよ。そうでしょう？」

「あたしが平民だから、あの人はあたしのことが嫌いなんです」クイーニーが言った。

「ここにとどまってお母さんの世話がしたいというなら、わたしはもうしばらくメイドなしでいてもいいのよ」

「それはだめだよ、お嬢さま」クイーニーより先に、ミセス・ハギンズが言った。「ちゃんと自分のするべきことはしないと。この子の仕事はお嬢さまのお世話をすることだ。そうだよね、クイーニー」

クイーニーはうなずいた。「もちろんです。でも、なんだってお兄さんの家に行くことになったんです？　馬小屋コテージでなにかまずいことでも？　あそこ、けっこう好きだったんですけど。こぢんまりしてて」

「ミス・ベリンダが突然帰ってきたから、出ていかなくてはいけなくなったのよ」

「なんとまあ、迷惑なことですよね？　あの人はアメリカが気に入ってるんだとばかり思ってました。金持ちのアメリカ人の男を捕まえるつもりだったんじゃないんですかね」

「わたしもそう思っていたわ。でも帰ってきたわけだから、わたしは出ていかなくてはいけないのよ。そういうわけだから、荷物をまとめてミス・ベリンダの家に戻ってきてちょうだい。わたしの荷造りをしてほしいの」

「合点です」クイーニーが言った。

5

一〇月二九日
ラノクハウス

思ったとおりだった！　クイーニーを見たときのフィグの顔ったら！　大満足！

想像していたとおり、従僕とふたりでわたしのトランクを運びあげているクイーニーを見て、フィグはあんぐりと口を開けた。虫食いだらけの年代物の毛皮のコートと赤いフェルト帽という格好のクイーニーは、まるで頭に植木鉢を乗せた巨大なハリネズミみたいだったから、それも当然だろう。

「まさかまだ、あのとんでもない女をメイドとして雇っているんじゃないでしょうね、ジョージアナ」フィグはクイーニーにも聞こえるような、よく響く声で言った。「いいかげん、もっとふさわしいメイドを見つけていてもいいころでしょう」

「わたしには、もっとふさわしいメイドを雇うだけのお金がないのよ、フィグ」一階の踊り場にトランクが運びあげられるのを見ながら、わたしは答えた。「あなたも知っているとおり、わたしは一文無しなんですもの」

「自分の義務を果たして、それなりの相手と結婚すればすむことでしょう、ジョージアナ」フィグは階段に背を向け、応接室へと向かった。「王妃陛下はふさわしい相手を何人も紹介してくださったのに、なにが気に入らないんだか、あなたときたら次々とそれを断った」

「ジークフリート王子のことを言っているのなら……」

フィグはさっと振り返った。「ジークフリート王子を拒絶したときは、信じられなかったわ。彼は長男なのよ、ジョージアナ。いずれは国王になる人なのに」

「もしあの一家が暗殺されなければ、の話だけれどね」わたしはにっこり微笑みながら応じた。

「笑って話すようなことじゃないでしょう」フィグは窓のそばのソファに腰をおろし、これ以上わたしと話をしても無駄だとでもいうように、『ホース・アンド・ハウンド』誌を手に取った。「王妃になれたのよ。王室でのあなたの地位を考えれば、望むべくもないことだわ」

「ジークフリートはとんでもない人だったのよ、フィグ」

「確かに彼は少し傲慢で、人を見くだすようなところがあることは否定しません。すぐに好感を持てるような人でないのは確かよ。けれど彼は人を支配するように育てられたことを忘れてはいけないわ。ヨーロッパの王室ではそれがあるべき姿なんですもの。あの人たちはいまでも農民たちを支配しているのよ」

「ジークフリートは男の人が好きなのよ、フィグ」わたしは言った。

「同性の友人を好む男性は大勢いるわ。女性とのおしゃべりは退屈だそうよ」

「おしゃべりの話じゃないの。わたしが言っているのは、寝室での話」

フィグは顔をあげ、眉間にしわを寄せた。「なんですって？」

「彼は同性愛者なの」

フィグは目を見開いた。「まあ。本当なの？　そういう話を耳にしたことはあるけれど、でも本当にそんなこと……」

「結婚して後継ぎが生まれたら、その後は二度とわたしには触れないって彼は言ったわ。そして、お互いの愛人には見て見ぬふりをしようって。素晴らしい未来だと思わない？」

フィグはぱちぱちとまばたきをした。「まあ、そうだったの。そういうことなら、彼を拒絶したのは正しい選択だったわね。王家の人間が、そんな人の道にはずれたようなことをするなんて考えられないもの」

「あら、歴史を振り返れば、王家の人間ではよくあることだったんじゃないかしら。近親交配しすぎたのね」ショックを受けているフィグに向かってわたしは笑顔で言った。ジョージ王子の話題を持ち出そうとしたものの、最後のところで思い直した。わたしはジョージが好きだ。楽しくて、気持ちのいい人だ。実際に羽目をはずしているところをこの目で見たことがあるとはいえ、彼のゴシップを振りまく必要はない。

フィグは激しく首を振った。「いいえ、ありえない。信じないわ、絶対。王家の人たちは義務を果たすように育てられているのよ、ジョージアナ。いくら地位は低くても、王家の一員であるあなたにはわかっているはずだわ」

「親戚のデイヴィッド王子は義務を果たしているとは言えないと思うけれど」わたしは言った。「いまだに夫のいるアメリカ人女性と付き合っているのよ」

フィグは顔をしかめた。「時期が来れば、彼もきっとするべきことをするはずよ。父親が死ぬ前に目を覚ましてもらわないと。国民は彼を頼りにしているのだから」フィグは顔をあげ、わたしに向かって指を振った。「それで思いついたことがあるのよ、ジョージアナ。あなたも結婚式までロンドンに滞在するべきだと思うの。あなたをすべての式典に招待するように、ビンキーから国王陛下ご夫妻に手紙を書いてもらうわ。外国の王子が大勢来るでしょうし、そのなかには夫としてふさわしい人がきっといるはず。このチャンスを逃してはいけないわ、ジョージアナ。いくつになったの？　二四歳？　そろそろしおれ始める年ごろだし、だれにも歓迎されることのない孤独な独身女性にはなりたくないでしょう？」

「勇気づけてくれてありがとう」わたしはひきつった笑みを浮かべた。「でも心配しないで。独身の叔母として、あなたたちの世話になるようなことはしないから。それにわたしには心に決めた人がいるの」

「あのオマーラとかいう人じゃないでしょうね。まさか、まだあの人に未練があるの？」

「彼はただのオマーラじゃない。アイルランド貴族の息子で、わたしたちと同類なのよ。いずれ、キレニー卿になる人なの」

「でもあの家は破産しているのよ、ジョージアナ。父親は城と競走馬を売り払ったと聞いたわ。あなたの愛しい人は、なにも提供できるものがないのよ。それに彼には女性関係の噂がある。あなたは悲しい思いをするだけよ、ジョージアナ。わたくしの言ったことを覚えておくのね。もっと落ち着いた、頼りになる人を選んだほうがいい。たとえそれがビンキーみたいに退屈な人でも」

「わたしと会う前のダーシーは羽目をはずしたこともあったかもしれないけれど、いまはいつかわたしといっしょになれるように、必死に働いているわ。わたしはダーシー以外の人と結婚するつもりはないの。どれほど時間がかかろうと、彼を待つと決めているのよ」

「そのあいだも彼は世界中でほかの女性と遊んでいるんでしょうけれどね」フィグは薄ら笑いを浮かべて言った。「あなたは本当におめでたい子ね、ジョージアナ。わたくしはあなたのために言っているのよ」

「ええ、そうでしょうとも。もう失礼させてもらっていいかしら。部屋に行って、クイーニーが服をきちんと片付けているかどうかを確かめたいの。わたしの昔の部屋はそのままかしら？」

「いまはだれも使っていませんよ」フィグが答えた。

「そのあとは子供部屋に行って、甥と姪に挨拶しなくてはいけないわね」

「ポッジはあなたのことが好きなのよ。どうしているのかと訊かれたわ」

「わたしもあの子に会いたいわ。アデレイドとはまだ会ったこともないのよ」

「あの子はずいぶんと強情になってきたわ。母親のところに来ることを頑として拒否するのよ」

アデレイドに対するわたしの評価はとたんに跳ねあがった。「もう少し愛情と、いっしょに遊ぶ相手が必要なんじゃないかしら。子供部屋は寂しいものよ。わたしは寂しかった。でもわたしには、とても優しい子守がいたから」

「子供には規則正しい生活と規律が必要なの。甘やかしてはいけないのよ、ジョージアナ。あなたにも自分の子供ができればわかるわ」

「あら、わたしはすでにしおれていて、孤独な独身女性になる運命かと思ったわ」わたしは笑顔で言い残し、応接室を出た。

最初の踊り場まで階段をあがったところで、右側にある洗面所のドアがわずかに開いたのでわたしはぎくりとした。「あのー、お嬢さんですか？」

「クイーニー？」ドアの隙間から丸い顔の一部がのぞいている。

「入ってください。急いで」クイーニーはドアを開くと、わたしを引っ張りこんだ。

「家族用の洗面所でなにをしているの？　あなたは使用人用を使わなきゃいけないってわかっているはずよ」

「ええ、そうなんですけど、切羽つまってたんで。だって、地下まで行かなきゃいけないんですよ」

足が濡れていることに気づいたのはそのときだった。床に三センチほどの水が溜まっていて、便器からさらに水があふれている。

「いったいなにがあったの？」

「すいません、お嬢さん。ちょっとしたトラブルがあって。その、用を足したあと、立ちあがってチェーンを引っ張ったら、なんでだかチェーンが跳ねて、帽子を叩き落とされたんです」

「帽子？」

クイーニーは恥ずかしそうに笑った。「かぶってることを忘れてたんです。お嬢さんの服を片付けることで頭がいっぱいだったんで、コートは脱いだんですけど、帽子のことはすっかり忘れちまって。ばかですよね？　そうしたら、見事に便器のなかにはまったんです」

濁った水の奥に目を凝らすと、パイプから鮮やかな赤いものがちらちらしているのが見えた。「まだあそこにあるわ。取ろうとしてみたの？」

「あんなところに手を突っこむなんてとんでもない！」クイーニーはぞっとしたように叫んだ。「なにでいっぱいなんですよ」

「クイーニー、そんなことを言っている間に水が床に染みて、下の階の天井から漏り始めるわ。義理の姉がそれに気づいて、あなたが家族用の洗面所を使ったことを知ったら、残念だけれどあなたは荷物をまとめなくてはならなくなる。さっき言っていたみたいに、こっそりと」

「それじゃあ、どうすればいいんです？」

「急いで下に行くのよ。床を拭く古いタオルと、帽子を引っかけて取り出せるようななにかを見つけてくるの」

「そんなことしたら、あたしの仕業だってわかっちまうじゃないですか」クイーニーは泣きごとを言った。

「クイーニー、わたしはトイレをあふれさせた責任を負う気はないわよ。さあ、袖をまくって自分の手で引っ張り出すか、なにか道具を見つけてくるか、どちらにするの？　ほら、行きなさい。走って。手遅れになる前に」

アヒルが駆け足をしている程度でしかなかったが、それでもクイーニーはじきにタオルと火かき棒を持って戻ってきた。「お嬢さまの洗面所でちょっとトラブルがあったとだけ言ったんです。くわしい話はしませんでした」

数分後、帽子は無事に回収された。ただのずぶ濡れの赤いフェルトになって。

「これはもう、元通りにはなりませんよね？」クイーニーは悲しげに訴えた。

「クイーニー、一度トイレに落ちた帽子をかぶるわけにはいかないわ」わたしはあきれて言った。「ゴミ箱に捨てなさい。いますぐに。それから床をきれいに拭くのよ。あなたをご両親のところに帰したほうがいいかもしれないと思い始めているところよ」

「トラブルはだれにでも起きるもんですよ、お嬢さん」クイーニーが言った。「お嬢さんにだって」

わたしはため息をついた。そのとおりだ。わたしにもトラブルは起きる。少しばかり——

ない。

ということにしておこう――不器用だと言われていたこともある。ただ、クイーニーには人より多くトラブルが起きるというだけのことだ。わたしたちはいい組み合わせなのかもしれない。

甥っ子は、感激するほどの熱烈さで迎えてくれ、痛いくらいにわたしを抱きしめた。姪っ子ですらわたしに会えてうれしそうだったが、それはただ、真面目で堅苦しいばかりで温かみを感じさせない子守よりはましだというだけの理由だったかもしれない。寝室に戻ってみると、クイーニーはこれといった問題もなくわたしの荷物を片付け終えていた。ずいぶんとしおらしくて、かなりこたえたらしく、わたしのことを〝お嬢さま〟とまで呼んだ。

わたしは昔の自分の部屋に落ち着き、ビンキーはわたしのために宮殿に手紙を書いた。なにもかも順調だ。さらに、フィグが『ザ・レディ』誌を購読していることがわかったので、わたしは肘掛け椅子に腰をおろし、最新号に目を通した。使用人募集の広告は山ほどあったが、それ以外はごくわずかだった。だがいまはあわてて仕事を探す必要はない。結婚式は一カ月先だし、ひょっとしたら兄はクリスマスまでロンドンにいることになるかもしれない。それまでになにかが起きるかもしれないでしょう？

ビンキーが手紙を送った翌日に返事が届いたのには驚いた。その手紙はわたし宛で、王妃陛下の手書きだった。

愛しいジョージアナ

あなたがロンドンに戻ってきていて、息子の結婚式に参列してくれると聞いて喜んでいます。最近まで海外に行っていたそうですね。孫娘たちが、今年のバルモラルであなたに会えなかったことを残念がっていました。

都合が悪くなければ、明日宮殿に来てもらえますか？ わたくしは午前中は工場を見学し、そこの食堂で昼食をとることになっていますが、四時のお茶の時間には戻っています。

あなたの親戚
メアリ　R

Rというのは、もちろん王妃《Regina》のことだ。

わたしが手紙を読んでいると、フィグがやってきた。

「宮殿から手紙が届いたそうね」フィグが言った。「ずいぶん早かったわね。あなたを招待客リストに入れることができたのかしら？」

「わからないわ。これは王妃陛下からなの。明日、お茶に来てほしいって」

「まあ、なんということかしら。王妃陛下じきじきの手紙？ いったいなんだってあなたを招待したりするわけ？」そこにビンキーがやってきた。「王妃陛下からジョージアナに手紙が来たの」フィグが早口で言った。「お茶に招待されたのよ。わたくしたちは宮殿のお茶に招待されたことなんて、ないわよね？」

「王妃陛下はジョージーがお気に入りだからね」ビンキーが答えた。「ジョージーがバルモラルに来ていないことに気づかれたくらいだ。外国に行っていた話をお聞きになりたいのかもしれない」

それは困る。そうでないことを願った。メアリ王妃のような方に、ハリウッドでの不道徳なあれこれを話したくはない。そんな話を聞いて、王妃陛下が面白いと思われないことはわかっていた。

「ビンキー、あなたはもっとロンドンで存在感を示さなくてはいけないわ」フィグが言った。「そうすれば、わたくしたちも招待してもらえるかもしれない。もっと外出するべきね。もっと社交的になって、人目につくナイトクラブや食事に行ったほうがいいわ」

「そのためには金がかかる」ビンキーが応じた。「わたしたちに一番足りないものはそれだ。セントラル・ヒーティングを設置したあとも、きみの相続した遺産が残っているなら話は別だが」

「あら、もちろんないわ」フィグがあわてて答えた。

6

一〇月三一日　水曜日

今日は王妃陛下とお茶をごいっしょする。ああ、どうしよう。どうかなにかをこぼしたり、値段がつけられないくらい高価な花瓶を壊したりしませんように。

翌日わたしは昼食を終えるとすぐに、王妃陛下とのお茶に備えて準備を始めた。なにを着ればいいだろう？　お茶に招待されたときはティー・ドレスを着るものだが、そんなものはない。だが母が買ってくれたおしゃれな服が何枚かあった。アメリカでの火事のときに一番上等のものは燃えてしまったけれど、それでも母からもらったカシミアのカーディガンと灰色のスカートを合わせれば、それなりに見栄えがした。カーディガンの下にはクリーム色のシルクのブラウスを着て、真珠のネックレスをつけた。真珠は王家の人たちに受けがいい。母のお古の毛皮のコートを着ていきたい誘惑にかられたが、外は激しい雨が降っている。宮殿に着いたときに、溺れた動物のような有様になっているのは避けたかった。

それが何度目であろうと、バッキンガム宮殿を訪れるのはひどく緊張するものだ。金メッキを施した鉄製の高いゲートとそこを警備するありえないくらい長身の衛兵たちは、見るからに恐ろしかった。バッキンガム・パレス・ロードから宮殿に入る通用口があるのだが、今日はそこが閉まっていたので、ゲートから入り、あたりにいる人々の視線が注がれるのを感じながら前庭を横切らなくてはならなかった。自分の格好が、王家の人間からはほど遠い、ひどくみすぼらしいもののように感じられた。前庭は馬車やダイムラーに乗って――できればティアラをつけて――横切るように設計されている。

傘が風にあおられてひっくり返ったり、つまずいたりすることなく、なんとかドアまでたどり着いた。ここまでは上出来だ。従僕の手を借りてコートを脱ぎ、傘を預けたあとは、階段の上の主階《ピアノ・ノービレ》に案内された。王家の方々が暮らすフロアだ。向かったのがチャイニーズ・チッペンデール・ルームのある方向ではなかったので、わたしは安堵のため息をついた。そこは非常に高価な東洋のアンティークがずらりと飾られた王妃陛下のお気に入りの部屋で、わたしはうっかり明《みん》の陶器を割ってしまうのではないかといつもびくびくしていた。今日案内されたのは宮殿の右側にあって横手の庭を見渡せる、王妃陛下のこぢんまりした居間だった。

従僕がドアをノックしてから、開けた。

「王妃陛下、レディ・ジョージアナがいらっしゃいました」

わたしは従僕の足を踏まないように気をつけながら、部屋のなかに入った。一度、つまずいたことがあるのだ。不器用さがいくらかましになっているのか、それとも過ちから学んだのか、今回は無事だった。暖炉のそばの肘掛け椅子に座っていた王妃陛下が、手を差し出して言った。

「ジョージアナ、よく来てくれましたね。外はひどいお天気だこと。ここに来て、暖まりなさい」

わたしは陛下の手を取り、膝を曲げてお辞儀をしたが、頬にキスをすることはあきらめた。髪と顔が濡れていたし、ローテーブルにはお茶のトレイが置かれていたから、うっかり倒してしまう危険を冒したくなかった。

「ありがとうございます、王妃陛下」わたしは言われたとおり、陛下の向かい側に置かれた肘掛け椅子に座った。「お元気そうでなによりです」

「ありがたいことに、わたくしはとても元気です。ですが残念なことに、国王陛下はあまりよろしくないのです。肺炎で臥《ふ》せって以来、ずっと体調を崩されたままで。ジョージアナ、わたくしはとても心配しているのですよ」

「お気の毒です」

「今年はバルモラルであなたに会えなかったことを、国王陛下は残念がっていましたよ」王妃陛下は咎《とが》めるように眉間にしわを寄せた。「わたくしたち皆が」

バルモラルに行かなかったことを簡単には忘れてもらえそうにない。

「あいにく、八月は母といっしょにアメリカにいましたので」

「アメリカ。そうでしたか。とても忙しい国ですね。だれもが走りまわっているようなところですね」

わたしはうなずいた。

「ともあれ、あなたがロンドンにいることがわかって、わたくしはとても喜んでいるのですよ。本当に幸運でした。ふさわしい人間をずっと探していたのですが、あなたなら最適です」

心臓の鼓動が少し速くなった。王妃陛下からの招待が、純粋に社交的な目的のためだったことは一度もない。なにか仕事を言いつかるのが常だ。どれも簡単なものではなく、ときには違法すれすれであることもあった。気まぐれな息子とアメリカ人の女友だちをスパイすることとか、なくなったアンティークをひそかに取り戻すこととか。

「でもまずは、お茶をいただきましょうか?」王妃陛下はそう言って、紅茶を注いだ。今日のテーブルには豪華なものは並んでおらず、ショートブレッドと、ミセス・ハギンズが焼いたものと同じようなダンディ・ケーキがあるだけだった。ミセス・ハギンズのケーキのほうがおいしいかもしれないとふと考え、笑いたくなるのをこらえた。

勧められたショートブレッドをひと口かじったものの、王妃陛下の口からどんな言葉が出てくるのかを思うと、緊張のあまりチョークのように感じられて、飲みこむことができなかった。だが幸いなことに、そのときドアが開いてデイヴィッド王子が顔をのぞかせた。

「ああ、ここにいたんですね、母上」そう言いながら、さっそうと入ってくる。「工場の食堂での昼食はどうでしたか？　ぼくの予想どおり、コテージパイかリッソウルでしたか？」

「まあまあいただけるローストビーフでしたよ。ヨークシャー・プディングはもう少し、改善の余地がありましたけれどね」王妃陛下が言った。「ジョージアナとお茶をしているところなのよ」

デイヴィッドはこちらに視線を向け、もうひとつの肘掛け椅子に座っているわたしに気づいた。

「おや、ジョージーじゃないか。久しぶりだね」

「こんにちは、サー」念のため言っておくが、親戚であってもここは儀礼上〝サー〟と呼ばなければならないことになっている。

「アメリカに行っていたんですって」王妃陛下が告げた。

「〈ベレンガリア号〉であなたのお友だちと会いました、サー」もちろん、シンプソン夫人のことだ。船長のテーブルでいっしょに食事をした。

デイヴィッドは咳払いをし、王妃陛下はあわてて話題を変えた。

「ジョージアナに手伝ってもらえたらと思っているのよ、デイヴィッド」王妃陛下はこちらに身を乗り出した。「あなたはケンジントン宮殿に行ったことがあるかしら？」

「公園を横切るときは前を通りますが、それだけです、陛下」わたしは答えた。

「それでは、あそこがいくつかの区画に分かれているのは知らないのでしょうね。まだご存命のヴィクトリア女王のふたりの娘があそこで暮らしておられるの。あなたのおばあさまの妹たちですよ。それから、あなたの父親のいとこにあたるふたりの王家の女性も」

ああ、どうしよう。わたしの心は沈んだ。老いた親戚づきの女官になってはどうかと、以前にも王妃陛下から打診されたことがある。毛糸玉を支えたり、長く暗い夜に本を朗読したりしている自分の姿を想像した。だが、とにもかくにもあそこはロンドンだ。

「母上、ジョージーを山盛りおばさんのところには行かせられませんよ。退屈で死んでしまう」デイヴィッドはわたしを見ると、あの魅力的な笑顔を作った。なんて素敵なんだろうとわたしは思い、どうして彼のような人が、情味がなくて険のあるシンプソン夫人に惹かれたのだろうと不思議になった。

「山盛りおばさん?」わたしが訊き返すと、デイヴィッドの目がいたずらっぽく光った。

「あなたはどうしていつもそう不真面目なのかしら、デイヴィッド。いい加減、人生を真面目に受け止めて、自分の責任を果たすときですよ。弟のバーティは義務を果たして、かわいらしいふたりの娘をもうけています。そして今度はジョージも、魅力的なプリンセスと結婚しようとしているのですよ。あなたにも、ふさわしい方は大勢いるじゃありませんか」

「その話はやめましょう、母上」デイヴィッドが言った。「弟が義務を果たすのは喜ばしいことだし、マリナはとても魅力的だ。なかなかの美人ですよ」

「そう思うの? あなたさえその気になれば、〝なかなかの美人〟を連れてくることもできるのですよ。たとえば、ここにいる聡明な親戚とか」

わたしは顔を赤らめた。デイヴィッドはそんなわたしを見て笑った。

「ずいぶんと年が離れているし、近親結婚はもうやめたほうがいいと思いますね、母上。それに彼女はぼくより背が高い。未来の国王としては、あまり見栄えがよくない。違いますか？」デイヴィッドは部屋を出ていこうとした。「ぼくは失礼しますよ。あとはおふたりでどうぞ。しばらくフォートに行っています。いつ戻るかわからないので、日曜日のディナーはぼくをあてにしないでください」

「デイヴィッド、あなたは時々、とんでもないことを言いますね。日曜日のディナーはマリナを歓迎するためのものなのですよ。もちろんあなたも出なければいけません」

「いろいろとしなくてはならないことがあって、それまでに戻ってこられないかもしれないんですよ。申し訳ないが、困っている人を放っておくわけにはいきませんからね。それにマリナがぼくに目がくらんで、弟のことを忘れてしまったら大変だ」デイヴィッドはくすくす笑った。「ぼくがいなくても、どうということはありませんよ」デイヴィッドはわたしに投げキスをすると、あわただしく部屋を出て行った。王妃陛下はわたしを見て、首を振った。

「国王陛下はあの子のことを死ぬほど心配しているのです。いったいどんな国王になるのやら」

「そのときが来れば、彼もきっと自分のするべきことをすると思います。とても優しい方ですし、国民のことを気にかけていますから」

「でもすっかりあの女に心を奪われてしまっているのですよ。あの女に支配されている。あの女は、離婚するためにアメリカに行ったというじゃありませんか。ばかげていますよ。デイヴィッドとは決して結婚できないのですから。我が国は絶対に、離婚歴のあるアメリカ女を王妃として認めたりはしません」

わたしがなにも言わないでいると、王妃陛下はさらに言葉を継いだ。

「ふさわしい相手と結婚するなら、あの女をひそかに愛人にしておいてもいいとあの子に言ったのですよ。だれもたいして気にかけないだろうと」

わたしはにこやかに応じた。「彼女は日陰の身に甘んじるような人ではありません。注目されることが大好きですから」

「それが問題なのです」王妃陛下はため息をついた。「ですがいまは、もっと楽しい話をしましょう。あなたにケンジントン宮殿のことを訊いたのは、マリナ王女には結婚式までそこに滞在してもらおうと思っているからです。ロンドンの街とわたくしたちの暮らしに慣れてもらうため、彼女はこの週末に到着することになっています。そこであなたの出番なのですよ、ジョージアナ。マリナの家族は、彼女の伯父が王位を追われたときにギリシャから亡命しました。マリナはパリの質素なアパートメントで、様々な親戚に囲まれて成長したのです。そういうわけですから、ロンドンでの暮らしに彼女が圧倒されてしまうのではないかと国王陛下とわたくしは心配しているのですよ。同じくらいの歳の人間がロンドンを案内したり、なにかと助言をしたりしてあげれば、役に立つのではないかと思ったのです」

王妃陛下は問いかけるようにわたしを見た。わたしはうなずき、次の言葉を待った。

「あなたには彼女の同伴者としてケンジントン宮殿に滞在してもらいたいのです。イギリスでの暮らし方を教え、買い物や観劇に連れていって、ロンドンのもっとも素晴らしいところを見せてあげてほしいのです」

わたしはためらった。以前にも、イギリスを訪れているヨーロッパの王女をもてなすように王妃陛下から頼まれたことがある。わたしにはだれかをもてなすだけのお金がないことも、ベイクド・ビーンズで命をつないでいることもご存じなかったらしい。そして今度は、ロンドンの最高のものをプリンセスに見せろと？　だが王妃陛下は決してお金の話はしない。そんなことを話題にするのは、ものすごくはしたないとされているからだ。だが、チケットも買えない劇場にプリンセスを連れていくような恥ずかしい思いをしないためには、その話を持ち出さざるを得ない。どう切り出そうかと考えていると、王妃陛下が言った。

「結婚式までは、ケンジントン宮殿を任せているビーチャム＝チャフ少佐がマリナに必要なものを用意することになっています。あなたがマリナをいろいろなところに連れていくことを彼に伝えておきますから、必要なものは彼に頼むといいですよ」

それはお勧めの場所を尋ねたり、予約を取ってもらったりということだけでなく、金銭的なことも含んでの話なのだろうとわたしは結論づけた。

「喜んでマリナ王女のお手伝いをさせていただきます」わたしは言った。

「よかったわ」王妃陛下は満足そうに微笑んだ。「そう言ってくれることはわかっていましたよ。あなたはとても真面目ですからね。義務の概念を祖先から受け継いでいるのですね、ジョージアナ。息子があなたのようなお嬢さんと結婚してくれればよかったのに」

王妃陛下はため息をつくと、小さな居間にはわたしたちふたりだけだというのに、さらに顔を寄せてきた。「もうひとつお願いがあるのです、ジョージアナ」

ああ、やっぱり。なにか難しいことを頼まれるんだわ。わたしは息を止めた。

「デイヴィッドもそうですが、ジョージも友人の選択において、あまり賢明だったとは言えません。ですが、それをひどく誇張した噂が飛び交っているという話を聞いています。この結婚は、幸先よく始まることが重要なのです。ですから万一、そのような噂がマリナの耳に入ったら、それをきっぱりと否定して、ジョージは立派な男だと言ってほしいのです。やってくれますね、ジョージアナ？」

「もちろんです、王妃陛下」わたしは答えた。これで、王家の親戚のために嘘をつかなくてはならなくなった。だがマリナのような箱入り娘は、未来の夫の不品行さを知らないほうがいいに違いない。そう思って自分を納得させた。

わたしは足取りも軽くラノクハウスに戻った。結婚式に招待されただけでなく、花嫁を迎えるにあたり、重要な役割を仰せつかったのだ。もうフィグの辛辣な台詞を我慢しなくてもいいし……コンスティチューション・ヒルをなかほどまでのぼったところで、わたしの足がぴたりと止まった。ああ、どうしよう。クイーニーを宮殿に連れて行かなくてはならない。大勢のプリンセスとそこを管理するビーチャム＝チャフ少佐がいるところに。王家の人間もいなければ、いたるところに高価なアンティークを飾ったりもしていないごく普通の家でも、クイーニーは大惨事を引き起こしてきた。わたしも不器用だから大きなことは言えないが、クイーニーははるかにひどい。まさに歩く災難だ。かといって、レディズ・メイドもなしに宮殿に赴くわけにはいかない。絶対に部屋を出ないようにと、きつく言い聞かせておくほかはないだろう。

家に戻ってみると、食事を部屋に運んでやるようにすれば、きっと大丈夫だ。
隣にいて、自分の描いた絵を見せている。ビンキーは応接室の暖炉の前に座っていた。ポッジは母親の隣にいて、自分の描いた絵を見せている。ビンキーはアデレイドを膝に乗せて揺らし、子守はなにかを警戒するかのようにドアの近くをうろうろしていた。

「帰ってきたのね、ジョージアナ」フィグが顔をあげた。「宮殿でのお茶はどうだった?」吐き捨てるような口調だった。

「ケーキは、おじいちゃんのところでいただいたものほどおいしくなかったわ」わたしは笑顔で答えた。

「ほかにだれかいたの? 盛大なティーパーティーだったの?」

「王妃陛下とわたしだけ。ああ、デイヴィッド王子が少しだけ顔を出したわ」

「本当に?」フィグはぱちぱちとまばたきをした。脳みそが回転しているのがよくわかった。王妃陛下とふたりきりでお茶をするのがどうしてわたしであって、自分ではないのかを考えているのだろう。

「ジョージー叔母さん、しばらくいっしょにいてくれるんでしょう? うれしいな」ポッジが言った。

「あいにく、思っていたほど長くはいられなくなってしまったのよ」わたしは応じた。「でも遊びに来るし、公園にいっしょに行けるかもしれないわ」

「あら、ここを出ることになったの？」フィグの声には期待しているような響きがあった。

「残念だけれど、そうなの。ケンジントン宮殿に滞在して、マリナ王女の面倒を見てほしいって王妃陛下に頼まれたのよ」

その言葉は願っていたとおりの効果をもたらしたので、わたしはおおいに満足した。

7

一月三日　土曜日
ケンジントン宮殿　ロンドン

　愛しの日記帳：今日わたしはケンジントン宮殿に移る。出世と言ってもいいかもしれない。半分わくわくして、半分びくびくしている。どうか、なにかを壊したり、年老いた王女さまを階段から突き落としたりしませんように。

　ケンジントン宮殿は、バッキンガム宮殿とはずいぶん違っている。人通りの多い歩道がある公共の公園の真ん中にあって、衛兵はおらず、南側にだけゲートがある。そのうえ、一部は一般公開されている。実際わたしが入っていったときも、雨のなか小学生のグループがひとかたまりになって、宮殿内を案内してもらうのを憂鬱そうな顔で待っていた。わたしも宮殿のなかに入るのは初めてだったので、とりあえず受付カウンターに歩み寄った。チケットを差し出されたので、アパートメント1へはどうやって行けばいいのかを尋ねた。

「こちらからは居住用アパートメントには行けません」受付係の女性が答えた。「プライベートスペースは、公開されているところとは完全に分かれているんです。建物のまわりの通路を進んで、裏側に行ってください」受付係はいぶかしげにわたしを眺めた。雨が降っていたので、わたしは今日もレインコートを着ていたし、王家の人が暮らすアパートメントを訪ねるような人間には見えなかったのだろう。「なにかの配達ですか？　お預かりできますけれど」

「いいえ、ここで暮らすために来たのよ」

わたしはにこやかな笑みと考える材料を彼女に残し、その場をあとにした。再び雨のなかに出て、彼女に言われたとおり、宮殿の裏に通じる通路をたどった。ようやくそれらしいドアを見つけたときには、雨も風も激しくなっていた。呼び鈴を鳴らした。だれも出てくる気配がなかったのでノブを回してみると、ドアが開いた。玄関ホールに足を踏み入れたわたしは、驚いてあたりを見回した。バッキンガム宮殿のような屋敷を想像していた。壁には王家の人々の肖像画が飾られ、いたるところにアンティークや彫像が置かれているような。けれどどこは、いくらか時代遅れで家具磨き剤と湿気のにおいがするものの、ごく普通の家に近かった。わたしはわずかに安堵感の混じった落胆のため息をついた。少なくともここではバッキンガム宮殿のように、高価な物を倒すのではないかと振り返るたびに心配する必要はない。玄関ホールはひんやりしていて、隙間風が脚にからみついた。王女を歓迎している雰囲気とは言えない。だが王女が実際に到着するまでは、火を入れないつもりなのかもしれない。

これからどうすればいいのだろう？　王妃陛下が使用人をよこしてくださっているのだろうか？　それとも、マリナ王女が連れてきている？　どちらにしろまだ着いていないようだ。アパートメントに直行するのではなく、ビーチャム＝チャフ少佐に取り次いでほしいと頼むべきだったのだと気づいた。彼に案内してもらうのが正しいやり方だったのだろう。だが建物の表側まで戻るには、また雨のなかを延々と歩かなくてはならない。玄関ホールの突き当たりにアーチ形の入り口があって、その奥に廊下が延びているのが見えた。そちらに目を向けると、女性が歩いていくところだった。音もたてず、滑るように足早に進んでいく。

「こんにちは。ちょっといいですか」わたしは呼びかけた。

彼女が足を止めようとしなかったので、わたしはそのあとを追った。だが暗く長い廊下にたどり着いてみると、そこに人気《ひとけ》はなかった。いったいどこに行ったのだろう？

ほかの廊下はないし、ドアを開閉する時間もなかったはずだ。そこでようやく、彼女が足首まである白いドレスを着て、巻き毛を頭上でいくつもの小さな束にまとめていたことに気づいた。うなじの毛が逆立った。ちょうどそのとき、大理石のタイルの床を歩くきびきびした足音が聞こえたかと思うと、ひとりの女性が玄関ホールに現われた。こちらの女性は存在感抜群だ。三〇代とおぼしき顔色の悪い女性で、栄養が充分に行き届いた体をいささか窮屈そうなウールのドレスに包み、淡い色の髪を時代遅れのお団子にまとめていた。わたしに気づくと、指を振りたてながらぐんぐんこちらに近づいてくる。

「やっと来たのね。まったく役に立たないんだから」なまりの強い英語で彼女が言った。

「いったいなにをしていたの？　ずっと待っていたのよ」

「決まった時間に来なければいけないなんて、聞いていませんでしたけれど」攻撃的な彼女の物腰に戸惑いながらも、わたしは応じた。

「目上の人間に対して、その口のきき方はどうなのかしら」彼女は傲慢な目つきをわたしに向けた。

「目上の人間？」腹立ちが驚きに取って代わった。「あなたがどなたか知りませんけれど、わたしたちは同じ身分だと思います。あなたがヴィクトリア女王の生まれ変わりでないかぎりは」

　不安そうな表情が彼女の顔に浮かんだ。

「ニシンの酢漬けをハロッズから届けに来たんじゃないの？」

　わたしは笑いたくなるのをこらえた。

「わたしはレディ・ジョージアナ。国王陛下の親戚です。あなたのお名前をうかがってもいいかしら？」

「まあ、大変失礼しました」女性はひどく狼狽《ろうばい》した様子で、口ごもった。「まさか……国王陛下のご親戚がいらっしゃるなんて聞いていなかったものですから。それに王家の方がこんなふうにひとりで来られるなんて、思ってもみなくて」彼女はそう言うと、濡れそぼったわたしのコートと足元にできた水たまりに目を向けた。

「そうね、ごめんなさい。わたしが王家の人間らしく見えないことはわかっているんです。

でも外はバケツをひっくり返したような雨だし、わたしには車がないんですもの」

彼女は窓に近づいて、外を眺めた。「バケツなんて見当たりませんよ」

「そういう言い回しなんです」

「そうですか」彼女は真面目くさって言った。「覚えておかなければいけませんね」新しい情報を頭に入力したとでもいうようにうなずくと、わたしに向かって小さくお辞儀をした。

「わたしはマリナ王女の親戚のイルムトラウト・フォン・ディンゲルフィンゲン＝ハッケンサック女伯です。母親同士が親戚なんです」

「はじめまして、女伯」わたしが差し出した手を、彼女はしっかりと握り返してきた。

「ここが王女にふさわしいかどうかを確かめるために、国王陛下があなたをよこしたんですか？」

「結婚式までここに滞在して、マリナ王女のお世話をするようにと王妃陛下に頼まれたんです」

イルムトラウトは顔をしかめた。

「ここに？　マリナのお世話をするために？　どうしてそんなことをする必要があるんです？　わたしがいるのに。マリナのことはわたしがよくわかっています」

あら、大変。ひどく機嫌を損ねてしまったようだ。

「ええ、そうでしょうね。でも王妃陛下はマリナ王女にイギリスの習慣をお教えして、ロンドンを案内するのにはわたしが最適だろうとお考えになったんです」

「そうですか」イルムトラウトはまだ不満そうだ。

「どのお部屋を使えばいいのか聞いていないんです。ビーチャム＝チャフ少佐が案内してくださるのかしら」

「ここに住んでいる、いかにも英国紳士らしい人のことですか？」

うなずいた。「そうだと思います」

「あの人は、とても軍人っぽいですね。あまり思いやりがあるように見えません。ジョージ王子は思いやりのある人ですか？　マリナには少佐のような人と結婚してほしくないんです」

「ジョージ王子はとてもいい人ですよ」わたしは心から言った。「とても親切で、ユーモアのセンスがあって」

「よかった。王子たちが皆、思いやりがあるとは言えませんからね。最近会った人は……」

この話題を続けてもいいものかどうか推し量っているように、彼女は口ごもった。「ジークフリート王子とはお知り合いですか？」

「ルーマニアの？　ええ、知っています。以前、彼と結婚するように背中を押されたことがあって」

「背中を押されたんですか？　それは危ないですね。落ちたんですか？」

「そうじゃなくて、彼との結婚を親戚に強く勧められたんです。でも彼ってひどい人でしょう？　傲慢で、冷淡で。わたしたち、彼のことを魚顔って呼んでいたんですよ」

イルムトラウトは不安そうな顔になった。「別に魚の顔はしていませんでしたよね？　人間の顔だったと思いますけれど」

わたしは彼女との会話にうんざりし始めていたので、近くのドアが開いて男性が現われ、確たる足取りで近づいてきたときにはほっとした。

「レディ・ジョージアナ」手を差し出しながら彼が言った。「あなたがいらしたことをたったいま聞いたところです。お迎えせず、申し訳ありませんでした。ビーチャム＝チャフ、近衛騎兵第一連隊少佐です。いまはジョージ王子づきの侍従を務めていて、今回のバン・ファイトの責任者を仰せつかっています」

「バン・ファイト？」イルムトラウトが声をあげた。「パンで喧嘩をするんですか？　それが古くからのイギリスの慣習なんですか？」

少佐とわたしは声をあげて笑った。

「お祝い事を意味する言葉ですよ。今度の結婚式のことです」少佐が説明した。

「そうですか。それもイギリス式のジョークなんですね」イルムトラウトの顔に笑みは浮かばなかったが、ちらりとわたしに向けた少佐の目には面白がっているような光が浮かんでいた。

少佐は予想していたよりも若かったが、いかにも軍人らしい物腰で、長身で姿勢がよく、きれいに手入れされた金色の口ひげをはやしていた。そして、とてもハンサムだ。

「はじめまして、ビーチャム＝チャフ少佐」イルムトラウトににらまれながら、わたしは彼と握手を交わした。

「BCと呼ばれることが多いんですよ。BC少佐でもいい」彼は笑って言った。「わたしのイニシャルですよ、もちろん。生まれた時代じゃない」

「あなたが紀元前に生まれたはずがないじゃありませんか」イルムトラウトが言った。「そんなことをわたしたちが信じるとでも思っているんですか?」

わたしたちがなにも言おうとしなかったので、イルムトラウトはため息をついた。

「そうですか、それもイギリス式のジョークなんですね。この国はユーモアにあふれているみたいですね」

「もちろんですとも。一分ごとに笑うんですよ」少佐が言うと、イルムトラウトはドレスの前面に留めてある時計を確認した。

「ビーチャム゠チャフ少佐、ニシンの酢漬けを配達してくれるように頼んだのに、まだ来ないんですけれど」彼女が言った。

「ケンジントン・ガーデンズのラウンド・ポンドで釣っているのかもしれませんね」少佐は表情を変えずに言った。

「まさか」イルムトラウトは大きく首を振った。「ニシンは池にはいません。海の魚です」

少佐は再びわたしを見て、ウィンクらしきものをした。わたしは彼に好感を抱いた。

「これもイギリス式のジョークですよ、女伯」

「わたしにはイギリスのユーモアというやつが理解できません」イルムトラウトは不機嫌そ

うだ。「自分の部屋でニシンを待つことにします」そう言い残し、その場を去っていった。

「あまり楽しい人ではありませんね」少佐が言った。「幸い、王女はとても魅力的で気さくな方ですよ」

「もうお会いになったんですか？」

「ジョージ王子が王女のご両親を訪問されたとき、わたしも同行しましたから。明日の午後、臨港列車で到着する王女をジョージ王子と国王陛下ご夫妻が出迎えることになっています。それから王女をここにお連れして、夜にはバッキンガム宮殿で顔合わせのディナーです。もちろんあなたも招待されていますから、マリナ王女といっしょに車でいらしていただきます」

「ありがとうございます。だれかに、わたしを部屋まで案内するように言ってもらえませんか。これ以上、床の水たまりを広げてしまう前に、濡れた服を着替えたいんです」

「わたしが喜んで案内しますよ。こちらです」

わたしは彼に連れられてアーチをくぐり、らせん状の階段をのぼった。白しっくい塗りの壁と飾り気のない石の階段という、宮殿にしては質素な造りだ。

「階段を気になさらなければいいんですが」少佐が言った。「ここは小さいほうのアパートメントで、一階はマリナ王女と彼女のメイドに使ってもらうことにしました。あなたとイルムトラウト女伯は二階、三階の小さな部屋があなたのメイド用です。メイドはいっしょに来なかったんですか？」

わたしはごくりと唾を飲んだ。「あとから荷物を持って来ることになっています」少佐とクイーニーが顔を合わせることを想像すると、気分が悪くなった。

少佐は軽やかに階段をあがっていき、見た目どおりたくましいことを証明した。

「さあ、ここです」そう言って、最初のドアを開けた。置かれている家具は時代遅れで、壁紙はいくらかくすんでいたが、窓は公園ではなく中庭に面していて、広々として気持ちのいい部屋だった。

「このアパートメントは改装がぜひとも必要なんですが、いま使われておらず、王家の方に滞在していただけるほど広いのはここだけなんですよ。ご存じかと思いますが、ほかのアパートメントには四人の年配のレディがお住まいなので」

「山盛りおばさんたちですね」わたしは笑いながら言った。

「デイヴィッド王子と話をされたんですね」少佐が笑みを返した。「ヴィクトリア女王のふたりの娘さんとふたりのお孫さんがいらっしゃいます。あなたの大おばと父方のいとこということになりますか？」

「多分。親戚関係は複雑でよくわからなくて」

「そうそう、忘れないうちにお伝えしておかなくては」少佐は衣装ダンスのドアを開けて、なかを調べながら言った。「ルイーズ王女が今夜食事にあなたをお招きしたいということでした。部屋は1Aです――南側にあるアパートメントですよ。七時半に」

「ありがとうございます。うかがいます」

「それではあとはお任せしますよ」少佐が言った。「なにか用がありましたら、わたしの部屋はアパートメント10です。正式な入口は建物の正面玄関をまわって、公開している玄関ホールを抜けたところですが、幸いなことに中庭に出る裏口があるんですよ。おかげで小学生の子供たちと鉢合わせしなくてすむ。わたしは王室とどういう関係にあるのかとしょっちゅう訊かれるんですよ」少佐はいらだたしげな笑みを浮かべると、会釈をして帰っていった。階段をおりていく彼の足音が聞こえた。

裾の長い白いドレスの女性のことを思い出したのは、新たにわたしのものになった部屋でひとりになってからだった。ケンジントン宮殿には幽霊が出るのかどうかを少佐に尋ねるべきだったかもしれない。わたしが育ったラノク城の使用人から幽霊話はいやというほど聞かされていたが、わたし自身は見たことがない。気がつけば落ち着きなくあたりを見回していた。

「しっかりしなさい」自分を叱りつけた。ラノク家の人間が幽霊を怖がったりするべきではない。そもそも、わたしの祖先である可能性が高いのだから。だがクイーニーはどんな反応を見せるだろう。せめて首なしの幽霊ではありませんように……。

イルムトラウト女伯とビーチャム＝チャフ少佐と同じ敷地内にクイーニーがいることになるという現実に思い至った。ふたりのどちらかとクイーニーが鉢合わせをするような危険を冒すわけにはいかない。再び雨のなかに出ていきたくはなかったが、クイーニーがラノクハウスから荷物を運んでくるタクシーには、わたしも乗っていたほうがいいだろうと心を決めた。どうしてこんな任務を引き受けてしまったのだろうとみじめな思いで考えながら、雨のなかをとぼとぼと歩く。望まれても必要とされてもいない、薄暗くて寒々しい建物に滞在しなくてはならないなんて。だがもちろんその答えはわかっていた。だれも王妃陛下にノーとは言えないからだ。

ラノクハウスに着いてみると、驚いたことにすっかり荷造りを終えたクイーニーが待っていた。ようやく彼女も、ちゃんとしたレディズ・メイドになるべく努力する気になったのかもしれない。ハミルトンが呼んでくれたタクシーで、わたしたちはケンジントン宮殿のアパートメントの入り口に着いた。

クイーニーはじろじろと建物を眺めた。「アインスフォード公爵のお屋敷ほど立派じゃないですね。なんだか野暮ったいとあたしは思いますね」

「だれもあなたの意見は聞いていないわ、クイーニー」わたしは言った。「あなたがどう思おうとここは王家の宮殿なんだから、とにかく行儀よくしていなければいけないのよ。わたしかあなたの部屋から出ないと約束してちょうだい。あたりをうろうろしたりしないこと。王家の人たちはあなたを見たらおののくわ。あの人たちにとって、使用人は完璧にマナーを守るのはもちろんのこと、目に見えない存在なの」

「あたしはこんなに大きいんだから、見えなくするのは大変ですよね」クイーニーはにやにやしながら言った。「でもできるだけやってみますよ、お嬢さん」

　建物に入るまではなにも問題はなかったが、クイーニーが階段を見て文句を言った。

「なんてこった。お嬢さん、あたしに荷物を抱えてこの階段をあがれって言うんですか？　あたしをなんだと思ってるんですかね？　ポーターかロバだとでも？」

「従僕を探してみるわね」わたしはそう言って彼女を黙らせ、階段をあがった。

　従僕は見つからなかったが、なんとか庭師を捕まえることができたので、クイーニーと荷物は無事にわたしの部屋にたどり着いた。

「ディナーはどうなってるんですかね？」クイーニーの頭のなかはいつだって食べ物のことでいっぱいだ。

「わたしたちが昼間にいただくのは昼食で、ディナーは夜だって何度も教えたでしょう」

「お嬢さんたちはそうかもしれないですけど、あたしたちは昼間にディナーを食べて、夜はお茶なんです。あたしのお腹はいまディナーを欲しがっているんですよ」

「まずは荷物を片付けてちょうだい。それからもうひとつ上の階に行って、あなたの部屋を探しましょう」わたしは言った。クイーニーをひとりでうろつかせるわけにはいかない。ほんの一瞬でも。「あなたが荷物をほどいているあいだに、食事のことを訊いてくるわ」

　クイーニーはため息をついた。わたしは再び階段をおり、人の気配を探した。次々とドアを開けていく。薄暗い大広間、書斎、暖炉に火が入っていればきっと居心地がいいだろうと思えるこぢんまりした応接室、そして食堂。三〇人は座れそうなマホガニーの長いテーブルが置かれていたが、食べるものは見当たらない。自分の部屋でひっそりとニシンの酢漬けを食べているイルムトラウト女伯を思い浮かべ、わたしもなにか食べるものを取り寄せなければならないのだろうかと考えていると、メイドが姿を見せた。

「失礼しました、妃殿下」メイドが膝を曲げてお辞儀をした。「いらっしゃることに気づかなかったものですから」

「いいのよ。それにわたしは妃殿下じゃなくて、ただのレディ。レディ・ジョージアナよ。昼食はどうなっているのかと思って」

「いまここにいらっしゃるのはイルムトラウト女伯だけなんです、お嬢さま。お部屋に食事をお持ちしました」

「わたしもここに滞在することになったの。なにか食べたいわ」

「テーブルをご用意したほうがよろしいですか、お嬢さま？」メイドは心配そうに尋ねた。

陰鬱で寒々しい食堂で、ひとり食事をする様を想像した。「わたしも部屋に運んでもらえるかしら？　メイドの分も」

「承知いたしました、お嬢さま。なにか特に召しあがりたいものはありますか？」

「なんでもあるものでけっこうよ。それから部屋で食事をするのなら、暖炉に火を入れてほしいの。ここはなんだか暗くて、寒いわ」

「そうなんです」メイドは顔をしかめたが、すぐに目の前にいるのがだれかを思い出した。「申し訳ありません、お嬢さま。わたしは普段、すべてが素晴らしいバッキンガム宮殿にいるものですから」

「ほんの数週間のことよ」慰めるように笑いかけると、メイドは恥ずかしそうに微笑み返し、もう一度お辞儀をしてから、その場を去っていった。部屋に戻り、具がたっぷりのスープと焼いた魚と蒸しプディングの昼食をとったわたしは、ぐっと気分がよくなった。クイーニーもおいしそうにたいらげた。「食べるものは悪くないですね。トレイを厨房に持っていったほうがいいですか？」

「いいえ、だれかに取りに来させるわ。宮殿では、レディズ・メイドはトレイを運んだりしないの」

もちろん嘘だったが、クイーニーをわたしの目の届かないところに行かせるつもりはなかった。

8

一一月三日
ケンジントン宮殿、アパートメント1

一度も会ったことのない王家の大おばたちとのディナー。これほど恐ろしいものがあるかしら?

夜七時半、わたしは赤紫色のベルベットのドレスに身を包み、アパートメント1Aのドアの前に立った。ケンジントン宮殿の難点はアパートメントがすべて独立していて、廊下でつながっていないことだ。それはつまり、傘で顔は濡れないものの、ドレスの裾を泥だらけにしながら雨のなかを歩かなければならないことを意味していた。ドアを開けたメイドの顔を見れば、わたしが雨に濡れてひどい有様だということがよくわかったが、彼女がコートと傘を受け取っているあいだに、玄関ホールの鏡でなんとか身づくろいをすることができた。

このアパートメントは人が長く住んでいることを感じさせた。時代遅れであることに変わりはないが、温かい雰囲気で居心地がいい。老婦人を連想させるにおい——ラベンダーと家具磨き剤と香油の香り——が漂っていた。

「妃殿下は客間でお待ちです」メイドはそう言うと、前に立って歩きだした。

「レディ・ジョージアナ・ラノクがお見えになりました」

メイドはそう声をかけると、いかにもヴィクトリア朝風の部屋に足を踏み入れた。広々としているにもかかわらず、物があふれている印象だ。ガラスケースに入った鳥のはく製や奇妙な形の像など、当時の様々な調度品が飾られていた。暖炉では火が燃え盛り、その前にはヴィクトリア朝時代から抜け出してきたかのようなふたりの老婦人が座っている。ひとりはビーズのついたショールを肩にかけ、もうひとりはレースの高い襟がついた、ウエストをきゅっと絞った丈の長い黒いドレスをまとっていた。その顔は驚くほどしわがなく、瞳には知的な光があった。わたしを見ると、彼女の顔がぱっと輝いた。

「ジョージアナ、ようやく会えてこんなにうれしいことはありませんよ」

わたしは彼女に近づき、膝を曲げてお辞儀をした。

「初めまして、妃殿下」

彼女は笑って言った。「まあまあ、ここではそんな堅苦しい宮殿の作法はいりませんよ。わたくしはあなたの大おばのルイーズだから、そう呼んでくれればいいのです」彼女はまじまじとわたしを見つめた。「ええ、確かにお父さんの面影があるわ。魅力的な人でしたよ。ほんの小さなころからね。若くして亡くなったのが残念ですよ」

わたしはうなずいた。リヴィエラにいることが多かった父のことはほとんど知らないが、心の優しい人だったという印象がある。笑うことが好きな人だった。

「そしてこちらが、もうひとりのあなたの大おば。妹のベアトリス。彼女も初めてあなたに会うのを楽しみにしていたんですよ」

わたしは彼女にもお辞儀をした。「初めまして、妃殿下」王家の人間に対しては、慎重すぎるくらいでちょうどいい。彼女はわたしの言葉に反論しようとはせず、自分のことは〝大おば〟と呼ぶようにと言った。

わたしはルイーズ王女が示した椅子に腰をおろし、銀のトレイにのったシェリーを受け取った。

「大おばさまもこの宮殿にお住まいですよね？」わたしはベアトリス王女に尋ねた。「ここから近いのですか？」

「建物の反対側ですよ」ベアトリス王女が答えた。「母が子供のころに住んでいたアパートメントなのです。母が亡くなった一九〇一年に夫と子供たちといっしょに越してきたのですよ。夫はもうこの世にはいないし、子供たちもそれぞれの人生を歩んでいるけれど、母が同じ場所で幸せな子供時代を過ごしたと思うと、慰められますからね」

その気持ちはよくわかった。

「ただひとつの難点は、部屋を見てまわる客たちの足音が始終頭の上で響いていることでしょうね。いくつかの部屋が一般公開されていることに、気づいたでしょう？」

「今日も館内ツアーを待っている子供たちを見ました」わたしは答えた。

ベアトリス王女はうんざりしたように微笑んだ。

「昼間だけのことですしね。子供たちを見ているのはいやではないのです。孤独を感じることも時折ありますし、若い人の顔を見るのはいいものです。あなたがここに来てくれて、本当にうれしいのですよ。それに、早くマリナに会いたくてたまりません。そうでしょう、ルイーズ？」

「そうですとも」ルイーズ王女が応じた。「彼女が来たら、昼食に招待するか、シェリー・パーティーをしようと思っているのです。いたずら好きなあなたの親戚が言うところの山盛りおばさんたちを紹介しなくてはいけませんからね」

ベアトリス王女がわたしに顔を寄せて訊いた。「教えてくれるかしら。デイヴィッドの友人の謎めいたレディと会ったことはありますか？」

「ありますけれど、彼女はレディではありません」

「その人は男性だということ？」

わたしは笑って答えた。「いいえ、そういうことじゃないんです。彼女はわたしたちと同じような身分ではないという意味です。離婚歴のある無作法なアメリカ人女性です。二度目の離婚をしようとしていると聞いています」

「なんという野心家かしら！」ふたりの大おばは顔を見合わせた。

「そんなことをしてもどうにもなりませんよ」ルイーズ王女が言った。「デイヴィッドは、離婚歴のある女性とは絶対に結婚できませんからね。英国国教会の長なんですから」

「あんなにかわいらしい少年だったのに」ベアトリス王女は残念そうに言った。「父親が彼をかわいがるあまり、自由にさせすぎたのですよ。一方で次男には厳しすぎた。おかげでかわいそうにあの子は吃音《きつおん》になってしまった。それなのに父親ときたら、怒鳴ったり叱ったりするばかりで、余計に事態を悪くしていることに気づかなかったんですから」ベアトリス王女は、ショールをいっそうきつく肩に巻きつけた。「けれどわたくしは、実はあの子のほうが兄よりも気概があると思っているのです。いい人と結婚しましたよね。幼いふたりの娘を連れて、時々訪ねてきてくれるのですよ。ねえ、ルイーズ?」

ルイーズ王女はくすくす笑った。「小さなマーガレット・ローズときたら、かんしゃく玉みたいな子ですよ。大きくなったら手に負えなくなるでしょうね。王女はいまでもだれかの首を切り落としてもいいのかと、わたくしに尋ねたことがあるのですよ」

わたしは声をあげて笑ったが、ベアトリス王女がにこりともしていないことに気づいた。

「わたくしは、あの子と話をするつもりですよ。デイヴィッド王子と。義務と家はなにより優先されるのだということを、あの子もいい加減学ぶべきです。そういう立場に生まれたのですから。あの子がいまなにをしているかを知ったら、お母さまはお墓のなかで寝こんでしまうでしょうね。お父さまであれば、鞭で打って目を覚ませと叱りつけたでしょう。そう思うでしょう、ルイーズ?」

「きっとそうしたでしょうね。でも時代は変わったのですよ、ベアトリス。世界大戦があったでしょう? 人生がひどく不安定なものだということを知った若い人たちは、本当に大事なものはなんだろうと考えるようになったのですよ。違いますか、ジョージアナ?」

「戦争を覚えている人たちはそうかもしれません。わたしは小さかったので覚えていませんし、義務も家もわたしにとっては大事なものです」

「あなたはいい子ね」ルイーズ王女はうなずいた。「一家の誇りですよ。母がいたら、さぞ喜んだでしょうね」

わたしは部屋のなかを見回した。「ここは面白いお部屋ですね、ルイーズ大おばさま。あの像は新しいものですか? それとも昔のものなんでしょうか?」

ルイーズ王女はうれしそうに笑った。

「あなたにとっては新しいとは言えないでしょうね。若いころに、わたくしが作ったのですよ」

「大おばさまは彫刻家なんですか? なんて素敵」

「才能らしきものがあったのです。でも、あきらめなくてはならなかった。大理石を削るのはとても力がいるのですよ。あなたには芸術の才能があるのかしら?」

「まったくありません。それがなんであれ、才能と呼べるものがあるのかどうかすらわからなくて」

「自分を過小評価してはいけません。慎み深くあることが美徳であるように若い女性は育てられていますけれど、本当は自分の能力を大声で叫ぶべきだとわたくしは考えています」

ルイーズ王女はわたしの顔を見て笑った。

「母はわたくしが彫刻をすることには賛成でしたが、考え方を認めてはくれませんでした。わたくしは女性推進派だったのですよ。婦人参政権を擁護していましたし、流行する前からずっと女医にかかっていたのです」

わたしは驚いた顔をしていたらしく、ベアトリス王女が言葉を継いだ。

「もちろんお母さまには秘密にしておかなくてはいけませんでしたけれどね。絶対に認めなかったでしょうから」

「あなたたち若い人は幸運なのですよ」ルイーズ王女の声にはどこか羨望の響きがあった。「わたくしたちのころは、若い娘が付き添いなしに出かけることは絶対に許されませんでした。そうよね、ベアトリス？　結婚はまわりが決めるものでしたし、上流階級の娘が仕事を持つこともできなかったのです」

「最近でも仕事を見つけるのはそれほど簡単なことではありません」わたしは言った。「仕事のない男性が大勢いますから」

「ええ、そのとおりね。早朝の散歩に行くと、公園で眠っている男性を見かけます。心が痛みますよ。大勢の人にとって辛い時代ですね。さあ、もう悲しい話はやめましょう。あなたは親戚の結婚を祝うためにここに来たのですから」

突然、煙突を風が駆けおりて、部屋のなかに火の粉と煤《すす》が散った。わたしは今日の午前中に見たもののことを思い出した。

「この宮殿に幽霊はいますか？」

ふたりの大おばは顔を見合わせた。

「ええ、たくさんいますよ」ルイーズ王女がいたずらっぽく笑った。「あなたも行く先々で幽霊と遭遇するでしょうね。もちろんそのほとんどが王家の人間ですよ。祖先がわたくしたちを見守っているのです。悪意のある幽霊はいませんから、心配する必要はありませんよ」

「お昼前に、女性を見かけたんです。丈の長い白いドレスを着て、巻き毛を頭上でいくつもの小さな束にまとめていました」

「ああ、それはきっとソフィア王女ね」ルイーズ王女は確かめるように妹を見た。「わたくしたちはどちらも彼女を見たことがありますよ。そうよね？　ジョージ三世の娘ですが、かわいそうに一度も結婚することを許されなかったのです。一生、ここでひっそりと暮らしたそうです。兄のカンバーランド公と近親相姦関係にあったという噂があります。それから、父親の侍従とも。どちらにしろ、彼女は庶子をもうけたのですが、子供はすぐに取りあげられ、すべてはもみ消されました。彼女はいまも子供を捜して宮殿を歩きまわっているのだと思いますよ。あるいは、赤ん坊の父親を捜しているのかもしれませんね」

社会と交わることなく生涯をここで過ごしたうえ、子供まで取りあげられた気の毒なソフィア王女。宮殿を歩きまわるのも無理はないと思えた。

「ほかの幽霊たちのほとんどは王家の大広間にいますから、わたくしたちが会うことはあまりないのです」ベアトリス王女が言った。「けれど、時計塔には幽霊がいるようですね」

「時計塔?」わたしは訊き返した。

「このアパートメントの奥の中庭の入り口にある塔です。何度か奇妙な光を見たことがありますよ。でもわたくしは長いあいだここで暮らしていますからね、幽霊がいてもどうということはありません。ただ、使用人たちは大騒ぎするのですよ。下の階級の人間は、階段でわたくしたちの祖先と出会うことに慣れていないのですね」彼女はいかにもうれしそうに、またくすくす笑った。

カレー風味のマリガトーニスープ、キジのロースト、アップル・ダンプリングというメニューのおいしいディナーをいただき、楽しいひとときを過ごしたあと、わたしはどうしてこれまで大おばたちを訪問しなかったのだろうといぶかりながらいとまごいをした。子供時代をここから遠く離れたスコットランドのお城で過ごしたことに加え、一度も紹介してもらう機会がなかったせいだろう。王家の人のもとを訪れるのは、ごく普通のおばの家に立ち寄るほど気楽なものではない。

「ここにひとりきりで暮らすのは寂しくはありませんか?」わたしは尋ねた。

「いいえ、そんなことはありませんよ」ルイーズ王女が答えた。「ベアトリスがいますし、姪たちも近くにいますからね。それに外出したくなったときには、公園を抜けてハロッズに行ったり、アルバート・ホールでコンサートを聴いたりしていますから。もっと遠くに行きたいときは、九番のバスに乗ることもありますよ。わたくしのことをだれも知らないと思うと、楽しくなります」

ヴィクトリア朝時代の服をまとった老婦人はきっと人目につくだろうと思ったが、わたしは笑顔でうなずいた。メイドがわたしのコートを取りに行った。

「どうしてあなたとはこれまで一度も会ったことがなかったのでしょうね？」ベアトリス王女が尋ねると、姉が非難がましいまなざしを彼女に向けた。

「母が出ていってしまったので、わたしはラノク城の子供部屋にひとりで残されていましたから」

「でも社交界にデビューしたときは、ロンドンにいたのですね？」

「ええ、もちろん」

「若い人は、年老いた親戚を訪ねて時間を無駄にはしないものですよ、ベアトリス。パーティーや舞踏会で忙しかったでしょうからね」

「そのときに夫になる男性は見つからなかったのかしら？」ベアトリス王女が訊いた。

「はい、残念ながら」

彼女はわたしの手を叩きながら言った。「大丈夫ですよ。あなたのような健康そうないいお嬢さんは、すぐにでもお相手が見つかりますよ。王家の次の結婚式はきっとあなたでしょうね」

「そうだといいんですけれど」わたしは笑顔で応じた。

メイドがわたしのコートと傘を持って戻ってきた。

「レディ・ジョージアナを裏口に案内してさしあげなさい、フィリス」ルイーズ王女が命じた。「中庭から帰れば、あのひどい風のなかを歩かずにすみますからね」

わたしはふたりの大おばを突き倒すこともなく、それぞれの頬に恭しくキスをした。メイドに連れられて狭い廊下を進み、暗い中庭へと歩み出る。ぽつぽつと雨が落ちている以外、そこは静まりかえっていた。そのうえ真っ暗だ。わたしの寝室とおぼしき二階のひと部屋を除き、明かりのついている窓はない。そこも厚手のカーテンが引かれているから、わずかな光の筋が漏れているにすぎなかった。わたしは傘を差し、滑りやすい石畳の道を進んだ。中庭の突き当たりにあるアーチまでやってきたところで、ランプの明かりらしきものが見えたのでほっとした。さらに進んでいくと冷たい風が吹き抜けて、頭上高くにある時計が一〇時の鐘を打ち始めた。

幽霊が出るという時計塔だ。その瞬間明かりが消えて、わたしは漆黒の闇のなかに残された。正直に告白すると、わたしはアーチを駆け抜けて、玄関まで必死の思いで走ったのだった。

9

一一月四日　日曜日
ケンジントン宮殿　ロンドン

マリナ王女が今日到着する。彼女の親戚ほど不愉快な人じゃないといいのだけれど。

マリナ王女の到着を待ち受ける翌日のアパートメントは大騒ぎだった。大きな花の飾りが運びこまれ、棚のほこりがはらわれ、暖炉には火が入れられた。使用人たちの姿が見受けられるようになり、食堂にたっぷりした昼食が用意された。ようやくここでも現代的な生活が始まるようだ。わたしは臨港列車が四時頃に着くことを知っていたので、できるかぎり身だしなみを整え、王女の到着を待つために長広間に向かった。イルムトラウト女伯がすでにそこにいた。

「ゆうべ、ディナーの席で見かけませんでしたけれど、具合でも悪いんですか？」

「いいえ。大おばのルイーズ王女と食事をしたんです。ここの隣のアパートメントにお住まいなので」

「あら、そうだったんですか。この宮殿には王家の老婦人が大勢お住まいだと聞いていますけれど、わたしのことは招待してくれないんです。親戚ではないからでしょうね」

なんと言えばいいのだろう？　イギリス王室と親戚でなくて残念でしたと？　わたしがなにも言わずにいると、イルムトラウトはさらに言った。「あの人たちが大おばなのに、どうしてあなたは王女じゃないんです？」

「わたしの祖母がヴィクトリア女王の娘なんです。王女の子供は肩書を受け継ぎません。わたしの祖父は公爵でしたから父も公爵で、だからわたしはただのレディです」

「なるほどね」ただのレディは自分よりも身分が下なのだろうかとイルムトラウトが考えていることがよくわかった。彼女が窓の外に目を向けた。一一月のイギリスらしい陰鬱で風の強い日だ。

「マリナが疲れていないといいんですけれど。ドーバー海峡はきっと荒れていたでしょうね」

「そうですね。でもほんの一時間のことですから。一時間程度なら、たいていのことには我慢できますよね」

「フーク・ファン・ホラントから乗っていれば、もっとかかります。揺れも激しいですし。わたしは天気のいい日でも船酔いするんですよ。繊細な体質を先祖から受け継いでいますから」

ちょうどそのときビーチャム＝チャフ少佐が姿を見せたので、わたしは心の底からほっとした。

「もうすぐいらっしゃいますよ。長旅で王女はお疲れでしょうから、七時に車が迎えに来るまでは休んでいただきましょう」

「車？」イルムトラウトが訊き返した。

「王女は、新しい家族の方々とのディナーに招待されているんです」少佐が答えた。

「わたしたちもいっしょに行くんですか？」イルムトラウトが尋ねた。

「レディ・ジョージアナだけです。彼女は王家の一員ですから」少佐の返事は素っ気なかった。

イルムトラウトはわたしをにらみつけた。

そのとき、砂利を踏みしめるタイヤの音がして、ダイムラーが止まったのがわかった。少佐は即座に立ちあがり、きびきびした足取りで玄関に向かった。やがて彼の大きな声が聞こえた。

「ケンジントン宮殿にようこそ、妃殿下。あいにくのお天気で残念です。海は荒れていましたか？」

「大波だったわ。でもわくわくして楽しかった」女性の声が応じた。そしてふたりが部屋に入ってきた。一家は親戚共々亡命して、困窮した生活を送っていたという話を聞いていたから、イルムトラウトを若くしたような内気で野暮ったい女性を想像していた。だがそこにいたのは、長身の美しい女性だった。最新流行の服にフォックスの毛皮の飾りがついたコートを着て、頭の片側に小さな帽子を乗せている。イルムトラウトに気づくと輝くような笑みを浮かべて、両手を差し出した。

「イルムトラウト。来てくれてうれしいわ」ふたりは互いの頬にキスをした。

彼女に続いてジョージ王子が部屋に入ってきた。「やあ、ジョージー」彼はそう言いながら、警告するようなまなざしをわたしに向けた。〝乱痴気パーティーでぼくを見かけたことは忘れてくれ〟と言っていることがよくわかった。

「こんにちは、サー」わたしは応じた。「このたびのご結婚、心からお祝い申しあげます」

見交わした視線で了解したことを伝えると、ジョージ王子は微笑んだ。

「マリナ、彼女がきみに話した親戚のジョージアナだよ。きみといっしょにここに滞在して、ロンドンを案内してくれることになっている」

「ジョージアナ、初めまして」マリナ王女が手を差し出した。「わざわざわたしのために時間を割いてロンドンを案内してくれるなんて、本当に親切ね」彼女の英語は完璧で、なまりもほとんどなかった。「買わなければならない嫁入り衣装がまだたくさんあるのよ。パリにも、いいお店にもずいぶん長いあいだ行っていないんですもの。ヨーロッパのほとんどの町は暗くて時代遅れなのよ。わたしがいたコペンハーゲンは特にそうだったわ。ロンドンで一番おしゃれな店に連れていってちょうだいね。きっと楽しいわ」

さあ、困った。おしゃれなお店にだれかを連れていくなどという役割は、わたしがもっとも苦手とするところだ。そんなところで買い物ができるだけのお金があった試しがなかったから、ハロッズやバーカーズ、フェンウィックというところがせいぜいで、ロンドンで一番おしゃれなブティックなど足を踏み入れたこともない。

荷物とメイドは先に到着しているのでいつでも好きなときに部屋に案内すると、ビーチャム＝チャフ少佐がやってきて言った。

「長旅のあとなので、休まれてはいかがでしょう？」

マリナ王女はくすくす笑って応じた。

「一日じゅう列車で座りっぱなしだったの。疲れるようなことはしていないわ。いまはお茶がいただきたいわ。イギリスに来て一番いいことは、ティータイムが楽しめることですもの」

「ぼくが一番でありたいね」ジョージ王子が言った。

「あなた以外では、という意味よ」マリナ王女は手を伸ばし、いかにも愛しそうに彼の手に触れた。

「それじゃあ、ぼくは行くよ。今夜、ディナーの席で会おう」ジョージ王子は投げキスをして去っていき、マリナ王女は笑顔でそれを見送った。ふたりは本当に愛し合って結婚するのかもしれないとわたしは思い始めていた。

わたしたちは暖炉の前でティータイムを楽しんだ。

「パリにいたころは、ちゃんとしたお茶の時間がとても恋しかったの」マリナ王女が言った。

「あなたの家ではお茶の習慣があったんですか？」

「イギリス人の子守がいたのよ。毎日、子供部屋にお茶を運ばせていたの」

「だから英語がお上手なんですね」わたしは言った。

「ミス・ケイト・フォックス。とても厳格な人だったわ。強風の夜も窓を開けて眠らなくてはならなかったし、行儀作法にもうるさかった。あなたにも子守がいたでしょう？」

「わたしの子守はとても優しい人でした。両親がどちらもいませんでしたから、幸運でした。でもラノク城でもやっぱり窓は開けておかなくてはいけなかったんです。スコットランドの強風のなかでも」

マリナ王女は微笑んだ。「バルモラルを必ず訪れなければならないという話はジョージに聞いたわ。あそこでも事情は同じなんでしょうね」

「もちろんです。それに夜明けにはバグパイプで起こされます」

わたしたちは声を揃えて笑った。少なくともマリナ王女とわたしは。イルムトラウトは黙って座ったまま、窓の外を眺めていた。

「新居はどちらですか？　ここですか？」

「まさか。ここは陰鬱すぎるわ。そう思わない？　ベルグレーブ・スクエアで暮らすのよ。ジョージは、セントジェームズ宮殿から出たくて仕方がないんですって。ベルグレーブ・スクエアはご存じ？」

「実家の別宅があそこにあります。偶然ですね」

「まあ。隣人同士になれるのね。素敵だわ」彼女は今度はわたしに手を触れた。

イルムトラウトがじろりとわたしをにらんだ。

マリナ王女はお喋りの合間にクランペットやスコーンやショートブレッドをつまんだ。とても楽しいひとときだったので、つい長く過ごしすぎたかもしれない。気づいたときには、宮殿でのディナーに備えて着替えをする時間になっていた。部屋に戻ると、クイーニーが雑誌を読んでいた。

「お茶を運んでもらったの？」わたしは訊いた。

「いいえ。持ってきてくれなくていいって言って、厨房まで行ったんです。トレイを運んでもらうと、ケーキがひと切れしかないじゃないですか」

マリナ王女が到着したまさにその時間にクイーニーが階下におりていたのだと思うと、ぞっとした。「クイーニー、部屋から出ないでほしいの」

「でもひとりでここにいると寂しいんですよ。それになんだか気味が悪いし。ゆうべはずっと変な音がしていたじゃないですか」

「ただの風よ」わたしは明るい調子で言った。幽霊の話を聞かせる必要はない。「とにかく、宮殿でのディナーの準備をしなくてはいけないの。青いイブニング・ドレスを出してちょうだい」

「青いドレスですか？」

「そうよ。ビーズのついた、紫がかった青色《コーンフラワー・ブルー》のシルクのドレス。火事で上等の服が燃えてしまったあと、母がアメリカで買ってくれたあの服よ。それからシルクのイブニング・シューズも用意してね。できるかぎるおめかしをしないと」

長い沈黙があった。いやな予感がした。「クイーニー、あのイブニング・ドレスになにかあったの？　まさかアイロンをかけて溶かしてしまったんじゃないでしょうね？」

「そんなことしてませんよ、お嬢さん。そういうんじゃないんです。ただ、その……ここにないだけです」

「どういうこと？」

「お嬢さんのお友だちの家をあわてて出てくるときに、置いてきちまったんだと思います。納戸の衣装戸棚にお嬢さんの服が全部入らなかったんで、ミス・ベリンダの戸棚に何枚か押しこんでおいたんです。それを忘れたみたいです」

「あの上等のイブニング・ドレスを忘れたですって？」わたしは悲鳴をあげたくなるのをこらえた。「クイーニー、わたしは国王陛下ご夫妻と宮殿で食事をするの。それなのに、時代遅れの古ぼけた赤紫色のドレスと暗緑色のベルベットのドレスしかないなんて。それも、あなたが一度アイロンをかけようとして、スカートが台無しになっているわよね。クイーニー、あなたって本当にどうしようもないわ。いまからタクシーを飛ばしても、ベリンダの家にドレスを取りに行っている時間はないわ」

「すいません、お嬢さん。頭が肩の上に乗っかってないのなら、どこかに忘れてきたんだろうって父さんにこのあいだも言われたばかりです。ガスを消し忘れて、もう少しで家を吹き飛ばすところだったんです」クイーニーはそう言って、申し訳なさそうに笑った。

「とにかくできることをするしかないわね。ゆうべ着た、赤紫色のドレスを着るわ」

「あれですか？」クイーニーはまたおどおどした様子になった。

「お願いだから、あのドレスになにかしたなんて言わないでちょうだい」

「そういうわけじゃないんです。ただ、今夜は着ないほうがいいと思います」

「どうして？」暗い予感に包まれながら尋ねた。

「えーと、ゆうべのディナーでお嬢さんは小さな染みを作ってきたんです。だもんで、それを取ろうとしていたら、おケツが当たって水の入った洗面器をひっくり返しちまって。スカートに水をぶちまけたってわけです。なんで、ちょっとばかり濡れてます」

「クイーニー、あなたにはいますぐ辞めてもらったほうがいいみたいね」

クイーニーはうなだれた。「わかっています、お嬢さん。でも事故は起きるもんじゃないですか。お嬢さんだって、ワインのトレイを持った人にぶつかったことがありますよね？」

そう言われて、わたしは自分の不器用さを改めて思い出した。クイーニーはそういうふりをしているだけで、実はそれほど頭は悪くないのかもしれない。

「わかったから暗緑色のドレスを持ってきてちょうだい。あれまで着られないようだったら、この手であなたの首を絞めてあげるわ」

暗緑色のドレスは衣装ダンスから無事に現われたが、見るからに古ぼけていたし、クイーニーが誤ってベルベットにアイロンをかけた染みがスカートに残っていた。母からもらったシルバーフォックスのストールを使って、できるかぎりドレスが見えないようにするほかない。階下におりてマリナ王女を待っているときには、わたしはすっかり意気消沈していた。彼女が真珠を散らした見事な白いドレスで現われたのを見て、ますます気分が落ちこんだ。

「大丈夫、だれもあなたのことを見たりしないから」わたしは自分に言い聞かせた。

ダイムラーが到着して、わたしたちは出発した。

「あなたがいっしょにいてくれて本当によかったわ、ジョージアナ」マリナ王女がささやいた。「あの方たちとのディナーだと思うと、とても緊張しているの。王妃陛下はいかめしくて、厳しいんですもの」わたしの家族はのんきでおおらかだったから、なんだか怖くって」

「無理もないですよね。「わたしも宮殿にはしばしば招待されますけれど、そのたびに膝ががくがくしますもの。国王陛下ご夫妻は礼儀作法にはとても厳しいんです。きちんとお辞儀をすることや王妃陛下とお呼びすることを忘れないようにって、いつも心のなかでつぶやいています」

彼女はわたしの手を取った。「わたしたち、お互いを助け合いましょうね」

なんてかわいらしい人だろう。ジョージ王子が今後は身を慎んで彼女を心から愛することをわたしは切に願った。もしもわたしがジークフリート王子との結婚を承諾していたら、習慣の違う異国へ嫁ぎ、わたしを愛してもいない夫と暮らすことになっていたのだと考えると、ダーシーと出会えて本当によかったと思えた。

今回は堂々としたダイムラーに乗っていたので、バッキンガム宮殿の衛兵の前を通り過ぎて前庭に入り、アーチをくぐって正面玄関に到着したときも、それほど不安にはならなかった。わたしたちは案内されて階段をあがり、国王陛下ご夫妻とアルバート王子ご夫妻が待っているミュージック・ルームに向かった。デイヴィッド王子とジョージ王子の姿はなく、王妃陛下が出迎えてくれた。

「マリナ、よく来てくれましたね。元気そうなあなたに会えてうれしいですよ。それからジョージアナ、あなたにも」

マリナ王女は王妃陛下と頰にキスを交わし、わたしは膝を曲げてお辞儀をした。彼女はさらに国王陛下ともキスをし、アルバート王子ご夫妻を紹介された。

「息子たちのことを謝罪しなければいけませんね」王妃陛下はいかにも不機嫌そうに言った。「国王陛下はとても時間には厳しい方だというのに、息子たちはその点ではヨーロッパ風の習慣を身につけてしまったようです。残念ながら今夜は出席できないとデイヴィッドは言っていましたが、ジョージはさっきまでここにいたのです。ディナージャケットに着替えるために一度セントジェームズ宮殿に戻ったのですが、どうしてこれほど時間がかかっているのやら」

「若い世代は義務の概念に欠けるのだ」国王陛下がうなるような声で言った。

「まあ、お義父さまったら。わたしたちは時間どおりに来ましたわ」アルバート王子の妻がにこやかな笑みを浮かべて言った。アルバート王子は口をつぐんだままだ。彼は吃音を人に知られるのをいやがったし、ひどく人見知りをする。

「あなたたちはみなの鑑《かがみ》ですよ」王妃陛下が言った。

「おまえがその話し方の不具合をどうにかできればいいのだが」国王陛下が言った。「訓練次第だ」

「は、は、はい、父上」アルバート王子が答えた。

ぎこちない沈黙が広がったが、幸いにもそのときシャンパンが運ばれてきた。その後、軽くつまめる食べ物が供され、国王陛下が明らかにいらだち始めたところで、ようやく息を切らしたジョージ王子がネクタイをまっすぐに直しながら階段を駆けあがってきた。

「遅くなって本当にすみません、母上。車がちょっとした事故に巻きこまれてしまって。たいしたことじゃありません。だれも怪我はしませんでしたが、おかげで遅くなってしまいました」

「来る途中で事故？　セントジェームズ宮殿はすぐそこではないか。歩いて来られるだろうが」国王陛下がいらいらした口調で言った。

「確認してもらいたいところがあると内装業者に言われたので、新居に寄らなくてはならなかったんですよ。とにかく、なにも問題はありませんから」

「そうね、大事なのはあなたがここにいるということね。さあ、お父さまからあなたに話すことがあるのよ」王妃陛下から思わせぶりな視線を向けられて、国王陛下は咳払いをした。

「ジョージ、おまえも人生の責任を負うべき時期が来た。海軍にいるときを除けば、これまでは自由気ままに過ごしていたようだが、今後はおまえとおまえの花嫁には王家の一員として自覚を持ってもらいたい。義務を果たし、家名と先祖に恥じない行動を期待している。そこで、おまえにはケント公爵の爵位を与える」

「ありがとうございます、父上」ジョージ王子はマリナ王女に向かって言った。「聞いたかい？　きみはケント公爵夫人になるんだ」

マリナ王女はわたしの隣に立っていた。「それって、王女から身分がさがることじゃないの？」小声でわたしに尋ねる。

「爵位には地所と収入がついてくるんです」わたしは同じような小声で答えた。「ほとんどの王家の男性は公爵です」

「そうなの」

銅鑼《どら》が鳴った。ジョージ王子はマリナ王女の腕を取り、ディナーの席に向かった。わたしはひとりでそのあとを歩いた。シンプソン夫人を連れてくることはできないから、デイヴィッド王子がわたしをエスコートすることになっていたのだろう。ディナーはとどこおりなく終わったが、デイヴィッド王子は結局姿を見せずじまいで、王妃陛下は明らかにいらだっていた。宮殿をあとにしたときには、マリナ王女はご機嫌で自分の運命に満足しているようだった。

「王妃陛下は思っていたより、親切な方ね。それに国王陛下もわたしを気に入ってくださったみたい」

「あなたを気に入らない人なんているかしら？」わたしは言った。

マリナ王女はわたしの手を握った。「あなたって本当に優しいのね、ジョージアナ。あなたは、家族に言われたとおりの相手と結婚しなければならないの？　それとも自分で相手を見つけてもかまわないの？」

「後者だといいんですけれど。ルーマニアのジークフリート王子と結婚させられそうになったことがあります」

マリナ王女はころころと笑った。「わたしもよ。彼ってひどいわよね？　教えてあげましょうか？　あの人、男の人が好きなのよ。それがどういうことか、想像できる？」

彼女に話すべきだろうかと、わたしは考えた。未来の夫であるジョージ王子は、ふさわしくない女性との浮名を散々流してきただけでなく、情事の相手は男女問わなかった。だがいまは心を入れ替え、模範的な夫になろうとしているのかもしれない。マリナ王女に向けるまなざしを見るかぎり、彼女に好意を抱いていることは間違いない。

車がケンジントン宮殿に到着したときにはようやく雨はあがっていたものの、わたしたちのアパートメントの玄関前には大きな水たまりができていた。

「車を止めるのはもう少し先にします、妃殿下」運転手が言った。「アパートメントに沿って高くなった歩道があるので、そこを歩けば足が濡れませんから」

「親切にありがとう」マリナ王女が応じた。

わたしたちは運転手の手を借りて車を降りた。マリナ王女が前を歩く。そのうしろをついていきながら振り返ると、時計塔の下のアーチのあたりに奇妙な緑がかった光が見えた気がした。その光がどこからのものなのかが知りたくて、わたしはそちらに足を向けた。さらに目を凝らす。なにかがそこに倒れている。なにか白いものが。心臓の鼓動が速くなり、わたしはきびすを返して安全なアパートメントに逃げこみたくなったが、それでも好奇心が勝った。

引き寄せられるようにそちらに近づいていく。ソフィア王女の幽霊なのかどうか、確かめずにはいられなかった。でもどうして幽霊が地面に倒れていたりするの？　幽霊というものは好きなようにふわふわ漂って、ひとところには長くいないものでしょう？

石畳に横たわるその白いものに近づくにつれ、それがうつぶせに倒れている白っぽいドレスを着た黒髪の若い女性だということがわかった。わたしは歩き続けたものの、足取りは確実に遅くなっていた。すぐそばまで近づいたら、幽霊は消えるはず。そうでしょう？

だが消えなかった。わたしはしげしげとその女性を眺めた。わたしの足からほんの数センチのところに伸ばされた、派手な指輪をいくつもはめた手。パーマをかけたとても現代的なスタイルの短い髪。顔がよく見える位置に移動すると、鮮やかな赤い唇とは対照的な血の気のない白い顔のなかから、開いたままの目が無表情にわたしを見つめ返していた。

彼女がだれであれ幽霊ではない。つい最近まで生きていて、そしていまは間違いなく死んでいた。

10

一一月四日　夜遅く
ケンジントン宮殿

わたしはどうしていいかわからず、早鐘のように打つ心臓の音を聞きながら、暗闇のなかに立ち尽くした。これまで何度も死体を見ているけれど、それでもそのたびにショックを受ける。吐き気がして、片手で口を押さえた。マリナ王女はすでに建物のなかだ。この女性はどれくらい前からここに倒れていたのだろう？　殺されたのだろうか？　だとしたら犯人はまだ近くにいるのだろうか？

「お嬢さま？」その声に顔をあげると、運転手が近づいてくるところだった。「そちらからではアパートメントには入れません。玄関までお連れしましょうか？」

「ありがとう」わたしは運転手が死体を目にすることがないように、急いで彼に歩み寄った。彼はわたしを玄関まで連れていってくれて、メイドがわたしの背後で玄関のドアを閉めたところで車が遠ざかっていく音が聞こえた。

すぐに警察を呼ばなくてはと、わたしは思った。電話はどこかとメイドに尋ねようとして、マリナ王女を不安にさせてはいけないと気づいた。とっさに頭に浮かんだのはビーチャム＝チャフ少佐だ。宮殿には従うべき慣習があり、いまこの建物の責任者は彼だ。つまり、警察に連絡するのは彼でなくてはならない。

「ビーチャム＝チャフ少佐がどこにいるかわかるかしら？」わたしはメイドに尋ねた。

「この時間でしたら、ご自分のアパートメントだと思いますが」メイドは不思議そうな顔でわたしを見た。

「アパートメント10だったわね。それはどこにあるの？」

「よくわかりません。だれかに訊いてこないと」

「いますぐに会う必要があるの。彼に急いで対処してもらわなければならない事態が起きたのよ。書き物机はどこかしら？」

メイドは窓のそばにクイーン・アン・デスクのある小さな居間にわたしを案内した。古めかしいインク入れとペンと紙が置かれている。メイドが少佐の部屋の場所を確かめに行っているあいだに、わたしは手紙を書き始めた。

ビーチャム＝チャフ少佐

こんな夜遅い時間に申し訳ありませんが、いますぐに少佐の判断が必要な厄介な事態が起きました。この手紙を受け取ったら、すぐにアパートメント1にいらしてください。

手紙を書き終えたときには、メイドが戻ってきていた。

「少佐のアパートメントは建物をぐるりと回った正面だそうです」暗いなかをそんなところまで歩いていきたくないと、彼女の顔に書いてあった。

彼女を気の毒に思ったが、いまはぐずぐずしてはいられない。

「この手紙を届けてちょうだい」

「いまですか、お嬢さま?」メイドが怯えたような表情になったので、ケンジントン宮殿の幽霊の話を聞いたことがあるのだろうかといぶかった。

「ええ、いまよ。礼儀上、わたしが自分で行くわけにはいかないの。緊急事態なのよ。そうでなければ、あなたにこんなことは頼まない」

「わかりました、お嬢さま」メイドはお辞儀をすると、出ていった。わたしは机の前に座ったまま、外の闇を見つめて待った。開いたままの目と白い顔が目の前にちらちら揺れて、気がつけば体を震わせていた。たくさんのモールとずらりと並ぶ勲章がついた完璧な軍服姿の少佐がやってくるまで、さほど時間はかからなかった。

「レディ・ジョージアナ、いったいなにごとです? 真っ青じゃないですか。緊急事態だとメイドが言っていました。王女の具合でも悪いんですか?」

「そういうことじゃないんです、少佐。お手数をおかけしてすみません。でも本当に重大な事態なんです。お見せしたいものがあります。いっしょにいらしてください」わたしは戸口で待っていたメイドに言った。「ありがとう。もういいわ」

メイドがほっとした顔で出ていくと、ビーチャム＝チャフ少佐がもの問いたげにわたしを見た。

「わたしがいたのは幸運でしたよ。月例の軍の会食から戻ってきたところだったんです。メイドが来たときは、ちょうどアパートメントに入ろうとしていました。それで、どうしたんです？　なにがあったんですか？」

「いっしょに来てください」わたしはそう告げると、覚悟を決めて玄関へと向かった。少佐がついてくる。

「いったいどこへ行くんです？」外の暗がりを歩きだしたわたしに少佐が尋ねた。

「お見せしたいものがあります」

ダイムラーのヘッドライトはもうなかったから、あたりは漆黒の闇だ。

「なにかのいたずらですか？」

「いいえ、そういうんじゃありません。こっちです」

わたしは感覚を頼りに石畳の道を進み、時計塔の下のアーチにたどり着いた。妙なことに、さっきはすぐに死体に気づくくらいの明るさだったのに、いまはつまずきかけてようやくそこに白いものが横たわっているのがわかった。

「これはなんです？」ビーチャム＝チャフ少佐の声は張りつめていた。

「死体です」わたしの答えは、石畳と頭上のアーチに反響してぎょっとするほど大きく聞こえた。「若い女性です。死んでいます。殺されたんじゃないかと思います」

「なんということだ」死体をより近くで見ようとして少佐は体をかがめた。「メイドでしょうか？」

「違います。イブニング・ドレスを着ていますから。だれなのかは見当もつきません」

「本当に死んでいるんですか？　パーティーで飲みすぎて、暗いなかで帰り道がわからなくなって倒れたのかもしれない」少佐はさらに顔を近づけた。

「間違いなく死んでいます。顔を見てください」わたしは身震いした。

少佐は死体の脇の濡れた石畳に膝をつき、脈を確かめていたかと思うと、急いで立ちあがった。「明かりを取ってきます。あなたは家のなかに戻っていてください。ひとりでこんなところにいてはいけない」

わたしは足早に建物へと戻っていく少佐のあとを追った。玄関ホールで彼を待ちながら、不意に寒さを感じてシルバーフォックスのストールを体に強く巻きつけた。少佐はずいぶんと手間取っている。ようやく、大きな銀の懐中電灯を手にして戻ってきた。

「懐中電灯が必要なもっともらしい理由を考えるのは、難しかったですよ。素早く頭を働かせなくてはならなかった」

わたしたちは再びアーチに戻った。少佐が懐中電灯で死体を照らした。

「なんということだ」少佐が鋭く息を吸ったのがわかった。あたりを見回す。「できるだけ早く、人目につかないところに死体を運ばなくてはいけない」

「それはだめです。これは犯罪です。警察が来るまでここで待っていないと」

「ジョージアナ」わたしの正しい呼び方すら少佐は忘れてしまったらしかった。「警察を呼ぶことはできません。これが非常に微妙な状況だということを、あなたはわかっていないようだ」暗い中庭にふたりきりだというのに、少佐はわたしに顔を近づけて言った。「彼女がだれだかわからないとあなたは言ったが、たいていの人は知っているはずです。彼女はボボ・カリントン。聞いたことくらいはあるでしょう？　彼女の写真はいやというほど新聞に載っていますよ」

「見たことがあるかもしれません」わたしはためらいがちに言った。

「パーティー好きな社交界の花形ですよ。かつて、ジョージ王子との仲がささやかれていたことがありました」

「わお、なんてこと」衝撃のあまり、女学生のような言葉が口からこぼれた。

「わかりますよね。簡単に警察に連絡するわけにはいかないんです。少しでも噂になったら、マスコミにひとことでも漏れたら、すべてが台無しになりかねない。恐ろしいスキャンダルだ。結婚がとりやめになるかもしれないんです」

わたしはうなずいた。わかりすぎるくらい、わかっていた。

「でも死体を動かすわけにはいきません。証拠が残っているはずですから」

「暗灰色の毛布を持っています」彼が言った。「朝になるまで、それで覆っておきましょう。

だが外働きの使用人がここを通る前に、なんとかしなくてはいけない」少佐は建物を見あげて、眉間にしわを寄せた。「幸い、中庭を見おろせる窓はそれほどない。ルイーズ王女のアパートメントにひとつあるが、彼女は普段から早めに床につくし、あれは使われていない寝室のはずです。それから、明かりがついているあなたのアパートメントの二階の窓ですが、あれはあなたの部屋ですよね」

「ええ、そうです」

「あなたのメイドがあの窓から外をのぞいているということはありますか？」

「ないとは言えませんけれど、あの子は影響を受けやすくてここは気味が悪いといつも言っていましたから、なにか訊かれたらソフィア王女の幽霊だと答えておきます」

「いい考えだ」少佐は微笑んだ。「それではわたしは毛布を取ってきますから、あなたは部屋に戻ってブランデーを持ってこさせるといい。ショックを受けたでしょうし、ここはとんでもなく寒いですから」

これまで何度か殺人事件に関わったことがあるし、それほどか弱くはないと言おうとしたが、実際のところ体が冷え切っていることに気づいた。

「わたしに手伝えることはありませんか？」

「あなたはとても勇敢だ、レディ・ジョージアナ。だがもう部屋に戻ってください。いまあなたにできることはありません」

強い風が吹き抜け、死んだ女性の服をたなびかせると、ドレスのスパンコールが懐中電灯の光を受けてきらめいた。わたしは早くこの場から立ち去りたくてたまらなくなった。

「わかりました。でもなにもしないわけにはいきません。彼女は殺されたんです。結婚式をとどこおりなく行うためとはいえ、もみ消すことはできません」

「もちろんです。だがここは王家の宮殿ですから、正しいやり方をする必要があるんです。国王陛下の個人秘書にわたしから伝えて、どう進めるべきかを指示してもらいます。それまでは、なにごともなかったように振る舞ってください。夜遅くにあなたがわたしを呼び出したという噂が広まるでしょう。もっともらしい理由を考える必要がありますね」

「わかりました。考えます。でもいまは頭がまともに働いていなくて」

「玄関までお送りしますよ」少佐はわたしの腕を取ると狭い歩道を歩き始め、わたしは懸命に言い訳を考えた。

「戻られたんですね、お嬢さま」さっきのメイドが玄関ホールでわたしを迎えた。「大丈夫ですか？　ビーチャム＝チャフ少佐から懐中電灯が欲しいと言われましたけれど。ずいぶん動揺していらっしゃるご様子でしたし」

「ええ、わたしがいけなかったの。王妃陛下に貸していただいた、とても高価なダイヤモンドのブローチをつけていたんだけれど、ピンが緩くなっていたみたいで、車から降りたときに落としてしまったのよ。そのことがお耳に入ったら陛下が大変がっかりなさることがわかっていたから、とても言えなくて」

「おっしゃっていただければ、捜すのを手伝えましたのに。まだ起きている使用人は大勢います」

「王妃陛下に知られたくなかったの。だからこのことはだれにも言わないでちょうだいね」

「それで、ブローチは見つかったんですか？」

「ええ、ありがたいことに」納得してくれることを願いながら、わたしは笑みを浮かべた。「朝になったらバッキンガム宮殿に返せるように、少佐が預かってくれているわ。留め金が緩くなっているのがわかったから、もう怖くてつけられないもの」

「よかったですね、お嬢さま」メイドは励ますように笑った。「すべては丸く収まって、これで眠れますね」

「ええ、すべては丸く収まったわ。体が温まるように、ブランデーを持ってきてもらえるかしら。すっかり冷えてしまったの」

「もちろんです、お嬢さま。ホットミルクにブランデーを入れましょうか？」

「いい考えね」わたしはもう一度笑顔を作った。

「お部屋までお持ちします」

「まあ、そんなことしてくれなくていいのよ」

「いえ、いいんです。お部屋にいらしてください。ホットミルクをお持ちしますから」

どうしてクイーニーは彼女みたいになれないのだろうと、わたしは二階への階段をのぼりながら考えた。朗らかで、やる気があって、わたしが必要とするものに気を配って。ため息がこぼれた。いまごろクイーニーはわたしのベッドでいびきをかいているかもしれない。

自分の部屋のドアを開けたわたしは、クイーニーに出迎えられてぎょっとした。

「ああ、やっと帰ってきたんですね。心配していたんですよ、お嬢さん。しばらく前に王女さまが戻ってきた音が聞こえたのに、お嬢さんは帰ってこないし、中庭ではおかしなことが起きているし」

「なにも心配することはないわ、クイーニー。車を降りたときに落ちたブローチを捜していただけよ」

「それじゃあ、あれはお嬢さんだったんですね。ああ、よかった。噂の幽霊かと思ったんです。この宮殿には幽霊がうじゃうじゃいるっていうじゃないですか。幽霊が大勢うろついているって、厨房で言っていました。実を言うと、あたしも今夜見たんですよ。なにか白いものが中庭をふわふわふわしているのを。ぞっとしましたよ」

「そうね、きっと幽霊ね」わたしはあわてて言った。「ソフィア王女よ。ジョージ三世の娘。でも心配ないわ。なにもしないから。失った子供を捜してさまよっているそうよ」

「なにもしないかもしれませんけど、ばったり会ったりしたくはないですよ。考えただけで怖くてたまらないんです。幽霊が階段をあがってきて、壁から出てきたらどうしようって、ここに座ってずっと考えていたんですから」

「あなたが危険な目に遭うことはないわよ、クイーニー。それに、わたしはこうやって戻ってきたんだから。服を脱がせてくれたら、もう部屋に戻っていいわ。使用人の区画には王女の幽霊は出ないから大丈夫」

「そうですよね」クイーニーの顔がぱっと明るくなった。

「さあ、こっちに来てください。ネックレスをはずしますから、うしろを向いて」

クイーニーはわたしの服を脱がせると、自分の部屋に戻っていった。暖炉の火は消えていたから、ここは寒い。わたしは窓に近づいてカーテンを開け、中庭を眺めた。だれかいる。懐中電灯の明かりが動いているのが見えたが、それを持っているのがだれなのかはわからなかった。ありがたいことに死体も見えない。懐中電灯を持っているのは少佐で、死体に毛布をかぶせているのだろうと思った。ホットミルクが届いたので飲み干したが、少しも体は温まらなかった。ベッドのなかで丸くなって眠ろうとしても、眠りは訪れてこなかった。

ボボ・カリントン。その名前を聞いたことがあるのを思い出した。ナイトクラブや競馬場でしばしば写真を撮られている若い女性だ。でもその人がどうしてケンジントン宮殿に入ろうとしていたのだろう？

11

一一月五日　月曜日
ケンジントン宮殿

ぐっすり眠っているところを揺り起こされた。ぎくりとして体を起こすと、使用人のお仕着せをした見たことのない若い女性がベッドの脇に立っていた。外はまだ暗い。

「どうしたの？」わたしは尋ねた。「いま、何時？」

「五時半です、お嬢さま。驚かせるつもりはなかったんですが、こんなに朝早く起こしてすみません。少佐が下にいて、いますぐお嬢さまとお話しなさりたいそうなんです。なんの話かはわかりませんが、急を要するのでお嬢さまを起こすようにと言われて」

わたしはベッドの横に脚をおろし、スリッパを探した。ひどく寒い。メイドがドアにかけてあったガウンを取ってくれた。「お嬢さまのメイドを起こしてきましょうか？」

「いいえ、その必要はないわ」クイーニーが目を覚まして体を動かせるようになるころには、日が高くのぼっているだろうと思いながら、わたしは言った。「このままで少佐のところに行くから」

ウエストでガウンの紐をしっかりと結び、階段をおりた。玄関ホールで待っていた少佐はきちんと軍服を着て、すぐにでも行動を起こせそうだ。

「レディ・ジョージアナ、こんな時間に起こしてしまってすみません。ですが、いっしょに来ていただきたいんです」

「まあ、もちろんです」うしろにいるメイドを意識しながらわたしは答えた。

少佐はわたしの格好を見て言った。「ちゃんとした靴とコートがいりますね。申し訳ないが、外に行く必要があります」

「そうですか、わかりました」

少佐はメイドに言った。「しばらくしてレディ・ジョージアナが戻ってきたときには、温かいお茶を用意しておくように」

「承知しました、サー」メイドは軽くお辞儀をして、去っていった。わたしは一度自分の部屋に戻り、靴を履いてコートを着た。少佐は玄関の近くでわたしを待っていた。時計塔の下のアーチまで来てみると、死体はすでにどこかに運ばれていて、そんなものがあった痕跡は少しも残っていなかった。

「死体を動かす許可を取ったんですか？」ほかにはだれもいないにもかかわらず、わたしはささやくようにして尋ねた。頭上のアーチにその声が反響した。

「ええ。ゆうべ、あれから一時間もしないうちに内務省から何人かやってきたんです。写真を撮り、周辺を調べたあと、かわいそうなあの若い女性を死体安置所に運んでいきました。これといって変わった点はありませんでしたよ。あの女性はどこかほかで殺されて、死体をここに遺棄したのかもしれないと言っている人がいたくらいです」

「どうしてそんなことをするんでしょう？　死体を処分したいのなら、どこか木の多い公園に運ぶか、テムズ川に投げこめばいいじゃないですか」

「死体を見つけてほしいなら、話は違ってきます」少佐が振り返ってわたしを見た。彼が中庭の奥にあるドアを開けると、そこは白く塗られただけの飾り気のない廊下だった。壁に装飾品の類は一切ないが、足の下の絨毯《じゅうたん》は厚くてふわふわしていたし、とても暖かい。

「こちらです」少佐はまた別のドアを開け、わたしが先に入れるように脇に寄った。そこはこぢんまりした居間だった。革の肘掛け椅子とパイプ煙草の残り香から、男性の部屋であることはすぐにわかった。暖炉の前に置かれた椅子にふたりの男性が座っていて、わたしが入っていくと立ちあがった。見も知らぬ人に会うことになるとは思ってもみなかったから、コートの下が寝間着であることや髪が乱れたままであることがひどく恥ずかしかった。

「レディ・ジョージアナ、こんな時間にお越しいただいて本当に申し訳ありません」男性のひとりが言った。ダークグレイのピンストライプのスーツを完璧に着こなして、銀色の髪をひと筋の乱れもなくうしろに撫でつけている。知っている人だと気づいたのと、彼が次の言葉を口にしたのがほぼ同時だった。「以前にもお会いしましたね。内務省のジェレミー・ダンヴィルです。二年前にスコットランドで難しい事態になったとき、あなたのおかげで助かったことはいまでも感謝していますよ」

「サー・ジェレミー。お久しぶりです」わたしは彼と握手を交わした。以前に彼と会ったのは王家の人々の安全が脅かされたときで、彼は普通の公務員ではないのだろうとわたしは考えていた。

「またこんな状況でお会いすることになったのが残念ですよ」サー・ジェレミーが言った。

「本当に難しい状況だ」

わたしはうなずき、もうひとりの男性に目を向けた。ちらりと見たかぎりではこれといって特徴のない控えめな男性に見えたが、わたしに向ける鋭いまなざしを見て、〝警察官〟という言葉が脳内に響いた。

「こちらはロンドン警視庁公安課のペラム警部です。こういった難しい事件の経験が豊富なんですよ」サー・ジェレミーの顔にいらだちが浮かんだのを見て、彼が本当に情報局かなにかに属しているのなら、もっとも避けたいのが公安課の人間だろうと思い至った。ふたつの部署は互いを不要な存在だと考えているという噂だ。

「初めまして、レディ・ジョージアナ」

ペラム警部はそう言って会釈をしたが、握手をしようとはしなかった。彼の言葉には隠しきれない北部のなまりがあるだけでなく、にこりともしなかったことにわたしは気づいた。公安課。国の安全に関わる案件を担当する部署だ。今回の事件のニュースが外に漏れないように、最大限の注意を払っていることがよくわかった。

「どうぞお座りください、レディ・ジョージアナ」サー・ジェレミーは彼がいままで座っていた暖炉脇の肘掛け椅子を示し、隅の机の前に置かれていた木の椅子を自分のために引っ張ってきた。「死体を発見したのはあなただとうかがっていますが、間違いありませんか？」

「間違いありません」わたしは答えた。

「それは何時でしたか？」今度は警部だ。

「ゆうべの一〇時半ごろだったと思います。バッキンガム宮殿を出たのが一〇時を少しまわったところでしたから」

「どうしてあそこに死体があることに気づいたんですか、レディ・ジョージアナ？」警部がさらに尋ねた。「死体があったのは、あなたが滞在しているアパートメントの入り口から離れた場所ですよね？」

「玄関の前に水たまりがあったので、そこからなら足を濡らさずにすむからと言って運転手が車を止めたのが、少し先のほうだったんです。マリナ王女が先に車を降りて、まっすぐに玄関に向かいました。わたしもそうするつもりだったんですが、アーチの下になにかが見えた気がしたので、確かめに行ったんです」奇妙な光が見えたのでそれが幽霊かどうかを確かめたかったと言うつもりだったが、自分でもばかげていると思えたのでその言葉を呑みこんだ。

「ですが、車を止めた場所から死体は見えませんよね？」警部の口調は鋭かった。「それにあの暗闇のなかで、死体を見つけられたのが不思議だ」

「どうしてあの場所を見に行こうという気になったのか、自分でもわかりません。なにか光が見えた気がしたんです。それでアーチに近づいてみたら、人が倒れているのがわかったんです」

「光？　懐中電灯かなにかということですか？」

「いいえ」わたしは首を振った。「もっとぼんやりした明かりでした」

「どこかの窓から漏れていたのかもしれません」少佐が言った。彼は根っからの軍人らしく、わたしが座る椅子の脇にしゃんと背筋を伸ばして立っていた。「中庭に面している窓がいくつかあります。たとえば、レディ・ジョージアナの部屋や、わたしの部屋のバスルームなどが」

「きみはなにか見たり、聞いたりはしなかったのかね、少佐？」警部が尋ねた。

「あいにくわたしはゆうべずっと出かけていました。月例の軍の会食です。ご存じでしょうが、これはなにがあろうと欠席するわけにはいきません。たとえ王女の来訪中であっても」少佐は申し訳なさそうに笑みを浮かべた。「レディ・ジョージアナからの手紙を受け取ったのは、ちょうど帰ってきたときでした。それにたとえずっとここにいたとしても、このような古い建物で妙な物音がするのは珍しいことではありませんから」

「カーテンを開けてある窓があれば、なにかを目撃した人間がいるかもしれない」サー・ジェレミーが少佐に向かって言った。

「考えにくいですね。わたしの隣は空き部屋ですし、ルイーズ王女のお住まいの裏側の部屋は普段は使われていません。中庭に面している窓のある部屋でいま使われているのは、レディ・ジョージアナが滞在なさっているところだけです」

少佐はわたしに向き直った。「なにか目撃したかどうかをメイドに訊きましたか？」

「目撃していました」少佐がひゅっと息を吸ったのがわかった。「アーチの下でなにかが動くのを見たと言っていましたが、ビーチャム＝チャフ少佐が持っていた懐中電灯だと思います。メイドにもう一度訊いてみてもいいですが、とても影響を受けやすい子ですし、宮殿に出る幽霊の話を聞いていますから……」

「幽霊？」ペラム警部が面白そうな顔をした。

「はい。この宮殿にはかなりの数の幽霊がいるようです」わたしは答えたが、この目で見たことは言わなかった。

「一応、訊いてみてください」男たちは視線を見交わした。「レディ・ジョージアナ、これが大変難しい状況であることはビーチャム＝チャフ少佐からお聞きになっていると思います。王家の結婚式は数週間後です。すでに世界じゅうの注目がロンドンに集まっている。カメラマンがあちこちうろついている状態です。そんなときにこの若い女性――花婿と……その……親しい間柄だったという噂があった――が、未来の妻のすぐ近くで死体となって発見されたのですから」

ペラム警部は咳払いをした。「あなたと王女がゆうべずっとこの宮殿を留守にしていたのは幸運でしたね。そうでなければ、花嫁に疑いの目が向けられていたかもしれない。嫉妬は強力な動機になりますからね」

「ばかばかしい」わたしは憤った。「マリナ王女にお会いになりました？　王女はそんなことをする人ではありません」

「おや、たいていの女性は嫉妬心を持ち合わせているものですよ」警部は薄ら笑いを浮かべた。「男よりもすさまじいと言うじゃありませんか？」

「そういうことなら、わたしたちに完璧なアリバイがあるのは運がよかったんでしょうね」わたしは穏やかに言った。「死亡推定時刻はわかっているんですか？」

「いま解剖を行っているところです」サー・ジェレミーが答えた。「それで殺人なのか、自殺なのかがわかるでしょう」

「自殺？　どうして自殺するために、わざわざケンジントン宮殿に来なければいけないんですか？」

「自殺か、もしくは事故ということもありうる」サー・ジェレミーは警部と少佐をちらりと見た。「あなたは亡くなった女性を知らないようなのでお教えしますが、彼女は社交界では〝銀の注射器の娘〟と呼ばれていました。薬物依存症だったのです。コカインとモルヒネの。ですから、自ら命を絶った可能性はあります」

「彼女は結婚しようとしているジョージ王子に復讐するためにここに来た」ペラム警部がうなずきながら言葉を継いだ。「そして絶望のあまり、精神に異常をきたして自殺した」

わたしは三人の顔を順番に眺めながら、万一情報が漏れたときに備えて、彼らがすでにもっともらしいシナリオを書きあげていることを悟った。精神状態が不安定な若い女性。薬物依存症。宮殿で自殺。この件を自殺で片付けようとしているに違いない。

「それでは、捜査はしないということですか？」わたしは尋ねた。「自殺として処理するんですか？」

「もちろんそんなことはしません」ペラム警部が応じた。「殺人だということが証明されれば、当然ながら徹底的に捜査します。だが麻薬と酒のせいであることを願いますよ。そうですよね？」

男性ふたりはうなずいた。

「現場にだれかほかの人がいた痕跡は見つからなかったんですね？」わたしは訊いた。

「わたしの部下が隅々まで調べました」警部が答えた。「争った形跡はありませんでした。乱暴な扱いをされて死体には傷もなかったし、ビーズの長いネックレスもそのままでした。乱暴な扱いをされていたら、間違いなく切れていたでしょう。それに暴行を受けたなら、アパートメントにいるだれかが悲鳴を聞いていたはずだ」

「どこかほかの場所で殺されて、あそこに運ばれた可能性があるという話でしたけれど」

「殺されたなら、の話です」警部が言った。「だが宮殿の裏側のプライベートな場所で車の音が聞こえれば、だれかが窓の外を見たでしょうな」

「いまはあれこれ憶測しても意味はない。解剖の結果が出るまで待ちませんか？」サー・ジエレミーが提案した。「これが殺人だということになれば、我々にはもっとも難しい仕事が待ち受けることになる。世間の目から捜査を隠すという仕事が」彼はわたしに向き直った。「新聞各社は王室のスキャンダルについては驚くほど協力的で、報道を控えてくれた。だが殺人となれば、そうはいかないでしょう。そこであなたの出番なのです、レディ・ジョージアナ。あなたは内部の人間だ。なにも知らないふりをして質問ができる」

「内部の人間？」わたしは驚いて訊き返した。「まさか、王室とつながりのある人間が関わっていると考えているんじゃないですよね？」

「もちろんです。だが、あの女性との関係を考えると……」サー・ジェレミーは最後まで言おうとしなかった。「それに使用人がいる。我々が尋問をして不安を煽《あお》るようなことは、いまはまだ避けたいのです。ゆうべ、なにかおかしなものを見た者がいないかどうかあなたなら調べることができる」彼が立ちあがった。「あなたを信頼できることはわかっています。あなたは以前も素晴らしい仕事をしてくれた。本当に見事でした」

ペラム警部はとても信じられないというように、片方の眉を吊りあげた。

「慎重に行動してもらわなければならないことを、改めて申しあげる必要はないでしょうな。ここで話したことは、ひとことたりとも口外してもらっては困る。おわかりですね？」

「もちろんです。ご心配なく。できるかぎりのことはします」わたしは言った。

サー・ジェレミーが微笑んだ。「感謝しますよ、レディ・ジョージアナ。あなたは頼りになると信じています」

「どうやってあなたに連絡を取ればいいでしょう？」わたしは尋ねた。「それとも、そちらから連絡をいただけるんですか？」

彼が所属しているのが、内務省がその存在すら否定するだろう部署であることをわたしは知っていた。

「わたしを通してサー・ジェレミーと連絡が取れますよ」少佐が言った。

サー・ジェレミーは胸ポケットから名刺を取り出した。

「わたし個人の電話番号です。交換台は通りません」

わたしは名刺を受け取った。

「捜査を公式に担当するのはわたしですがね」ペラム警部が咳払いをして言った。

「確かに」サー・ジェレミーがちらりと少佐に向けたまなざしは、警部はわたしたちと同じ身分ではなく、わたしたちの同類とは言えないが、いまは我慢しなくてはならないと語っていた。

「それではまた連絡します」サー・ジェレミーが言った。「解剖の結果が出たらすぐに」

わたしはその部屋を出ると、いくらか放心状態で自分のアパートメントに戻った。

12

まだ一一月五日
ケンジントン宮殿

部屋に戻り、メイドが暖炉に火を入れるのを眺めながら紅茶を飲んでいると、自分がなにを引き受けたのかがようやくわかってきた。彼らは王家の人たちを容疑者からはずしておらず、わたしにそれを調べさせようとしているのだ。もしもこれが殺人だとしたら、王家の人間に動機があることは間違いない。精神状態が不安定で、薬物依存症で、かつてジョージ王子の愛人だった女性。彼女が新聞社にスキャンダルを売ったりすれば、王室の名誉は大きく傷つけられることになる。どんなことをしても彼女の口を封じる必要があっただろう。だが王家の人間は、自らの手を汚したりはしない。実際に手をくだした人間がいるとすれば、死体がどこか遠いところで発見されるように——もし発見されることがあるとすれば——図ったはず。海に放りこむとか、王室所有の森に埋めるとか。ケンジントン宮殿に放置するような愚かなことをするとは思えない。

つまり、ボボ・カリントンの死を望んでいて、それを王家の人間の仕業にしたがっている何者かがいるということになる。あの部屋にいた三人の男性と同じように、わたしもこれが自殺であることを願った。

王家のヨットを浮かべられるくらい大きなバスタブにゆっくりつかり、身支度を終えたところで、目をしょぼしょぼさせたクイーニーが服のボタンを留めながらやってきた。

「なんとまあ、ずいぶん早起きですね。今日はなにかあるんですか？　いつもより早く起きるなんて言ってなかったじゃないですか」

「いいのよ、クイーニー。今回はあなたが悪いわけじゃないから。ただ早く目が覚めただけなの。そうしたら、ベッドのなかにいるのがばからしくなったのよ」

「なら、いいんですけど。朝食はどうしますか？　ここで食べるなら、取りに行ってきますよ」

「いいえ、けっこうよ。あなたにはあまり宮殿のなかをうろついてほしくないって言ったでしょう？　朝食は下でとるわ。あなたはここにいてちょうだい。あなたの分はだれかに運ばせるから」

「それって、なんだか刑務所の囚人みたいじゃないですか」

「あら、食事を運んでもらうのはいいものよ。たまにはわたしになった気分を味わうといいわ」

「それなら、トーストは絶対に二枚以上にしてもらってくださいね。昨日の夕食はスズメの餌にもなりませんでしたよ」

「クイーニー、あなたったらその服のボタンが留まらなくなっているじゃないの」わたしは笑いながら言った。「何週間かダイエットしてもいいかもしれないわよ」

「そんなことしたら、力が入りませんよ。お嬢さんの重たいトランクを持って階段をあがったりおりたりするのは、大変なんですよ」

「どうにかなるわよ」わたしは言った。「そういえば、クイーニー、ゆうべのことなんだけれど……」

「なんですか、お嬢さん？」

わたしは窓に近づいて、外を見た。しっとりした光を浴びて、石畳が光っている。死体のあった場所を思い出してみた。ここから見えるだろうか？　もしも車が建物の外に止まって、死体を投げ捨てたとしたら、ここからでは見えないだろうと思った。向かい側の建物に目を向けた。中庭に面している窓はそれほど多くない。一番奥にある窓が少佐のバスルームだろう。あとは、ルイーズ王女の住まいの裏側の部屋だ。

「ゆうべなにか見たと言ったわね。それはなんだったの？」

「ちらちらしていた光のことですか？」

「そうじゃなくて、その前になにか白いものを見たと言ったじゃない？　白いドレスを着た女性だった？」

「わかりません。暗かったもんで。なにか白いものが中庭をゆっくり横切っていくのが見えただけなんです。人間だったかどうかもわからないです。石畳の上をアーチに向かって流れていってるみたいでした」

「流れる？」

「そうです。漂うっていうか。なんて言えばいいのかわからないですけど、まっすぐ進んでいたわけじゃないんです。だれかが歩いているっていう感じじゃなかったです。その白いものは、ゆっくり、変なふうに動いていたとしか言えません。気味が悪くて、あわててカーテンを閉めたくらいです」

「それは何時ごろだったの？」

「よくわかりません。退屈して座っていたら、車の音が聞こえた気がしたんでカーテンを開けて外を見たんです。そうしたら、それが見えて。あれは絶対に幽霊ですよ。ここは幽霊に取りつかれているって使用人たちが言っているのを知っていますか？　顔のない男とか、飛びかかってきてはけらけら笑う少年とかが出るらしいですよ。それを思うと、あたしはこの部屋にずっといられてよかったです。階段で幽霊とばったり会ったりしたら、心臓発作で死んじまいますよ」

「幽霊がわたしたちに危害を加えるとは思えないわ、クイーニー。実体がないんですもの」

「それはそうかもしれませんけど、あたしは試してみようとは思いませんね」

ボボのキラキラした白いドレスのことを考えた。彼女が中庭を横切っているところをクイーニーは見たのかもしれないし、見ていないのかもしれない。彼女が酔っているか、麻薬をやっていたとすれば足元がふらついて、クイーニーが言うところの漂っているように見えたとしてもおかしくはない。興味深い点だ。クイーニーの言うとおりだとすれば、何者かが車でやってきて死体を捨てたのではないことになる。その時点で彼女はまだ生きていたわけだ。

朝食の用意はできているだろうかと思いながら階下におりてみると、イルムトラウト女伯が山盛りにした皿を前にすでにテーブルについていた。

「これはいいですね。英国式朝食。栄養があります」彼女が言った。

「ええ、英国式朝食は最高です」わたしはキドニーとベーコンをお皿に盛りながら応じた。

「ゆうべはよく眠れましたか？　わたしたちが戻ってきた物音で、起こしたのでなければいいんですけれど」

「まだ起きていましたよ。王女が戻ってくるのを待たずに、わたしが眠ったりするとでも？　わたしの手助けがいるかもしれないじゃありませんか。そういえば、車から降りたときになにか宝石を落としたとメイドが言っていましたが、あなたのですか？　それともマリナ王女の？」

「わたしのです。でもすぐに見つかりましたから。少佐が懐中電灯を持っていて、いっしょに捜してくれたんです」

「それはよかったですね」

「あなたの部屋は宮殿の外側に面していますよね。わたしたちが戻ってくる前に、車を見かけませんでしたか？」

「どんな車かしら？」イルムトラウトはフォークにキドニーを刺したまま、いぶかしげにわたしを見た。

「玄関の前で車の音を聞いたとわたしのメイドが言っていたので、いったいだれだったんだろうと思ったんです」

「わたしはなにも聞きませんでしたよ。夕食は食堂でいただきましたけれど、ひどい食事でした。トード・イン・ザ・ホールとかいう料理なんですよ。ご存じですか？　トードって、蛙の仲間ですよね？　わたしは蛙は食べません。フランス人じゃないんですから」

わたしは笑いたくなるのをこらえた。「それはただの名前です。イギリスのソーセージをヨークシャー・プディングの生地に包んで焼いたものなんですよ。お口に合わなくて残念です。わたしは大好きですけれど、上流のお宅ではあまり出てきません。どちらかというと、子供向けのお料理なんです」

「つまり、わたしは子供向けの料理しか出してもらえなかったということですね」イルムトラウトは鼻を鳴らした。「その蛙の夕食のあとは、マリナが帰ってくるまでひとりで本を読んでいました。退屈な夜でしたよ。あなたたちの宮殿でのディナーはもっと楽しかったのでしょうね」

「ええ、おかげさまでとても。王家の方々はマリナ王女を気に入られたようです」

「よかった。マリナがこの国の王子と幸せになれるといいと思っているのです。あまりいい噂がないようですから」

「確かに少しばかりプレイボーイだったかもしれません」わたしは言葉を選びながら言った。「でも今後は落ち着いて、自分の責任をきちんと果たされると思いますよ」

「プレイボーイ？　どんなプレイをするんですか？　舞台で演《プレイ》じるみたいなことですか？」

思わず笑みが浮かんだ。「いいえ、楽しむのが好きだという意味です」

「やっぱり。そう聞いています。マリナが自分の決断を後悔しないことを祈りますよ」

「国王陛下はジョージ王子をケント公になさったんです。マリナ王女は結婚したら、ケント公爵夫人になるんですよ」

「公爵夫人は王女よりも上の身分なんですか？」イルムトラウトはマリナと同じことを尋ねた。

「王族の公爵夫人はそうです。肩書は地所と収入を与えられることを意味します。イギリスでは、後継ぎ以外の国王陛下の息子はたいていが公爵になるんです」

「それではいいことなんですね。よかった」彼女が微笑んだのを初めて見た気がした。

わたしはマリナ王女が起きだしてくるのを待った。おしゃれなお店や演劇やナイトクラブを案内してほしいと言われるのだろう。そのどれもがわたしの守備範囲を超えている。ため息が漏れた。ダーシーがここにいてくれたら、問題は解決しただろうに。彼はこれまでいろいろと経験を積んできている。いまどこにいるのだろう。どうして葉書の一枚もよこさないの？　彼との結婚生活はこんな感じなんだろうか？　どこかわからないところに行ってしまい、いつ戻ってくるかもわからない夫を待つだけの日々が続くの？　そのうえなにをしているのかすら、彼はわたしに話すこともできない。本当にいらだつ人なんだから！

そのとき、不意にひらめいたことがあった。社交界に身を置いていて、ブティックやナイトクラブを熟知している人がいるじゃないの。なによりクイーニーのおかげで、彼女の衣装ダンスにはわたしの青いイブニング・ドレスが吊るされている。いまからドレスを取りに行って、おしゃれなロンドンの街にマリナ王女を案内する手助けをしてもらえるように、ベリンダに頼んでみよう。

ぐっと気分が上向いた。出かけなければいけない用事ができたけれどすぐに戻ってくる、そうしたらどこでも好きなところに案内すると王女に伝えてほしいとイルムトラウトに告げた。それからコートを着て帽子をかぶり、すがすがしい朝の空気のなかに歩み出た。警察の車らしきものは一台も見当たらず、アーチにはだれもいない。そこで起きたことを示すものはなにもなかった。警察が見逃した手掛かりはないかとあたりを探してみたが、雨に洗われた敷石には足跡どころかタイヤの跡さえ残っていなかった。

公園を横切り、ベリンダの馬小屋コテージがあるナイツブリッジに向かった。散歩にはうってつけの日で、屋外にいるといつもそうなるように足取りが軽くなった。年上の子供たちが駆けていたり、人形の乳母車を押していたりするうしろを、子守たちが乳母車を押しながら歩いていく。平和で心温まる光景だったから、宮殿の中庭のアーチの下で若い女性が死んでいたとはとても信じられなかった。少佐の書斎にいた人たちは、明らかに彼女の死を自殺で片付けたがっていた。彼らの望みどおりに、麻薬の過剰摂取が死因だと解剖で証明されることをわたしは願った。だがそれでも、ケンジントン宮殿の中庭のアーチの下で彼女がなにをしていたのかの説明はつかない。

さほども行かないうちに、醜い人形を乗せた乳母車を押しながらふたりの少年がわたしに向かって突進してきた。思わず驚いてあとずさると、少年たちが叫んだ。

「ガイ人形に一ペニーちょうだい！」今日がなんの日だったのか、わたしはようやく思い出した。ガイ・フォークス・デイ。花火の夜だ。イギリスじゅうの裏庭でかがり火がたかれ、花火があげられる日だ。わたしは財布を開き、一ペニー硬貨を取り出した。公園の入り口にたどり着くまでに、さらに二組の少年とガイ人形に声をかけられた。

ベリンダの家の玄関をノックした。かなり待たされてもうあきらめようかと思ったころ、ようやくドアが開いて、ベリンダが目をこすりながら顔を見せた。

「ジョージー、あなたなの。こんなとんでもない時間に、いったいなんの用？」

「もう九時半よ、ベリンダ。たいていの人は起きだして、活動を始めているわ。ゆうべも遅くまでギャンブルをしていたの？」

「そういうわけじゃないけれど、カリフォルニアとの時差がなかなか抜けないのよ。わたしの体はまだここがカリフォルニアだと思っているみたい」

「わかるわ。わたしも帰ってきた直後はそうだった。なかに入れてくれないの？」そう尋ねたところで、はたと思い当たった。「それとも、わたしと顔を合わせてはまずい男性がいるのかしら？」

「いいえ、わたしだけよ。さあ、入って。まだ紅茶もコーヒーもいれていないけれど」

居間はかなり散らかっていた。「メイドはどうしたの、ベリンダ？　まだ戻ってきていないの？」

「いなくなったの」ベリンダが答えた。「出ていったの。困っているわたしを見捨てて。ひどい子よ」

「まあ」

「アメリカに行くとき、ひと月分のお給金を払って行ったのよ。でもわたしはひと月以上留守にしていたでしょう？　そうしたらあの子は別の仕事を見つけたというわけ。それも、メイドじゃないのよ。タイプのレッスンを受けて、タイピストとして働いているの。勤務時間が決まっていて、週末はお休みで、そのうえわたしが払っていたお給金よりもっとたくさん稼いでいるんだから」ベリンダは首を振った。「下層階級の人たちはどうなっていくのかしら？」

「世界は変わりつつあるんだと思うわ」わたしは答えた。「でも、あなたやわたしに仕事がないのに、彼女がそうやって働いていると思うとしゃくにさわるわね」

「紅茶をいれてもらってもいいかしら？」ベリンダが言った。「あなたはそういうことがとても上手なんですもの」

「わかったわ」わたしは笑顔で答え、台所に向かった。わたしはひとりで生きていく術を苦労して学んだ。すぐにでも新しいメイドを見つけなければ、ベリンダも自分の面倒を見ることを覚えなくてはならなくなる。わたしはガスコンロに火をつけ、ポットに紅茶の葉を入れた。ベリンダがやってきて台所の戸口に立った。「うちの納戸で寝泊まりしてくれる気はない？　わたしは家のことがまったくできないのよ」

「悪いけど、いまはもっといい部屋に泊まっているの」わたしは言った。「ケンジントン宮殿に滞在中よ」

「それはまたどうして？　王家の親戚だから、部屋を貸してくれることになったの？」

「違うわ。結婚式までマリナ王女のお世話をするように頼まれたの。王女が宮殿に滞在しているのよ」

「ジョージ王子のお相手の？　気の毒に。なにが自分を待ち受けているのか、王女は知っているのかしら？」

「よくわかっていないみたい。ジョージ王子はプレイボーイのところがあるとだけ言っておいたけれど」

「それってずいぶんと控えめな表現ね」

「改心するかもしれないでしょう。彼女のことをとても気に入っているみたいだったから」

ベリンダはわたしがいれた紅茶を口に運んだ。「彼が変わるとは思えないわ。おとなしくしているのも、せいぜい後継ぎができるまででしょうね。でも王家の結婚って、妻が夫の不品行を見て見ぬふりをすることで成り立っているのがほとんどよね」

「そうみたいね。でもアルバート王子夫妻は互いに満足しているみたいよ」

「彼はプレイボーイとはほど遠いタイプですもの」ベリンダは紅茶をひと口飲んだ。「これが飲みたかったのよ。ジョージー、あなたは天の恵みだわ。でもどうしてこんな朝早くから来たの？」

「理由はふたつ。クイーニーがわたしの青いイブニング・ドレスをあなたの衣装ダンスに吊るしたままだったということに、ゆうべ気づいたの。おかげで、暗緑色のベルベットのドレスでバッキンガム宮殿のディナーに行かなければならなかったのよ」

「まさか、クイーニーがアイロンを失敗したあのドレスじゃないでしょうね？」ベリンダはぞっとしたように言った。「なんてひどい話。よく恥ずかしさのあまり死ななかったわね」

「母のシルバーフォックスのストールでうまい具合に隠せたと思うわ。そう思いたい」

「ジョージー、あなたはメイドがいないほうがうまくやっていけると思ったことはないの？」

「何度もあるわよ。でも残念ながらケンジントン宮殿に滞在するなら、メイドが必要だもの」

ベリンダは恐怖に満ちたまなざしをわたしに向けた。

「クイーニーを宮殿で野放しにしているの？　王家の人たちがいるところで？」

「いいえ。わたしの部屋を出ないように言ってあるわ。食事も部屋に運ばせている」

ベリンダは首を振った。「それって、時限爆弾といっしょに暮らしているようなものよ。さあ、わたしの部屋からドレスを取ってくるといいわ。ゆうべあのドレスに気づいて、いつあんなものを買ったんだろうって不思議に思っていたところよ。わたしに似合う色じゃないもの」

わたしはドレスを取りに二階にあがった。戻ってみると、ベリンダは鏡を熱心に眺めていた。

「ねえ、わたしひどい有様じゃない？」

「具合でも悪いの？」ベリンダの目は落ちくぼんでいて、夜遊び三昧の生活の影響がついに現われ始めたのだろうかとわたしは考えた。

「わたし？　まさか。元気よ。でも、船で軽い風邪をひいたのかもしれないわね。ジョージー、もしよければ、トーストを焼いてもらえないかしら？」

わたしは声をあげて笑った。「ベリンダ、トーストくらい自分で焼けるでしょう！　餓死する前に新しいメイドを見つけたほうがいいわよ」

「問題は、メイドにお給金を払えるかどうかということなの。ちゃんとしたメイドよ。クイーニーみたいなのじゃなくて。この世に彼女みたいな人はふたりといないでしょうけれどね」

わたしは台所に戻り、パンを切ってグリルに入れた。

「今日ここに来たもうひとつの理由だけれど、あなたにお願いがあって。マリナ王女にロンドンを案内してほしいと頼まれたの。彼女はとてもおしゃれなんだけれど、わたしはふさわしいお店も夜の遊び場も知らないんですもの。アドバイスしてもらえない？　わたしが服を買ったことがあるのは、ハロッズとバーカーズくらいなの」

ベリンダは恐怖の表情を浮かべた。「ジョージー、王女さまをバーカーズに連れていくわけにはいかないわ。おしゃれな人ならなおさらよ。バーカーズは田舎暮らしの年配の既婚女性が行くところなの。狩りの合間に着るツイードを買いたいのならあそこでもいい。でも王女さまを連れていくところじゃない」

「そうなの？」

「そうよ。当たり前じゃない。あなたが王女さまを連れていくべきなのは、デザイナーのサロンよ。そこでコレクションを見てもらうの。そのほうがずっと洗練されているわ。金箔、錦織のソファ、シャンデリア、シャンパン、そしてプライバシーも保たれる。それだけのお金があるときは、わたしはいつもそうしているの。ロンドンには素晴らしいデザイナーのサロンがいくつもあるのよ。スキャパレリのサロンもあるし、モリノーだってある。ノーマン・ハートネルは訪ねる価値のある新進気鋭のデザイナーよ。彼のデザインを気に入っている王家の人を知っているわ。わたしには少し堅苦しいんだけれどね。わたしは自分の服は自分でデザインするから」

「でも、マリナ王女が下着を買いたいと思っていたらどうするの？」

「下着を作っているデザイナーのところに行けばいいのよ。ルシルがまだ作っているはずよ。ジョージー、あなた本当になにも知らないの？」

「それだけのお金があったことがないんですもの。社交界にデビューしたときは、おしゃれなドレスの絵を見せて、仕立て屋にそれを真似て作ってもらったわ。うまくいったとは言えなかったけれど。マリナ王女にデザイナーの服を買えるだけのお金があるかどうかを確かめなくてはいけないわね。彼女の一家はあまり裕福じゃないって聞いているの。でも王女は驚くほどおしゃれに見えたわ」

「パリに住んでいる人はみんな、おしゃれに見せる術を生まれながらに知っているのよ。なんでもない黒いドレスにスカーフを巻くだけで、垢抜《あか》けるんですもの。わたしが自分のサロンを持てる日が来たら、野暮ったくする必要はないってイギリス人のおばさまたちに教えてあげたいわ」

「お金持ちの男性と結婚することね、ベリンダ」

「それよ」ベリンダは顔を背けた。「人って、欲しいものが手に入るとは限らないのね」

「ええ、そうかもしれないわね」彼女の苦々しい口調にわたしは動揺した。「王女を案内するときはいっしょに来てほしいの。あなたならおしゃれな場所はもちろん、どこで化粧品を買って、どこで髪を整えてもらえばいいかも知っているでしょう？　それにナイトクラブも。王女が夜にどこかに行きたいと言ったら、わたしはどうすればいいの？　ナイトクラブなんて行ったこともないんだもの。まずどこに行くべきかしら？」

「〈エンバシー〉はだめよ」ベリンダは即座に答えた。「未来の夫とばったり会うかもしれない。彼がだれといっしょにいるか、わかったものじゃないわ」

「〈エンバシー〉はだめ」わたしは繰り返した。

「〈シロズ〉なら大丈夫だと思うわ。あそこのショーは悪くないの。あとは〈キット・キャット〉や〈エル・モロッコ〉。どちらも大丈夫のはずよ。でも、男性の付き添いなしにクラブに行くのはあまりお勧めできないわね。そういうことをするのは夜の女性だけよ」

「王女の未来の夫がいっしょに行きたがるかもしれない」

「それはどうかしら。そこにかつての愛人がいたら、なにを言いだすかわからないのよ。彼はあまりに多くの人と、あまりに親しく付き合ってきたもの」

「たとえば、ボボ・カリントンとか」ベリンダは情報の宝庫かもしれないとわたしは気づいた。「あなたは社交界で顔が広いでしょう？　彼女のことをなにか知っている？」

「ボボのことなら、だれだってすべてを知っているわよ」ベリンダは笑って答えた。「ロンドンで彼女ほどよく知られている人はいないわ。それを考えれば、どこであれマリナ王女をナイトクラブに連れていくのはやめたほうがいいかもしれないわね。ボボとばったり会う可能性が高いもの。ボボは口が堅いとは言えないの。何杯かカクテルを飲んで、それよりもっと強いものを注射したあとは特にそうよ。きっとマリナ王女を見つけたら、ジョージ王子の愛人だって自己紹介して、コカインを勧めるでしょうね」

「ふたりの関係はもう終わっていた――」まだベリンダに事件のことを知らせたくなかったから、わたしは言い直した。「もう終わっているのかしら。それとも彼女はいまも王子の愛人なの？」

「知らないわ。ジョージ王子のセックスライフをずっと追いかけているわけじゃないもの」

ベリンダはそう言って笑った。

「最近、ボボを見かけた？　ほかに付き合っている人はいるのかしら？」

ベリンダは面白そうな顔でわたしを見た。「どうしてボボに興味を持つの？」

「ジョージ王子と付き合っていたって聞いたから、マリナ王女の耳に入れないようにしたくて」わたしはあわてて答えた。

「ジョージー、ボボは大勢いる愛人のうちのひとりにすぎないのよ。王子は銀行家の娘のポピー・バリングとも付き合っていたわ。ほかにだれがいたかしら？　彼はロンドン社交界の最上層の人たちと深い関係にあったのよ。男女を問わずね」

「ボボは最上層にいるということね？」

「そう思われたがっているわね。ここだけの話だけれど、生まれはあまりよくなくて、成りあがってきたのよ。機に乗じるのがとてもうまい人なの。お金を持っている人のにおいをすぐに嗅ぎつけてまっしぐらに歩み寄ったかと思うと、全力でたぶらかすんだから」ベリンダは言葉を切り、しばし考えこんだ。「そういえば、以前ほど見かけなくなったわね。でももうそれほど若くはないし、麻薬を使っていればその影響もあるものね」

「それじゃあ、最近はだれかほかの人といるところを見かけていないのね？」

「ロンドンにいなかったからわからないけれど、このあいだの夜クロックフォーズで見かけたのが、久しぶりだったわ。いつものように恐ろしいくらいご機嫌だったわよ。わざとらしく思えるくらい。そのあと別の部屋でどこかのアメリカ人と話をしていたわ。だれかはわからない。見たことのない人よ。彼の前では、ボボの態度が急に変わったの。落ち着かない様子で、不安そうだった。きっと彼に狙いをつけて、〝わたしはギャンブルをするクラブに初めてきた無垢《むく》な娘で、どうすればいいかを教えてくれるたくましい男性が必要なの〟という演技をしていたのかもしれないわね」

「あなたがよくしているみたいにね」わたしは言った。

ベリンダはにやりと笑った。「だって驚くほどうまくいくんですもの」

「ボボはそのアメリカ人といっしょに帰ったの？」

「わからないわ。彼はそのあとすぐに帰ったと思う。楽しんでいるようには見えなかったもの。クロックフォーズに来るようなタイプじゃなかった。フォーマルな格好をしているのが窮屈そうだった」

ベリンダの顔を奇妙な表情がよぎった。

「そういえば、ボボがいっしょに出ていったと思ったのは――」途中で口をつぐみ、首を振る。「いいえ、ありえない」

「だれ？」

「なんでもない。気にしないで」ベリンダは手を振った。「マリナ王女を〈カフェ・ド・パリ〉に連れていくといいわ。豪華だし落ち着いているし、ジョージ王子やボボの取り巻きはだれもいないから」

「わたしはそろそろ宮殿に戻らないと。王女のお世話をすることになっているんですもの」わたしは言った。「王女を街に連れていくときには、いっしょに来てくれる？　あちこちのサロンで嫁入り衣装を揃えるのは、きっと楽しいと思うわ」

「考えておくわ。時間があるかどうかわからないから」

「どういうこと？　戻ってきたばかりなんだから、時間はあるでしょう？」

立ちあがって玄関に歩きかけたところで、わたしはふと思いついて振り返った。

「いいことを思いついたわ。あなたが王女の服をデザインすればいいのよ。王女がそれを着れば、あなたの名前は世間に知られることになる」

予期していたような反応は返ってこなかった。「そうかもしれないわね」ベリンダはためらいがちに言った。

てっきり彼女が飛びあがって、わたしに抱きついてくると思っていたのだ。「ジョージー、あなたって天才だわ」と言いながら。

「どうしたの？　大きなチャンスじゃないの。マリナ王女があなたの服を着れば、だれもが同じものを欲しがるのよ」

ベリンダはうなずいた。「そうね。それができるだけの時間があればいいんだけれど」

「それができるだけの時間？　ほかになにをしているというの？　いいから、早速とりかかってちょうだい！」

「わかった」ベリンダは心を決めたように微笑んだ。「そうするわ。王女は背が高いのよね？　わたしと同じくらい？」

「一度会えば、あなたも王女がどんな服が好きなのかがわかるわ。王女がなにをしたがっているのかは、その都度伝えるわね」恐ろしいことに気づいたのはそのときだ。「ねえ、ベリンダ。ナイトクラブに連れていけないのに、王女がロンドンの社交界に顔を出したいと言ったらどうすればいい？」

「〈サヴォイ・グリル〉でランチをすればいいわ。きっかけとしてはちょうどいいから。三〇分も座っていれば、知っている人に大勢会うわよ。そのあとはノエル・カワードの新しい舞台を観に行くの。もちろんノエルと王子の噂は知っているけれど、ノエルの魅力に抗《あらが》える人なんていないでしょう？　それにあなたは彼をよく知っているのよね？　自慢できるわね」

「去年のクリスマス、彼は母といっしょにいたから、知っていることは知っているわ」

「ほらね。王女に彼を紹介するのよ。きっと感心するわ。ノエルはあなたたちをカクテルパーティーに招待するだろうから、そこで名のある人たちに会える。これで問題解決よ」

「ベリンダ、あなたって素晴らしいわ。あとは宮廷が、そのための資金を出してくれることを祈るだけね。デザイナーのドレスもサヴォイも決して安くないもの」

「あの人たち、まさかそれをあなたに払わせるつもりじゃないでしょうね？」

「ドイツの王女が来たときはそうだったわ。覚えているでしょう？　王妃陛下はお金のことをまったく考えないの。お金がない人間がいるなんて想像もしていない。でも今回、ケンジントン宮殿の責任者はビーチャム＝チャフ少佐だから、お財布を管理しているのも彼だと思うわ」

「ビーチャム＝チャフ少佐。聞いたことがある気がする」

「近衛騎兵よ。いまはジョージ王子の個人秘書。あまり感情を表に出さないタイプ。でもとてもハンサムよ」

「結婚しているの？」

「どうかしら。ケンジントン宮殿にビーチャム＝チャフ夫人はいないし、そんな話もしていなかったけれど、シュロップシャーに妻子がいないとは限らない」

「軍人はわたしのタイプじゃないわ」ベリンダが言った。「たとえハンサムでもね。威張りたがるし、正しいことにこだわりすぎるんですもの。それに少佐のお給料じゃ生きていけない」

「いつショッピングに出かけるのかが決まったら連絡するわ。絶対に楽しいわよ」

「そうね、きっと楽しいでしょうね」ベリンダが言った。

13

まだ一一月五日　ガイ・フォークス・デイ
宮殿に戻る

ケンジントン・ガーデンズを吹き抜ける強い北風のせいで頰を真っ赤にしながらケンジントン宮殿に戻ってみると、マリナ王女は朝食を終えて、モーニング・ルームで新聞を読んでいるところだった。イルムトラウト女伯は窓際の机で手紙を書いていた。

「わたしの写真がいっぱい」マリナ王女は信じられないといった表情で、新聞を掲げてみせた。「社会主義寄りの『デイリー・ミラー』にも載っているのよ。わたしが来たことが、こんな大きなニュースになるとは思わなかったわ」

「ここしばらく、世の中は暗いニュースばかりでしたから」わたしは言った。「王家の結婚はだれにとっても明るい話題ですもの」トレイの上のカラフェからコーヒーを注ぎ、王女の隣に腰をおろした。

「いいニュースをもたらしていると思うと、悪くない気分だわ。役に立つことをしているって思えるもの。結婚したらすぐにジョージとふたりで、王族としての義務を果たしていくつもりよ。ご公務の一部をわたしたちに任せられるのはうれしいって王妃陛下がおっしゃっていたわ。お気の毒に国王陛下はとても調子がお悪いように見えたわ。メアリ王妃は片時もそばを離れたくないようだった」

わたしはため息をついた。国王陛下がぐっと年を取って、やつれたように見えることにわたしも気づいていた。

「肺炎にかかったあと、なかなか回復なさらないんですよ。それに長男が心配をかけているのも一因なんでしょうね」

「あら、デイヴィッドを見かけたことがあるけれど、気持ちのいい人に見えたわ。国王陛下はなにをそんなに心配することがあるの？」

「彼はふさわしい相手と結婚しようとしないんです。あなたのような。そのうえ、とんでもないアメリカ人女性にすっかりたぶらかされてしまっていて」

「その噂なら聞いているわ」マリナ王女は顔をあげたイルムトラウトをちらりと見て言った。

「その人は、まだだれかと結婚しているんじゃなかったかしら？」

「そうなんです。でも離婚したがっているみたいです。それに以前にも離婚歴があるんです」

「まったくふさわしくありませんね」イルムトラウトが鼻を鳴らした。「彼はどうして義務を果たすように育てられなかったんです？　わたしたちみんな、そう教えられてきているのに」

「わたしもそうですし、デイヴィッド王子もそうだったはずです。彼はただ、自分の意志を通すことを選んだということなんだと思います」

「散歩に行っていたんですって？」マリナ王女がわたしに尋ねた。

「ええ、ファッションにくわしい友人を訪ねていたんです。あなたにお勧めできるデザイナーはだれかと訊いたら、ノーマン・ハートネルとモリノーを教えてくれました。スキャパレリもロンドンにサロンがあるそうです」

「モリノーはわたしのウェディング・ドレスをデザインしてくれているの」マリナ王女の顔が輝いた。

彼女の一家はギリシャから追放され、生活に困窮していたと聞いていたから、思わず驚きが顔に出たのだと思う。

「パリで彼に会ったのよ。王家の結婚式のためのドレスをデザインできるのは光栄だって言ってくれたの。デザイン画を何枚か送ってくれたけれど、まだ実際には見ていないの。でも彼のデザインって素晴らしいわよね？」

モリノーのデザインがどんなものなのかさっぱりわからなかったので、わたしはなにも言わなかった。マリナ王女はさらに言った。

「彼のところで仮縫いをしなくてはいけないわね。でもわたしが本当に行きたいのは、普通のお店なの。ハロッズやセルフリッジズのような。ああいうところで買い物するのは、とても楽しいでしょうね。嫁入り衣装のほとんどは揃っているのよ。あとは細々したものだけなの。化粧品とか下着とか色っぽいネグリジェとか」

イルムトラウトがひゅっと息を吸ったのを聞いて、マリナ王女が言った。

「トラウディ、そんなお堅いことを言わないの。わたしは結婚するんだから」

「そういうものを売っているお店でしたら、わたしがお連れできます」わたしは言った。

「それから劇場はどうかしら？　顔を知られるようになる前に、楽しんでおきたいの」

「新聞にあれだけの写真が載っていますから、気づかれるかもしれませんね。でもハロッズには喜んでお連れします。それからセルフリッジにも。田舎暮らしの年輩の既婚女性が行く店だと友人は言っていましたけれど」

「それならわたしは田舎暮らしの主婦のふりをするわ。スミス夫人よ」

わたしたちは声を立てて笑った。

「まずは〈サヴォイ・グリル〉でランチをするのがいいそうです。顔見せをする場所だって聞きました」

「わかったわ。それじゃあ、もう少し見栄えのする服に着替えてくるわね」マリナ王女は新聞を置くと、部屋を出ていった。わたしもそのあとを追おうとしたところで、イルムトラウトのことを思いだした。彼女もいっしょに来るのよね？

「イルムトラウト女伯、もちろんあなたもいらしてくださいね。おいしいランチで、トード・イン・ザ・ホールの埋め合わせをしてください」

「ありがとうございます。わたしは着替えの必要はありません。流行の服など持っていませんからね」

わたしはものすごい勢いでなにかを書いている彼女を残して、部屋を出た。母親だか妹だかに、イギリスでひどい扱いを受けていると訴えているのかもしれない。寝室に戻って着替えをする前に少佐を捜そうと思い、建物の外に出た。いかにも軍人らしい足取りで彼がこちらに歩いてくるのが見えた。

「少佐、会いにいこうと思っていたところでした」

「その後、気分はいかがですか？　レディ・ジョージアナ。たいていの女性は死体を見るだけで卒倒してしまうものですが、あなたは違うようだ」

「わたしはもう少し強靭《きょうじん》にできていますから。手足を失っても戦い続けたラノク家の族長の血を引いているんです」

彼は笑って応じた。「ユーモアのセンスもおありですね。王妃陛下はいい人を選んだ。それで、なんのご用でしょう？」

わたしは唇を噛んだ。「費用の話なんです。マリナ王女にロンドンを案内することになっているんですけれど、そのための費用についてはなにも言われていなくて。それはわたしが――」

「とんでもない。簡単なことですよ」少佐はわたしを遮って言った。「どこへ行くのかをわたしに教えてください。あらかじめ電話をかけて、だれが行くのかを伝え、請求書はケンジントン宮殿に送るように言っておきます。万一なにかトラブルが起きたときのために、あなたに手紙をお渡ししておきますよ。なにも起きないでしょうけれどね」

「まあ、助かります」わたしはため息をついた。「それじゃあ、王女を〈サヴォイ・グリル〉にお連れしてもいいかしら？　顔見せにふさわしい場所だと友人が教えてくれたんです」

「素晴らしい選択ですね。もちろんですよ」少佐はうなずいた。「それでは最高のロンドンを王女に見せてあげてください」

　わたしは頬が緩むのをどうしようもなかった。どこでも好きなところに行けて、その費用はだれかが払ってくれる。こんな素敵なことはないでしょう？　中庭で死んだ女性やそのことについて調べるという任務のことはすっかり頭から消えていた。部屋に戻り、カシミアのカーディガンと柔らかいジャージーのスカートに着替えた。どちらも去年のクリスマスに母からもらった、お気に入りの冬の装いだ。母は身長一五七センチで華奢《きやしや》なのに、わたしは一六五センチもあるのが残念だった。同じような体格なら、母がいらなくなったきれいな服を山ほどもらえたものを。それでも鏡に映るわたしは充分に見栄えがした。

「王女とランチに出かけてくるわ」わたしはクイーニーに言った。「部屋から出てはだめよ。幽霊が出るわよ」

「わかってます、お嬢さん。心配ないですよ。なにがあろうとここから出ませんから。幽霊なんてとんでもない！」

マリナ王女とイルムトラウトとわたしはタクシーに乗りこんだ。外出にはうってつけの日だった。ザ・マルではちょうど騎兵隊の訓練をしているところで、風にそよぐヘルメットの羽根飾りや馬のたてがみに、イルムトラウトですら感嘆の声をあげた。

ふたりはトラファルガー・スクエアを魅力的だと言い、ナショナル・ギャラリーに興味を示した。そして車は〈サヴォイ〉の張り出し屋根の下に止まった。言葉どおりビーチャム＝チャフ少佐があらかじめ電話をかけておいてくれたらしく、わたしたちは恭しい歓迎を受け、一番いいテーブルに案内された。わたしは高級レストランで食事をした経験があまりなく、なにを頼めばいいのかよくわからなかったが、マリナ王女は迷うことなくロブスターのビスク、フォアグラのパテ、子牛のディジョネーズソースをオーダーした。イルムトラウトとわたしは同じものを頼み、王女はさらに軽いフランスワインも注文した。

「カクテルはやめておくわ」王女が言った。「昼間からアルコールを飲みすぎると、午後は使いものにならなくなるんですもの。このあとはモリノーに行かなきゃいけないでしょう？ドレスがどうなっているかを確かめて、仮縫いの日時も決めなくてはいけないもの」

ワインが運ばれてきた。こちらを見ている人が大勢いることにわたしは気づいた。注目されると気分が高揚するものだとわかった。マリナ王女は気づいていないようだったが、ただ落ち着いているだけなのかもしれない。最初のコースが運ばれてきた。軽いけれどクリーミーだ。フォアグラは素晴らしかった。だれかが声をかけてきたのは、子牛を食べている最中だった。

「やあ、ジョージー。久しぶりだね」

わたしの前に立っていたのは、ガッシー・ゴームズリーだった。わたしの知り合いのなかではプレイボーイという言葉にもっとも近い存在だ。黒人ジャズバンドが演奏し、厨房でコカインを吸っているようないかがわしいパーティを主催していたことがあって、そこで、ジョージ王子を見かけたのを思い出した。そのうえ一度ならず、わたしを誘惑しようとしたこともある。にこやかに話しかけてきたところを見ると、そのときのことは都合よく忘れているらしかった。「こんにちは、ガッシー。こちらの方々を紹介させてね。妃殿下、彼はオーガスタス・ゴームズリーです」

ガッシーはすぐに王女だとわかったらしく、真っ青になった。

「突然お邪魔して申し訳ありません、妃殿下。大変、失礼しました」

「いいのよ。ジョージアナのお友だちや、ロンドン社交界の名士に会えるのはうれしいわ」

ロンドン社交界の名士ではないなどとガッシーが言いだす前に、わたしは急いで言った。

「オーガスタスのお父さまは新聞や雑誌をいくつも発行していて、彼は名うてのプレイボーイなんですよ」

「もう違うんだ」ガッシーは顔をしかめた。「聞いていないかい？　ぼくは結婚するんだよ。ついに年貢の納めどきというわけだ。我が国の女性にとっては辛いことだろうけれどね」

「まあ、おめでとう、ガッシー。お相手はどなた？」

「きみも知っている人だよ。プリムローズ・アスキーダスキー。学校でいっしょだっただろう？」

「でも何年か前に、彼女の結婚式に行ったわよ。ローランド・アストン＝ポリーと結婚したんじゃなかった？」

「数カ月しか続かなかったんだ。ふたりの結婚は最初からだめになる運命だったんだと思わないかい？ アスキーダスキーからローリー・ポリーになったんだから。どうしようもないよ。それに彼はギャンブルにどっぷりはまっていたからね。そのうえ大酒飲みだし、酔うと泣きだすし」

「プリムローズにおめでとうと伝えてね。あなたたちの幸せを祈っているわ」

「ぼくからもお祝いを言わせてください、妃殿下」ガッシーが言った。「ぼくは、妃殿下の未来の夫の友人なんです。ジョージはいい奴ですよ。すごく《リッピング》面白い男だ」

マリナ王女は礼儀正しく微笑んだ。

「王子はなにを裂《リップ》くのが好きなんですか？」イルムトラウトが口をはさんだ。「紙や布を裂くのが面白いんですか？」

ガッシーは初めてその存在に気づいたかのように、彼女を見つめた。

「いや、ただそういう言い方をするというだけですよ。〝素晴らしい《スマッシング》〟がなにかを粉砕《スマッシュ》するという意味じゃないのと同じです」

「まったく英語というのは妙な言葉ですね」

「あなたも、そのうち使い方がわかります《ゲット・ザ・ハング》よ」

「ハング?」

　このまま延々と続いたらどうしようと思ったところで、まだふたりを紹介していないことに気づいた。イルムトラウトにあとで文句を言われてしまう。

「ガッシー、こちらはイルムトラウト・フォン・ディンゲルフィンゲン＝ハッケンサック女伯よ。王女の親戚なの」

「ご機嫌いかが?」イルムトラウトが威厳たっぷりに尋ねた。

「万事順調《チケティ・ブー》です。ありがとうございます」ガッシーが答えた。

「ガッシー、お料理が冷めてしまうわ」チケティ・ブーの意味をイルムトラウトに尋ねられる前にわたしは言った。

「そうだな。いまきみはどこにいるの? ちょっとしたパーティーを開くんだが、ぜひ妃殿下をお連れしてほしいよ。ロンドンがどういうところかをお教えしなきゃいけないだろう?」

「まあ、ありがとう」わたしがなにか言うより早くマリナ王女が答えた。ガッシーのパーティーが王女を連れていくのにふさわしい場所だとは、わたしにはとても思えない。彼女の未来の夫は、ほかの出席者たちといっしょになって羽目をはずしたことがあるに違いないのだ。

「明日の夜だ。ぼくの家で。どこにあるかは知っているよね、ジョージー?」

「グリーン・パークのアパートメントでしょう? ええ、わかるわ」わたしは戒めるような顔で彼を見た。麻薬はなし、ジョージ王子の過去をほのめかすのもだめだと伝えたつもりだ。

「楽しくなるぞ。九時頃に。いいね?」

そしてガッシーはその場を離れていった。

「素敵なお友だちがいるのね、ジョージアナ」マリナ王女が言った。「ロンドンのパーティーに行けるなんてとても楽しみだわ。ここのところ、わたしはとても退屈な毎日を送っていたのよ。これが独身最後のお楽しみ《フリング》になるかもしれないわね」

「投げ飛ばす《フリング》？　なにを投げたいんですか？」イルムトラウトが訊いた。

14

まだ一一月五日
ロンドン警視庁……行きたい場所ではない

　ランチのあとは〈ハウス・オブ・モリノー〉に向かい、エドワード・モリノーと会った。彼はとても魅力的な人だったし、王女のドレスは文句なしに素晴らしかった。気がつけばわたしはうっとりと空想に浸っていた。いつかわたしもこんなドレスを着て、背が高くて色黒でハンサムな男性と結婚できたらいいのに。仮縫いの日取りを決めたあと、王女がお茶を楽しみにしているので宮殿に戻った。即座に、メイドが近づいてきてささいた。「コートと帽子は脱がないでください、レディ・ジョージアナ。外で車が待っています」

「車？　だれの？」

「わかりません、お嬢さま。でもすぐにお嬢さまに来てほしいということでした」

「わかったわ」マリナ王女を捜したが、すでに姿は見えなくなっていた。「わたしは急に呼び出されたとマリナ王女に伝えてちょうだい。できるだけ早く戻るからと」

わたしは再び外に出た。確かに黒いセダンが木立の下に止まっている。近づいて行くと、運転席からひとりの男性が飛び出してきて、わたしのために後部座席のドアを開けてくれた。

「レディ・ジョージアナですか？」

「ええ。どういうことかしら？」

「上司があなたと話をしたいそうなんです。ここではなく、どこか静かなところで。どうか乗ってください」

なにかの犯罪組織や外国勢力がわたしを誘拐しようとしているのだったらどうしようとふと思ったが、わたしには誘拐するだけの価値はないと考え直した。

「どこに行くの？」

男性は身分証明書を取り出した。「わたしはクームス刑事です。ロンドン警視庁にお越しいただきます」

車が動きだし、ヴィクトリア・ストリートからホワイトホールに入ると、見慣れたロンドン警視庁の赤と白のレンガ造りの建物が目の前に現われた。本当にそこが目的地であったことがわかって、わたしは小さく安堵のため息をついた。アーチ形の入り口から中庭に入る。運転手が車を降り、ドアを開けてくれた。「こちらです」

彼に連れられてエレベーターに乗り、廊下を進み、あるドアの前までやってきた。彼がノックすると、「入れ」という低い声が返ってきた。

そこはテムズ川を見渡せる明るいオフィスだった。サー・ジェレミーであることを願っていたが、濃い色のオーク材の大きな机の前に座っていたのはペラム警部だった。

「来てくれて感謝しますよ、レディ・ジョージアナ」彼が言った。

「来なくてもよかったんですか？」わたしは笑顔で尋ねたが、ペラム警部は真顔のまま「どうぞ座ってください」と言っただけだった。

言われたとおり、座った。警部が座っているのは革の肘掛け椅子で、わたしに勧められたのは背もたれがまっすぐな木製の椅子だ。警部は机に肘をついて身を乗り出し、わたしを見つめた。

「解剖の結果をあなたに伝えようと思って待っていたんですが、その前にこれからお話しすることは他言無用だと改めて言っておきます。よろしいですね？」

「もちろんです」

「よろしい。ミス・カリントンの予備検死が終わりましたが、残念なことにあなたは正しかった。これは殺人です」

「麻薬の過剰摂取じゃなかったんですね？」

「コカインもヘロインも検出されませんでした」

「そうですか。死因はなんだったんです？」

「窒息死です。アルコールと強力な睡眠薬のベロナールが検出されました。どちらもかなりの量でしたが、死に至らしめるほどではない」

「でも眠らせるには充分だったんですね？　意識を失わせるには？　そのあと何者かが彼女

を殺したということですか？」

「そのようです」

「吐いたものを肺に吸いこんで、そのせいで窒息したということはありませんか？」

警部は驚いた顔をした。「あなたのような若い女性が、どうしてそんなことを知っているんです？」

「何度か殺人事件に関わったことがあるんです。わたしは、気が弱いほうではありませんから」

「そのようですな。その質問の答えはノーです。彼女は何者かの手によって窒息させられている。息ができないように手で押さえたあとが口と鼻のまわりに残っていました」

「なんて恐ろしい。それがだれだったのかを示す手がかりは見つからなかったんですね？」

警部はうなずいた。

「彼女はケンジントン宮殿でなにをしていたんでしょう？　あそこにジョージ王子がいないことはわかっていたはずなのに」

「でもマリナ王女がいた」警部は片方の眉を吊りあげた。「ミス・カリントンはどこか別の場所――おそらくは車のなか――で殺されて、ジョージ王子に罪をなすりつけるために、その死体をケンジントン宮殿に残したのではないかと考えています」

「だれがそんなひどいことをするというんです？」

警部は笑って言った。「あなたは温室育ちのようですな。人を殺すような男にとって、自分の名前を汚すくらいなんでもないことなんですよ。切羽詰まっていればなおさらです。あるいは、英国の君主制を倒そうとする共産主義者かファシストの仕業かもしれません」

「男、と言われましたね。犯人は男性だと考えているんですね？」わたしの言葉を聞いて、警部が両方の眉を持ちあげた。ふさふさした濃い眉だったから、驚くほど目立つ。「ミス・カリントンが意識を失っていたなら、窒息させるのにそれほどの力はいらなかったはずです」

「確かに、女性でも彼女を殺すことはできるでしょう。だが車から彼女を引きずり出して、アーチの下に残していくにはかなりの力が必要だ」

壁の時計が刻む音と窓の外で鳴く鳩の声だけが聞こえていた。やがて警部は咳払いをして言った。

「ほかにもお伝えしておかなければならないことがあります。被害者の女性は最近まで妊娠していたそうです」

わたしはその言葉の意味を理解しようとして、まじまじと彼を見つめた。

「赤ちゃんを産んだということですか？　いつ？」

「医者によれば、三カ月ほど前だろうということです」

ここ最近、ボボをナイトクラブで見かけなかったとベリンダが言っていたことを思い出した。それで筋が通る。わたしは〝わお〟と言いたくなるのをこらえた。

「その赤ん坊はどうなったんですか？　生まれたんですか？　それとも中絶したんでしょう

か？」よく知らない男性の前でその言葉を口にするのはためらわれた。

「満期産だと医者は言っていました。その赤ん坊がいまどこにいるのかはわかりません」

「ミス・カリントンの部屋にはいなかったんですか？　もう調べたんですよね？」

「すでに捜索しましたが、赤ん坊はいませんでした」警部は言葉を切り、大きく息を吸った。

「難しい事態だということをおわかりいただけますよね、ミス・ジョージアナ？」

うなずいた。「その子供の父親がジョージ王子かどうかが問題だということですね」

「そのとおり。この一年以内に王子が彼女と関係していたのか、そして彼女が王子に赤ん坊のことを話したのかどうかを調べねばなりません」

警部はさらに身を乗り出した。「本来ならこういった事件の場合、ケンジントン宮殿のすべての人間、ミス・カリントンの部屋があるブロックに住む人間、さらには彼女のアドレス帳に載っている人全員に話を聞くところです。だが上層部から手を引くようにと命令された。はっきり言って上層部は、マスコミに漏れさえしなければ、どうして彼女が殺されたのかも、彼女を殺したのはだれなのかもどうでもいいと考えているような気がします。わたしは卑劣な犯罪を闇に葬るために警察官になったわけではないのです、レディ・ジョージアナ。死んだ女性がだれであれ、彼女の生きざまがどんなものであれ、正義は行われるべきだ。だがわたしは、なにをするにもサー・ジェレミーの許可が必要なんです。王子はもちろんのこと、ケンジントン宮殿にいるだれからも話を聞くことが許されていない。上層部は、この件をなんとしてもマリナ王女の耳に入れまいとしているんです」

「それは理解できます。王女が結婚を取りやめたりすれば、王家はひどく恥をかくことになりますから」

「そういうことです。そこであなたにお願いしたいのです」警部は背筋を伸ばし、右手で万年筆をもてあそびはじめた。「あなたは王家の一員だ、レディ・ジョージアナ。それにサー・ジェレミーはあなたの能力を高く評価している。話を聞いてほしいんです。もちろん尋問という形じゃなく、もっとさりげない形で。宮殿のだれかが、なにか見たり聞いたりしていないかを探ってもらえませんか」

「それならもう始めています。それに使用人に話を聞くことも問題ありません」

「年配の王女たちはどうですか？　あなたのおばさんでしたよね？」

「大おばです。あの人たちにも話は聞けますけれど、住まいの近くでだれかが亡くなったことを隠しておくのは難しいです。なにか変わったことを見たり聞いたりしなかったかと尋ねれば、どうしてそんなことを訊くのかと逆に訊き返されるでしょうね」

「彼女たちに関わりのない事件か事故をでっちあげるというのはどうですか？」警部は眉間にしわを寄せた。「あれこれ考え合わせても、事実にたどり着いたりしないようなものを」

「わたしたちのだれにも関係なくて、不審に思われることがない事件なんてありますか？」

「泥棒はどうです？　中庭に隠れようとしていた泥棒がいたというのは？」

「悪くないですけれど、使用人のだれかが実は死体を目撃していて、それを黙っていたとしたらどうします？」

「それでは路上生活者とか。ここのところ、ロンドンの公園で野宿をしているホームレスがいますよね？　彼らが仲たがいをしたというのは？　嵐の夜に宮殿に避難してきた路上生活者が病死したというのはどうでしょう？」

「白いドレスを着た若い女性と路上生活者を見間違う人はいないと思いますけれど」

「それは、だれかが死体を見たという前提の話になりますね。そうだ、幽霊」警部は突然活気づいて、指を振り立てた。「あそこには幽霊が取りついているとあなたは言いましたね。白い服の幽霊が中庭を移動しているところを見なかったかと、全員に尋ねるのはどうですか？」

「それはいい考えだわ。使用人たちは宮殿の幽霊の話を信じやすいですから。普段宮殿で働いていない人は特にそうです。もしもだれかが見ていたとしたら、彼女がだいたい何時頃あそこに行ったのか、そして実際に中庭に入ったのかどうかがわかります」

「ふむ。それはあなたに任せますよ」

「わかりました」わたしはうなずいた。いま聞いた話をまとめようとして、頭のなかはぐるぐると回転していた。「まずは、彼女がどこで出産したかを突き止めるべきじゃないでしょうか。出生証明書に父親の名前があるかどうかを確かめないと」

「もちろんそのつもりですよ。当然ながら、公立の病院ではありませんね。偽名で入院しても、身元がわかってしまう可能性がありますから。高級なプライベートのクリニックでしょう。なにも訊かずに、なにか婦人科系の病や精神的な病で悩む女性たちを受け入れているような」

「海外かもしれません。そういう目的でフランスやスイスに行く女性がいるという話を聞いています」

「簡単にはいきそうもないですな」

「彼女のメイドはどうなんです？」わたしは思いついて尋ねた。「メイドはなんて言っているんですか？　自分の主人がどこに行ったのか、メイドなら知っているはずです。人には話さないと約束しているかもしれませんが、脅かせば警察には話すんじゃないでしょうか」

警部は黄色がかった茶色の口ひげを撫でながら、深々とため息をついた。

「亡くなった女性は現代風の暮らしをしていたらしく、メイドを雇っていなかったんですよ。掃除をしに来る女性はいたようですが、なにも知らないでしょうね」

「家族はどうなんですか？　なにかわかっていることはないんですか？　ひょっとしたら、実家に戻って子供を産んだかもしれません」

「家族はいないようです。カリントンは本名ではなさそうですしね」警部は浮かない顔をした。「友人はいました。いつも大勢の中心になって写真に収まっていた。パーティーやナイトクラブに仲間たちと行っていましたから、ひとりくらいには本当のことを話していたかもしれない。だれが赤ん坊の父親なのかも」警部は言葉を切り、歯の隙間から息を吸った。

「だが彼女が死んだことを悟られないようにしながら友人たちから話を聞き出すのは、簡単じゃない」

もっともだと思った。

「有力な殺人の動機が判明しましたね」警部は言葉を継いだ。「父親がだれであれ、これが世間に知られたら多くのものを失うことになるわけですから」

「まさか、ジョージ王子が殺人に関わっていると考えているわけではないですよね？」人好きのする親戚が殺人犯だとはとても思えなかったから、わたしは震える声で訊いた。

「王家の人間は、自分では手を汚しませんよ」

すぐに脳裏に浮かんだのはビーチャム＝チャフ少佐だった。王子の個人秘書。軍人。人を殺す訓練を受けている。王子がスキャンダルに巻きこまれることを防ぎ、結婚式をとどこおりなく行うためであれば、彼は殺人を犯すだろうか？　だが彼は軍の会食に出席していて、わたしたちと同じくらいの時間に戻ってきている。彼のアリバイを証言する仲間の士官たちが大勢いるだろう。それに死体を見つけて、それがだれであるかに気づいたときには、心底驚いているように見えた。

「ジョージ王子に話さなければいけませんね」わたしは言った。「わたしを当てにしないでください。わたしにはとても無理です」

「そうですね。サー・ジェレミーが裏で糸を引きたいというのなら、王子に話すのは彼が適任でしょう」

「先にビーチャム＝チャフ少佐と話をしてもらうという手もありますよね。彼は王子の個人秘書なんですから。人に言えない王子の秘密もたくさん知ってたんじゃないでしょうか。子供を身ごもっていると彼女が王子に話していたなら、きっと少佐も知っていたはずです」

「少佐は今朝、我々といっしょにいました。王子の秘密に通じているなら、どうしてそう言わなかったんです？　彼は公正で、真っ正直な男に見えた。そんな卑劣な振る舞いをするとは思えない」

「隠しおおせればいいと思っていたのかもしれません。ミス・カリントンの死が自殺か、薬物の過剰摂取だと考えていたのかも」わたしはふと気づいて言った。「そうだわ、これで宮殿を守れるかもしれない。彼女は薬物依存症だったんですよね。麻薬はどこかで手に入れなくてはいけない。この殺人は王子との関係や非嫡出子とはまったく無関係で、彼女が麻薬の売人とトラブルになったせいなのかもしれません。ああいう人たちは、邪魔になった人間を容赦なく排除しますよね？」

「確かにその可能性も考えなくてはならないでしょうな」警部は言った。「そちらのほうは情報源がある。だがまずはミス・カリントンの親しい友人に話を聞くところから始めようと思います。彼女が怯えていたり、不安がったりしていたなら、彼らが知っているでしょう。赤ん坊をどうしたのかもね」

恐ろしい考えが脳裏をよぎった。「この三カ月のあいだに、新生児が捨てられていないかどうかも調べるべきだと思います。彼女はどこかで出産したものの、現実と向き合うことができずに殺したのかもしれない。そして川に捨てたのかもしれない。もしそうだとしたら、両親の呵責《かしゃく》に耐え切れずに自殺したということも考えられます。顔の痣《あざ》は間違いなく手で押さえられたものなんですか？　石畳に倒れた拍子にできたということはありませんか？」

「面白い考えですね、レディ・ジョージアナ。だが、医者は確信を持っていましたよ。鼻をつまんだ親指の痕が残っていたそうです。それに窒息させられたときに見られる、眼底出血の痕跡がありました」

「そうですか」窒息させられたとき彼女は意識がなかったのか、それとも生きるために抗ったのかどちらだろうと考えて、わたしは身震いした。

「あなたは華やかな世界に身を置いている」警部が唐突に言った。「彼女の親しい友人とどうやって連絡を取ればいいか、あなたならわかるんじゃありませんか？　彼女の部屋を時々訪れていた若い男性がいるんですよ。恋愛関係にあったかどうかはわかりませんが、彼女がどこで赤ん坊を産んだのかは知っているはずだ。だれが父親なのかも知っているかもしれない。それどころか、彼自身が父親なのかも」

「残念ながら、わたしはボボが親しくしていた人たちとはお付き合いがありません。ロンドンにいることはあまりありませんから」

「その男性は貴族なんですよ。狩猟舞踏会とかそういうところで、ばったり会うことがあるんじゃありませんかね。彼の名前はダーシー・オマーラ。ジ・オナラブル・ダーシー・オマーラです」

15

まだ一一月五日

時間が止まった。わたしはお腹を殴られたような気がして、息ができなかった。頭のなかで悲鳴のような声が渦巻いている。〝いいえ、なにかの間違いよ。ダーシーがそんな女性と関わるはずがない。ダーシーは絶対に……〟。けれどわたしはなにごとも冷静に対処するように育てられた。レディは決して感情を露《あらわ》にしてはいけない。たとえば先住民がいきなり槍を投げつけてきたとしても、それが当たらなかったのなら、軽くうなずいて王家の人間らしい笑みを浮かべていなくてはいけない。その訓練が役立った。

「残念ながら、ジ・オナラブル・ダーシー・オマーラがどこにいるのか、わたしにはわかりません。よく外国に行っているようですから。サー・ジェレミーに訊けばいいんじゃないでしょうか。ミスター・オマーラは彼のもとで働いているんだと思います。もしくは協力しているのかもしれません」

「だが、あなたは彼をご存じですよね？」

これは罠《わな》なのだろうかとわたしは考えた。わたしたちが親しいことを警部は最初から知っていて、すでにダーシーを拘束しているのかもしれない。

「ええ、知っています」わたしはいたって何気ない口調で言った。

「かなり親しい間柄ですよね？」

たとえこれほど神経がずたずたになっていなかったとしても、彼の口ぶりにはいらだちを覚えていただろう。「彼とはもう何カ月も会っていません。それで答えになっているかしら？」

「葉書の一枚も来ていないんですか？」彼が顔をしかめたのを見て、わたしは引っぱたきたくなった。「あなた方はごく親しい友人だとサー・ジェレミーは考えているようでしたが」

「そのとおりです。わたしにはいい友人が大勢いますから。でもわたしたちのような身分の人間はよく旅をします。とりわけミスター・オマーラは」

「最後に会ったのはどこでですか？」

「最後に見かけたとき、彼はロサンジェルスの駅に向かうところでした。八月のことです。それで、ほかになにかわたしに訊きたいことはありますか？」わたしは自分が誇らしかった。

「どうして彼が最近、ミス・カリントンの部屋を訪れていたとわかったんですか？」

警部の大きな顔に薄ら笑いが浮かんだ。「ポケットにイニシャルがついた彼のガウンが寝室のドアにかかっていれば、それで充分じゃないですかね。洗濯のタグには彼の名前もありましたよ。ああ、そうだ、ミス・カリントンの寝室のドアでした。予備の寝室じゃなくて」

警部が楽しんでいることがわかった。わたしがダーシーに夢中だとサー・ジェレミーが言ったのかもしれないし、貴族に反感を抱いているのかもしれない。それとも人の人生を破滅させるのが好きなのだろうか。けれどわたしは苦悩の色を彼に見せるつもりはなかった。すべての意志を総動員して、たいして興味のないような笑みを顔に貼りつける。大きく息を吸ってから再び口を開いた。「その男性を容疑者だと考えているんですか?」

「彼が世界の果てではなく、まだロンドンにいるのならの話ですがね。たとえ世界の果てにいるとしても、子供の父親だという可能性を排除できないかぎり、容疑者の可能性はあります」

早くこの場を逃げ出したくてたまらなかった。「わたしの友人のなかで、ほかに話を聞きたい人はいますか? さっきも言ったとおり、わたしはあまりロンドンにはいないので、知り合いは多くありません。ほかになにもなければ、マリナ王女のところに戻ります。ご存じでしょうが、王女のお世話を頼まれていますから」わたしは立ちあがった。

「また連絡しますよ」警部が言った。「ミスター・オマーラから連絡があったら、わたしが話を聞きたがっていたと伝えてください」

わたしは王妃陛下のように優雅にうなずくと、転んだり、よろめいたり、なにかを倒したりしないように気をつけながらドアに向かって歩いた。ドアノブに手を伸ばしたところで、思い出したことがあった。

「ああ、そういえば」振り返ると、警部がとたんに興味を示したことがわかった。「別の友人が、クロックフォーズでボボが見知らぬアメリカ人と話をしているところを見かけたと言っていました。ボボは不安そうで落ち着かない様子だったそうです。友人はその男性を知らなかったようですが、来客名簿を見れば、ボボがいた夜、あそこにだれがいたのかがわかるはずです」

部屋を出たときは少しだけ警部をやりこめた気分だったが、エレベーターに向かう途中で恐ろしい事実に気づいた。ボボはクロックフォーズでほかの人とも話をしていて、その人物といっしょに出ていったとベリンダは言っていた。その後、なにか言いかけて、あわてて話題を変えた。いっしょにいたのはダーシーだったと、言おうとしていたに違いない。

ダーシーのガウンがボボの寝室のドアにかかっていた。考えただけで体を引き裂かれる気がした。これ以上、決定的な証拠があるだろうか。初めて会ったときのダーシーが遊び人だったことは知っている。わたしと同じ階級の若い男性が、しばしば羽目をはずすことも知っている。けれど彼はわたしを愛していると言った。結婚したいと言った。わたしは、首にかけた銀のデボンのピクシーのネックレスに手を触れた。去年のクリスマスに、ダーシーが贈ってくれたものだ。いまの彼が貞節を守っていると考えるなんて、わたしは愚かすぎたんだろうか？　男というのはそういうもの？　男性に欲望があることはわかっている。でも、ボボ・カリントンと？　銀の注射器の娘と？　それもひと晩だけの関係ではなく、彼女の寝室のドアにガウンを吊るすほど深い仲だなんて。

涙があふれてこないように、わたしはきつく目を閉じた。

宮殿に戻る車のなかで、わたしは頭からダーシーを追い出し、だれがボボ・カリントンを殺したのかということに意識を集中しようとした。彼女の友人がだれなのかも、彼女自身の不道徳な暮らしぶりもなにひとつ知らなかったから、簡単なことではない。ガッシー・ゴームズリーには華やかな生活を送る友人が大勢いるから、明日の夜の彼のパーティーは行く価値のあるものかもしれないと気づいた。以前、彼のパーティーでコカインを吸っている人を見たことがあったし、ノエル・カワードを見かけたこともある。それに……そう、ジョージ王子も。マリナ王女を連れていくのは危険かしら？　けれどもしジョージ王子が来たとしても、未来の妻の前では行儀よくするだろうし、出席者のなかにはボボ・カリントンと親しかった人間がいるかもしれない。

ジョージ王子を容疑者として考えてみた。彼は昔からおおらかな人だった。だれもが彼に好意を抱いたし、彼が笑うとみんながつられて笑った。けれどもし結婚式の直前にかつての愛人が現われて、新聞社に彼との関係と子供のことを話すと言ったら、どんなことをしても彼女の口を封じようと思うのではない？　サー・ジェレミーとビーチャム＝チャフ少佐が恐れているのはそのシナリオだ。けれどジョージ王子には完璧なアリバイがある。ゆうべは家族と食事をしていたのだ。マリナ王女とわたしがケンジントン宮殿に戻るときもまだあそこにいた。車を待たせていると言ったら、自分が送っていこうと言いだしたくらいだ。

車。なにか車に関する話があったはず。記憶が蘇《よみがえ》った。ジョージ王子は遅れてきて、ネクタイを直しながら息を切らして駆けこんできた。車の事故のせいで遅くなったと言って、両親に謝っていた。なんてこと。食事の前にケンジントン宮殿でボボと会い、彼女に薬を飲ませて殺したんだろうか？　その後バッキンガム宮殿で家族と食事をするから、それが鉄壁のアリバイになると考えたんだろうか？

気分が悪くなった。一日でこれだけショックを受ければ充分だ。ジョージ王子が人を殺せるなどと信じたくはなかったし、ダーシーが、わたしのダーシーがボボ・カリントンと親密だったとも信じたくなかった。ふたりがあの寝室で抱き合っている姿が脳裏をよぎった。わたしはそこからほど近いベリンダの家にいたというのに、ダーシーはわたしを捜しに来ようともしなかったのだ。

どれも筋が通っていた。わたしは救いようのないほど世間知らずだとベリンダは言っていたし、本当にそのとおりだ。ダーシーはほかの男たちとは違うと信じていたのだ。わたしは長いため息をついた。少なくとも結婚する前にそうではないことがわかってよかったのだと思おうとした。けれど少しも慰めにはならなかった。

ケンジントン宮殿に戻ってみると、マリナ王女とイルムトラウト女伯はアフタヌーンティーの最中だった。

「おいしいクランペットよ、ジョージアナ」わたしに気づいた王女が声をあげた。「コートを脱いで、いっしょに食べましょう」

「イギリスのクランペットはいいですね」イルムトラウトが言った。ぽたぽたとバターの滴るクランペットにイチゴジャムを二センチの厚さにのせて頬張っているところだ。「クランペットが食べたいと使用人に言ったんですよ。クランペットをたくさん。クランペットを楽しみにしているって。そうしたら笑われたんです。どうしてでしょうね？　また妙なイギリス式の冗談ですか？」

「きっとあなたの英語を理解しようとして、一生懸命だったのよ」王女が優しく言った。違う意味があることを彼女は知っているのだろうかとわたしはいぶかった。クランペットという言葉には、セクシーな女という意味もある。おそらく知らないのだろう。わたしはイルムトラウトを眺めた。マリナ王女やわたしとそれほど年は変わらないのに、額に〝オールドミス〟と書かれているも同然だ。不意に恐怖にかられた。わたしもそうなる運命なんだろうか？　家族に勧められた、半分頭のいかれたヨーロッパのどこかの国の王子との結婚を承諾したほうが幸せなの？　わたしは目を閉じ、先のことは考えまいとした。

義務。わたしの義務はマリナ王女のお世話をすること。

「今夜はどこかに出かけますか、妃殿下？」わたしは訪ねた。「お芝居のチケットが取れるかどうか、ビーチャム＝チャフ少佐に訊いてみましょうか？」

「素敵ね。でもお願い、わたしのことはマリナと呼んでちょうだい。わたしたちは親戚になるんだもの」

輝くような笑顔を向けられて、わたしは気がつけば、ケント公爵夫人としての彼女の未来に思いをはせていた。夫の不貞を見て見ぬふりをすることを学ばなければならないのだろうか？　ダーシーがわたしの心を引き裂いたように、王子は彼女の心を引き裂くのだろうか？

「それじゃあ、少佐に訊いてきますね」わたしはそう言って、その場をあとにした。なにかを食べる気にはとてもなれない。

観光客の集団のあいだを抜け、建物の正面にまわった。玄関が開いていて、少佐が羽ぼうきをかけているのが見えた。「少々家事にいそしんでいたところですよ」少佐は恥ずかしそうに言った。「残念ながらここの使用人は、軍の基準に届かないんです。連隊の当番兵がここにいればと思いますよ。わたしはなにもかもきらきら光っているのが好きなんです。わずかなほこりも許せない」

きらきら光る。その言葉になにかを思い出した気がした。なにか大事なことがある。なにかが記憶の底でうごめいた。

「〈サヴォイ〉でのランチはどうでしたか？」少佐に訊かれ、その記憶は天気のいい日のシャボン玉のように消えていった。

「とても楽しかったわ。友人に会って、明日の夜のパーティーに招待されたんです」

「王女にふさわしいパーティーですか？」少佐は探るようなまなざしをわたしに向けた。

「だといいんですけれど。その友人とは、ガッシー・ゴームズリーなんです。ご存じですか？　大金持ちの」

「名前は知っています。あの手の人たちと個人的に付き合いはありませんが。わたしの好みではないですね。だが王子は違う」

「ガッシーと王子は知り合いです。彼には怪しい友人もいますけれど、マリナ王女が来ることがわかれば行儀よくするはずです」わたしは言った。「近々ガッシーも結婚することになっていますし。ようやく落ち着くみたいです」

「たいていの人は最後には落ち着くものですよ」

「教えてくれませんか」わたしは我慢できずに切り出した。「あなたはジョージ王子の個人秘書ですよね。王子は……」それ以上言えなかった。王子はかつての愛人を殺すことができるような人間なのかと少佐に尋ねたかった。ボボが身ごもっているという話を王子から聞いていないかと尋ねたかった。けれど訊けなかった。サー・ジェレミーが同じことを尋ねるかもしれないが、わたしにとっては家族に対する裏切りも同然だ。代わりにこう訊いた。「王子は落ち着くと思いますか？」

「そう思いますよ。彼は根はいい男ですからね。それに結婚前に道楽の限りは尽くしたはずだ」少佐はいたずらっぽく笑った。

わたしは少しだけ安心して、その場を離れた。ジョージ王子は個人秘書にも秘密を話していなかったのか、あるいは王子はボボの殺人に関わっていないと少佐が考えているかのどちらかだ。だがまだ疑問は残る。ボボはケンジントン宮殿でなにをしていたのだろう？

いくつかの可能性が考えられる。ひとつめは、どこかほかの場所で何者かに殺されたというもの。その場合、犯人はジョージ王子ではない。自分が疑われることがわかっていて、あんなところに死体を遺棄するほど彼は愚かではないはずだ。子供の父親は王子ではなくて、それを知られると困るだれかほかの人間なのかもしれない。それとも、ボボが多額の借金をしていた麻薬の売人かもしれない。あるいははねつけられた求婚者だろうか。最後の可能性はすぐに消した。どの場合であれ、犯人は王家の人間に罪をなすりつけようと考えて、死体を宮殿に遺棄したのだろう。いまの王家はスキャンダルを避けるためにはどんなことでもするはずだから、きちんとした捜査は行われないとわかっていたに違いない。

ボボがマリナ王女に会いにきたというのがふたつめの可能性だ。お金が欲しかったのか、脅迫するためか、あるいは警告しに来たのか。だがマリナ王女はいなかった。ボボはどうやってそのことを知ったのだろう？　アパートメントの玄関をノックした？　王女に会いたいと告げた？　だがアパートメントにはだれもいないことがわかって、そのあとはどうしただろう？　だれかが彼女を尾行した？　それとも……わたしは不意に重大なことに気づいた。アパートメントにいた人間がいる。愛する王女を守るためなら、どんなことでもするだろうイルムトラウト女伯。

16

ケンジントン宮殿
まだ一一月五日

最悪のニュースを聞かされた。彼のことを考えるのは耐えられない。彼のことは考えまい。頭から彼を追い出して、頼まれたことをしよう。わたしはラノク家の人間。義務が最優先！

イルムトラウト女伯。わたしは彼女を容疑者のリストに加えた。考えるほどに、怪しく思えてきた。ボボが玄関をノックし、彼女がドアを開けたのかもしれない。ボボは酔っていた。体内から相当量のアルコールが検出されている。イルムトラウトが聞きたくないようなことを言い、王子にばらすとか、マリナ王女を傷つけるとか言って脅したのかもしれない。そこでイルムトラウトはベロナールを入れたお酒を彼女に勧めた。それでもボボが死なかったので、窒息死させて死体を外に捨てたのだろうか。

突拍子もないことのように思えたが、ありえなくはない。イルムトラウトは大柄で体格のいい女性だ。すでに酔っぱらっているボボのような華奢で細身の女性を押さえつけるのは、難しいことではないだろう。ひとつ問題があるとすれば、宮殿には使用人がいたということだ。たとえドアを開けたのがイルムトラウトだったとしても、彼女がだれかと話をしているところを使用人が見かけているはずだ。だがそこまで考えて、わたし自身がケンジントン宮殿にやってきたときのことを思い出した。ノックに応じた人間はいなかった。玄関ホールを歩くわたしを見ていた人間はいなかった。最初に見かけたのが、だれあろうイルムトラウトだった。

それに彼女は気性が激しい。感情的で、嫉妬深くて、神経質だ。そのうえマリナ王女を崇拝している。イルムトラウトに真実を打ち明けさせる方法を考えなくてはならないだろう。アパートメント1に帰り着いたわたしは、玄関のドアを開けた。使用人はだれも現われず、わたしはだれにも見られることなく玄関ホールを通り抜けることができた。つまり、ボボが自分で入ってくるか、あるいはイルムトラウトが招き入れることが可能だったわけだ。けれどボボがここで殺されたのだとすれば、時計塔の下のアーチまで死体を運んでいかなくてはならない。それにはかなりの力が必要だし、そんなことをすればなにか痕跡が残るだろう。ボボのきらきらしたドレスやビーズのネックレスを思い出した。石畳の上を引きずられたなら、スパンコールやビーズが取れたはずじゃない？

再び外に出て、建物をぐるりとまわってアーチまで歩いた。ビーズもスパンコールも落ちていない。わたしの仮説にはもうひとつ難点があった。ボボの白いドレスが汚れていなかったことだ。さらに別の問題に気づいた。彼女のコートはどこ？　あの日はひどいお天気だった。コートも着ずにケンジントン宮殿まで公園を歩いてきたはずがない。それならコートはどこにあるの？　いまも宮殿のだれかの衣装ダンスにかかっているの？　それとも車のトランクのなか？　テムズ川に捨てられた？　わたしは建物のなかに戻った。イルムトラウトと王女が居間で話す声が聞こえてきた。

ためらうことなく、足音を忍ばせて階段をのぼった。イルムトラウトの部屋はわたしと同じ階の玄関側にある。彼女の部屋のドアの前に立ったところで、わたしは躊躇《ちゅうちょ》した。彼女が自分の国からメイドを連れてきているのかどうか知らなかったからだ。一度も見かけてはいないが、わたしがいつもクイーニーに言っているように、いい使用人というものは人目につかないように訓練されている。イルムトラウトはよく訓練された使用人しか使わないだろう。おそるおそるノックした。返事はない。左右の廊下に目をやってから、ノブをひねった。部屋にはだれもいなかったので、わたしはほっとして息をつきながらなかに入り、ドアを閉めた。

部屋のなかを見回した。思ったとおり、隅々まできれいに片付いている。ベッド脇のテーブルの上には祈禱書《きとう》。化粧テーブルには銀の背のヘアブラシとヘアピンが入った小さな箱とコンパクト。椅子の背に服の類はかかっていなかったし、ベッド脇に置かれている靴もない。窓のそばのテーブルには便箋と封筒、書きかけの手紙、そしてスクラップブックらしいものがのっていた。わたしは手紙を見た。ロシア語とおぼしき言葉で書かれていたので読めなかったが、〝お母さま〟という単語はわかった。母親宛ての手紙らしい。スクラップブックには、マリナ王女の結婚式にまつわる新聞記事の切り抜きが貼ってあった。今朝の新聞のものすらある。

片側の壁には、彫刻を施したオークの巨大な衣装ダンスが置かれていた。扉を開けるとむっとする防虫剤のにおいがして、わたしは鼻にしわを寄せた。わたしと同じくらいの数の服しかない。あまり多くを持ってこなかったのか、それともわたしのように貧しいかのどちらかだろう。彼女を気の毒に思わずにはいられなかった。マリナ王女の結婚式に参列するためにイギリスに来たことは、彼女の味気ない人生のなかでとても大きな意味を持つのだろう。

服を調べた。どれも上等だが最新のものではなかったし、何度も着ていることがわかる。奥のほうにきれいな毛皮のコートがあることに気づいた。柔らかな毛皮を撫でてみた。ミンクではない。セーブルでもない。もう少ししっかりしている。ビーバーだろうか？　なくなっているボボのコートだという可能性はある？　ポケットのなかを探ってみたが、片方にはハンカチが入っていただけだった。もう片方には外国語で書かれたバスのチケットと数本のヘアピン。ハンガーからコートをはずし、名前が刺繡《ししゅう》されていないかどうかを確かめた。メーカーのラベルがついていた。ジルバーマン、ベルリン。

結局、徒労だったようだ。ボボがベルリンに服を買いに行ったとは思えない。コートをハンガーに吊るそうとしたところで、物音が聞こえてぎょっとした。足音が廊下を近づいてくる。ドアノブが回り始めた。体が凍りついたのは一瞬で、気がつけばわたしは毛皮のコートをつかんだまま衣装ダンスに飛びこんでいた。イルムトラウトの重たげな足音が聞こえた。外の様子が見えるように、少しだけ扉を開けた。彼女が昼寝や夕食のための着替えに来たのではないことを祈るばかりだ。彼女はテーブルに近づくと、手紙と封筒を手に取った。ドアのほうに歩きかけたところで、衣装ダンスに目を向けた。

「あら！」イルムトラウトはいらだったような声でつぶやくと、つかつかと衣装ダンスに歩み寄ってしっかりと扉を閉めた。かちりと鍵がかかる音がして、わたしは真っ暗闇のなかに取り残された。

「さあ、困ったことになったわよ」わたしはつぶやいた。毛皮が鼻をくすぐる。以前にもそんなことがあったように、くしゃみで隠れていることがばれてしまうのではないかと思ってすくみあがった。ぎゅっと鼻をつまんで、耐えられなくなるまで息を止めていた。なにも物音が聞こえないところをみると、イルムトラウトは手紙を持って階下におりたようだ。だが少しも慰めにはならなかった。衣装ダンスに閉じこめられてしまったのだ。そのうちイルムトラウトは、劇場に行くための着替えをしに部屋に戻ってくるだろう。衣装ダンスに隠れていたもっともらしい言い訳を考えなくてはいけない。イギリスのジョークだと言ってみようか？　特別な祭日には衣装ダンスに隠れて、夕食のために着替えをしに来た人間を脅かすのがイギリスの習慣だというのは？　うまくいくかもしれない。すんなり信じてもらえるかもしれない。けれど、防虫剤のにおいにそれほど長く我慢できる気がしなかった。扉の表面を撫でてみた。厚板があるだけで内側にノブはない。さあ、本当に困った。そのとき、コートのポケットにヘアピンが入っていたことを思い出した。ポケットから取り出し、厚板の穴に期待をこめて挿しこんでみた。ヘアピンで鍵を開けるという話を読んだことがあったからだが、あいにく具体的にどうするのかまでは書いていなかった。鍵穴に鍵が挿しこんであったのだろうか？　扉は自動的に鍵がかかる仕組みになっているのかもしれない。イルムトラウトは鍵をまわした？　ほかの服のポケットを探っていった。ほとんどが空だ。まったく彼女ときたらなにを考えているのかしら？　化粧道具も硬貨もなにか役に立つ道具も持たずに外出するなんて。やがて、ようやくなにかに手が触れた。初めは爪やすりかと思ったが、指に痛みを感じたので念入りに調べてみた。小さなナイフだ。かなり鋭い。どうしてジャケットのポケットにこんなものが入っているの？

わたしは扉の合わせ目にナイフを挿しこみ、がたがたと揺すった。やがてかちりと音がして、ドアがさっと開いた。わたしは衣装ダンスから出ると大きく深呼吸し、手のなかのナイフを改めて眺めた。小型の剣のようなデザインで、柄には装飾が施されている。とても美しかったが、刃も鋭い。イルムトラウトは身を守るために武器を隠し持っていたんだろうか？　それとももっと別の意図があって？　だがボボは薬を盛られたあと、窒息させられている。刺された痕跡はなかった。わたしはナイフをポケットに戻そうとして、それがどのポケットなのかわからないことに気づいた。ポケットがあるのは一着のコートと二着のフランネルのジャケットだ。生地の感触を思い出そうとした。ざらざらしてはいなかった。おそらくフラネルだろう。でもどちら？　もし間違ったほうに入れてしまったら、イルムトラウトはだれかが自分の服を探ったことに気づく。

彼女がまた戻ってきてはいないかと、わたしは耳を澄ました。だが少なくとも今回は武器がある。ふとそんなことを考えて、おかしくなった。ひどく緊張する場面になると、わたしは笑う癖がある。二着のジャケットを見比べるうち、あることに気づいた。片方からかすかに濡れた羊のようなにおいがする。紺のジャケットのほうだ。手にとってにおいを嗅いでみた。このジャケットはあまり遠くない過去に雨に濡れている。わたしはそれが正しいポケットであることを祈りながらナイフを戻し、急いで部屋を出た。

廊下を歩きながら、ばかなことをしただけで結局なにもつかめなかったと考えた。でも本当にそうだろうか？　紺のジャケットが雨に濡れたことがわかった。ポケットにナイフを入れていたこともわかった。万一のときのために持っていただけで、使ったことはないのかもしれない。それでもイルムトラウトを容疑者リストからはずそうとは思わなかった。

階下におりると、イルムトラウトがひとりでお茶を前にして座っていた。

「マリナは劇場に行くための着替えをしに行っています」彼女が言った。「今夜は戯曲ですか？　ミスター・シェイクスピアの？」

「いいえ、違います。それとは対照的な、ミスター・ノエル・カワードのミュージカルコメディです」

「イギリス式のジョークが満載の？」

「ええ、残念ながら」わたしは彼女に微笑みかけた。「トード・イン・ザ・ホールをひとりで食べたゆうべよりは、きっと楽しい夜になりますよ。ゆうべは少佐も留守でしたし、訪ねてきた人はいなかったんですよね？」

「ええ、だれも」彼女は鼻を鳴らした。「ひとりには慣れていますから」

「玄関に来た人もいませんでしたか？　ノックの音を聞いたとか、外をうろうろしている人を見かけたとか？」

「どうしてわたしが？　来客に応対するのはわたしの仕事じゃありません。だれかがあなたを訪ねてきたとでも？」

うなずいた。「メッセージを届けに来た人がいたと聞いたものですから」真っ先に頭に浮かんだことを口にした。「わたしがここにいると耳にした友人がいたらしいんです。でもだれも出てこなかったので、そのまま帰ったみたいです」

イルムトラウトは再び鼻を鳴らした。

「わたしはなにも聞いていません。使用人に尋ねたほうがいいでしょうね。でも彼らはちゃんと仕事をしていませんよね。自分たちの区画に閉じこもって、遊んでいるんですから。イギリスの使用人ときたら、本当に怠け者ですよ。結局ニシンの酢漬けは届かなかったんです。執事やまともな家政婦のいない家ではこういうことになるんです」

「あなたの部屋は玄関の上ですよね」わたしはなにを尋ねればいいだろうと必死で頭を巡らせた。「車が止まる音はどうですか？」

「あなたと王女が帰ってきたときだけです。それまではなにもなくて、本当に退屈でした」

「ごめんなさい。さぞ退屈だったでしょうね。でも今夜はずっと楽しいと思います」

「わたしに理解できないイギリス式のジョークを聞くんですものね。いつ笑えばいいのか、教えてくださいね」

わたしは彼女をその場に残し、自分の部屋に戻った。わたしがあれこれ尋ねても彼女は動揺している様子はなかった。けれど神経がずぶといだけなのかもしれない。

クイーニーはわたしのベッドに腰かけ、赤紫色のベルベットのドレスの裾におそるおそるブラシをかけていた。

「これ、ずいぶんひどいですよ」わたしが部屋に入っていくと、クイーニーは顔をあげて言った。「泥がこびりついています」

「ごめんなさいね。ルイーズ王女のところに行くとき、雨のなかを歩かなければならなかったのよ」

そう応じてから、どうしてわたしはメイドに謝っているのだろうと考えた。王家の親戚はだれひとりとして、そんなことをしないだろう。

「ろくに昼寝もできないのに、お嬢さんから文句を言われながら泥を落とすのは本当にうんざりしますよ。だれもあたしにお茶を持ってきてくれないし」

「あら。ちょっと待っていて。わたしがなにか持ってきてあげるわ。居間にまだなにか残っていたはずだから」甘すぎると自分でわかってはいたが、そう言わずにはいられなかった。

居間に戻ってみると、イルムトラウトが窓の外を眺めていた。わたしの足音が聞こえたのか、カーテンをおろして振り向いた。うしろめたい表情が浮かんでいるように見えたのは、気のせいだろうか？

メイドのためにケーキを取りに来たなどと言うわけにはいかない。イルムトラウトは目をむくだろう。

「やっぱりなにか食べたくなってしまって」わたしはスコーンやショートブレッドをお皿にのせた。「そろそろ劇場に行く支度をする時間ですね」そう言い残し、再び居間をあとにした。

クイーニーが大喜びで貪《むさぼ》っているあいだに、わたしは劇場に着ていくドレスを用意した。けれど頭のなかは様々な思考が渦巻いている。次はなにをすればいい？　ジョージ王子と話をして、ゆうべのディナーに遅れてきた理由を訊き出すべきだとわかっていたが、そんなことをしたくなかった。けれど彼の車を見て、本当に事故があったかどうかを調べることはできる。セントジェームズ宮殿を出た時間を使用人に訊いてみるのもいいだろう。

ここの使用人にも話を聞かなくてはならない。さっきイルムトラウトにとっさについた嘘は役に立ちそうだ。犯罪をほのめかすような点は一切ない。わたしがここにいることを聞きつけた友人が顔を見に来た。だが玄関のドアをノックしてもだれも出てこなかったので、しばらく外をうろうろしたがあきらめて帰った。そこでわたしは腹を立て、だれも彼女に気づかなかったのかと問いただすという筋書きだ。

ポケットにナイフが入っていたイルムトラウトの濡れたジャケットが気にかかったが、ボボは闇に乗じて刺されたわけではない。何者かが彼女にベロナール入りのカクテルを飲ませたのだとすれば、それは知人だったはずだ。見知らぬ他人が無理やりお酒を飲ませられるはずもない。それを考えれば、麻薬組織という可能性は消してもいいだろう。彼らがそんなまどろっこしい手段を取るとは思えない。すれ違いざまナイフで刺したり、銃で撃ったり、あるいは誘拐して死体をテムズ川に捨てるというのが、彼らのやり方だ。それにボボが麻薬の常習者だったなら、どうして金の卵を産む鵞鳥《がちょう》を殺したりする？

「お風呂の用意をしますか？」クイーニーの言葉にわたしの思考は中断された。

使用人に話を聞くべきだとわかってはいたが、劇場に行くための車がやってくる前にそうするだけの時間はなかった。出発してほどなく、すさまじい閃光《せんこう》が走り、右側で爆発音が響いた。

わたしと王女は飛びあがっただけだったが、イルムトラウトは悲鳴をあげた。

「暗殺者！　わたしたちは皆、過激派《ボルシエヴイキ》に殺されるんだわ」

しばらくして二度目の閃光と爆発音が轟《とどろ》いたところで、わたしは気づいた。

「心配いりません。ガイ・フォークス・ナイトです」

「ガイ・フォークス？」イルムトラウト女伯が訊いた。「それはなんです？」

「人の名前です。ずっと昔、国会議事堂を爆破しようとした人物です。彼が処刑されたことを祝って、一一月五日にはいまも彼の身代わりをかがり火で焼いて、花火をあげるんです」

「人間を焼くんですか？　なんて野蛮な」

「いいえ、人間じゃなくて身代わりの人形です。古い洋服に藁《わら》をつめたガイ人形。そして花火をあげるんです。子供たちが大好きなんですよ」

色とりどりの星をまき散らしながら、ロケット花火が空を切り裂いていく。マリナ王女とイルムトラウトはうっとりしてそれを眺めていた。これだけの爆発音と閃光なのだから、だれかを殺すにはうってつけの夜だとわたしは気づいた。ボボ・カリントンを殺したのは、あらかじめ計画されていたことではないのかもしれない。それとも、だれからも邪魔されることなく計画通り殺人を遂行できるとわかっていたのだろうか。

舞台は大成功だった。素晴らしいミュージカルナンバーのウィットに富んだ時代物。公爵役のノエルと、相手役の美しいフランス人女優。イルムトラウトすら笑っていた。ジョークを理解していたのかどうかは怪しいものだけれど。幕間に楽屋口に行って観に来ていることを伝えておいたら、幕がおりたあとで楽屋に招待された。錦織のガウンを着て、黒檀のシガレットホルダーを何気なさそうに指のあいだにはさんでいるノエルはとても魅力的だった。マリナ王女がロンドンの優れた芸術家たちと会えるように、ちょっとした夜会を催すことを約束してくれた。たいていの人と同じように、マリナ王女もすっかり彼の魅力に参ってしまったようだ。まばたきもせずに彼の言葉を聞いていた。

「あなたの未来の夫は、わたしのいい友人なんですよ。魅力的な若者だ。実に魅力的だ。彼といっしょなら楽しめますよ」

〝わたしは楽しみましたよ〟と彼が言いだしたらどうしようと、わたしはびくびくしていた。

「ジョージアナ、あなたのお友だちは素晴らしい人ばかりね」帰りの車のなかでマリナ王女が言った。「彼って本当に素敵だわ。すごく頭がいいし。結婚しているの？　奥さんとも会えるかしら？」

「いいえ、彼は独身です。いまのところは」わたしは曖昧に答えた。

わたしは突如として激しい疲れを感じた。夜明け前から起きているうえ、一日にしては多すぎるほどのショックを受けたのだ。車のなかで眠ってしまわないようにするのがせいいっぱいだった。宮殿に戻ってみると、遅い夕食が用意されていた。濃厚なウィンザースープ、冷肉、子牛とハムのパイ、ベイクド・ポテトとピクルス。シンプルだが満足できるメニューだった。わたしはなにも食べられなかったけれど。舞台に夢中になっているあいだは感じなかったが、胃が再び締めつけられるようだった。アーチの下の死体、ポケットにナイフが入っていたイルムトラウトの濡れたジャケット、ペラム警部との不快なやりとり、ボボの寝室のドアにかかっていたダーシーのガウンといったものが、次々と脳裏に浮かんでは消えていった。そのうえこの件がだれかの耳に入って国家のスキャンダルになる前に、真相を探る手助けをしなくてはならない。マスコミがなにかを嗅ぎつけたら、ダーシーの名前が新聞に載る可能性はおおいにあった。それどころか容疑者として扱われるかもしれない。それなりの報いを受けることを望むべきだとわかっていながら、彼がいまどこか世界の果てにいることをわたしは心の底から祈った。

17

一一月六日　火曜日
ケンジントン宮殿

もうなにも考えたくない。なにもかも恐ろしすぎる。いまはただここから逃げ出したいだけ。おじいちゃんのところに行って、暖かいベッドのなかで丸くなって、二度と目覚めたくない。

当然ながら、その夜はあまり眠れなかった。ガイ・フォークス・ナイトで騒ぐ人たちの妙な叫び声や爆発音がひと晩じゅう続いていた。わたしは悪夢を見て何度か目を覚ました。起きあがってカーテンを開け、中庭やアーチを眺めてみたが、闇が広がるばかりだ。まだ明かりがついているのは、一番奥にある少佐のバスルームの窓だけだった。彼もまた眠れずにいるのかもしれない。マスコミが事件を嗅ぎつけたらどういう事態になるのかを、わたしたちのうちだれよりも理解しているのは彼だろう。ひょっとしたら少佐は、ひそかにジョージ王子を疑っているのだろうか？　ボボの子供の父親が王子なのかどうかも、子供がどうなったかも少佐は実は知っているのだろうか？　わたしは真実を知らされないまま、事件の解決に手を貸すことを期待されているのだろうか？

翌朝もわたしは早くに起きだした。一一月初旬の雨はよく知られた一一月の霧に変わっていて、窓の外は渦巻く白い海のようだ。死体を捨てるならこういうお天気のほうが都合がいいはずだとわたしは思った。見つかるまで時間がかかる。ふと、死亡推定時刻は何時だったのだろうと考えた。訊かなかった気がする。中庭に通じるドアはルイーズ王女の住まいの裏口と少佐の住まいの裏口しかない。どちらもめったに使われることがないから、死体はアーチの下にかなり長い時間、あったのかもしれない。あの日の昼間、中庭を通りかからなかったかを使用人に尋ねなくてはいけないだろう。

もちろんクイーニーの姿はどこにもなかった。お風呂はゆうべ入っていたから、そのまま着替えて階下におりた。そこには、上流階級の住人が起きだしてくる前に見られる、あわただしい光景が広がっていた。暖炉に火をいれ、床を掃き、メイドたちが重たそうに石炭入れを運んでいる。わたしに気づくとぎょっとした顔をして、仕事の邪魔をされたことが自分たちの責任であるかのように口々につぶやいた。「申し訳ありません、お嬢さま」

「気にしないでちょうだい」石炭を運んでいる最中にわたしと会って、いまにも卒倒しそうになったほっそりした若い少女にわたしは言った。「眠れなかったの。まだわたしのメイドが起きてきていないものだから」

「パーラーメイドにお茶をお持ちするように言いましょうか？」少女が言った。「寝室か、それともモーニング・ルームに運びますか？　あそこならもう火が入っています」

「いいのよ、急がなくて。仕事の邪魔はしたくないから。でもひとつ教えてほしいの。来客の応対をするのはだれの仕事なの？」

少女は眉間にしわを寄せた。「ここには執事がいないので、第一従僕のジミーだと思います。あとパーラーメイドのエルシーも、ノックの音を聞いたら応対します」

「たとえば、あなたが掃除をしているときにノックの音を聞いたらどうするの？」

「ふたりのどちらかを探します。来客の応対はわたしがすべきことではありませんから。こんな粗末なエプロンをつけているときはなおさらです」

「あなたの名前は？」

「アイヴィです、お嬢さま」彼女はそう答えながら、自分の足先を見つめている。なにか厄介なことに巻きこまれたのかと不安なのだろう。

「それじゃあアイヴィ、マリナ王女がここに着いた最初の夜のことを思い出してほしいの。わたしたちがバッキンガム宮殿にディナーに呼ばれて、女伯だけがここで食事をした夜のことよ」

アイヴィはほっとしたように笑みを浮かべ、顔をあげた。

「はい、お嬢さま。もちろん、覚えています」

「あの夜、だれか玄関に来なかったかしら？　それとも外でだれかを見かけなかった？」

「わたしにはわかりません、お嬢さま。わたしは銀器を磨《みが》いていたので、ずっと厨房にいました。そのあとは早めに休みました。五時に起きなくてはならないので」

「ありがとう、アイヴィ。仕事に戻ってちょうだい。使用人たちの朝食は何時なのかしら？」

「七時半です、お嬢さま」

「その時間に話したいことがあるとほかの使用人たちに伝えておいてもらえる？」

アイヴィがおののいたような顔になったので、これ以上メイドたちを警戒させるのはやめて、しばらく部屋に戻っていたほうがよさそうだとわたしは思った。窓際に座り、中庭に渦巻く霧を見おろしながら、辛抱強く待った。朝のうちにセントジェームズ宮殿にあるジョージ王子のガレージを訪れ、彼の車を見せてもらえるかどうか運転手に訊いてみるつもりだった。ジョージ王子はあの夜自分で運転していたのかしら？　そうでなかったなら、事故があったかどうかを運転手に確認できる。もしマリナ王女とずっといっしょにいる必要がなければ、ボボ・カリントンの部屋を自分の目で確かめたかった。ペラム警部がすでに部屋を調べ、なにか事件に関わりのありそうなものはすべて押収しているだろうけれど、まだなにか残っているかもしれない。たとえば子供の父親からの手紙や赤ちゃんの写真。ガラガラや赤ちゃんの靴下。問題は、なにを探せばいいのかわからないことだった。わかっているのは、ボボ・カリントンの死を望んでいた人間がいるということだけだ。使うつもりがなければ、ポケットにベロナールを忍ばせたりはしない。不眠に悩んではいないかとイルムトラウトに尋ねることと頭のなかでメモを取った。もし睡眠薬を持っているなら、分けてもらえないかと訊けばいい。

七時半になってもクイーニーは姿を見せなかったので、わたしは再び階下におりた。食堂の裏口を出て暗い通路を進んでいくと、話し声と鍋がぶつかる音が聞こえてきた。ドアを押し開けると、そこはラノク城にあるような（こちらはもっと大きかったけれど）時代遅れの厨房だった。長い松の木のテーブルに七人の使用人が座っていて、下働きのメイドがポリッジを給仕し、料理人がうしろをうろうろしながらそれを眺めていた。わたしを見ると、彼らは一斉に立ちあがった。

「いいから座って、食事を続けてちょうだい」わたしは言った。「邪魔をしてごめんなさいね。でも訊きたいことがあって」

「なんでしょう、お嬢さま？」自分の料理を批判されると思ったのか、料理人の目つきは鋭かった。

「マリナ王女が着いた日の夜、彼女とわたしはバッキンガム宮殿に行ったの。イルムトラウト女伯だけがここに残っていたわ。わたしがここにいることを友人が耳にして、訪ねてきてくれたらしいの。ドアをノックしたけれど応答がなかったから、わたしはいないんだろうと思って帰ってしまったのよ」

用心深い顔がわたしを見つめ返した。自分たちが責められているのかどうかを見極めようとしているのだろう。

わたしは彼らに微笑みかけた。「でもよくわかったわ。この建物の造りでは、ここで食事をしていたら玄関のドアをノックしても聞こえないわね」

「本当は呼び鈴があるんです、お嬢さま」従僕が言った。「ですが壊れているみたいで。電気技師に修理してもらうことになっています」

「それじゃあ、あの夜だれもノックの音は聞いていないのね」

全員が首を振った。「はい、聞いていません」

「外を歩いている人を見かけたり、車の音を聞いたりもしていない？」

「お嬢さまのメイドが中庭でだれかを見たと言っていました」メイドのひとりが言った。「でも幽霊の話をしたすぐあとだったので、すごく怯えていましたから」

わたしは再び笑みを浮かべた。「そうなの、わたしのメイドはとても影響を受けやすいのよ。それじゃあ、ほかにはだれも中庭にいる白い服の人間を見てはいないのね？」

「わたしたちの部屋から中庭は見えないんです、お嬢さま」同じメイドが答えた。「それに車の音も聞こえませんでした。お嬢さまのお友だちに気づかなくて、すみませんでした。呼び鈴が壊れていたんだとお伝えください」

「もちろんよ。あなたたちのせいじゃないし、彼女はわたしに会えるかと思ってちょっと寄ってくれただけだから。気にしなくていいわ。でももうひとつ訊いてもいいかしら。あの夜、外に出た人はいる？」

「いいえ、お嬢さま」従僕が答えた。「覚えておられると思いますが、あの夜は雨が降っていましたし、王家の方がいらっしゃるときは、夜に休みはいただけないことになっています」

「イルムトラウト女伯はどう？　彼女はあの夜なにをしていたの？」

「夕食のあとはサロンでコーヒーを召しあがっていました」別のメイドが答えた。「あまりご機嫌がよろしくなかったんです。お食事がお気に召さなかったみたいで」

「それじゃあ、彼女も雨のなかを出ていったりはしなかったのね？」わたしは訊いた。

ほぼ全員が首を振るなか、ひとりのメイドが答えた。「少しだけ外に出られたと思います。理由はわかりません。でもコーヒーを片付けに行ったら、ドアの近くに立っていたんです。ヘアネットに雨がついていましたし、ジャケットを着ていました」

「それは何時ごろ？」

「九時ごろだったと思います、お嬢さま」

わたしは笑顔で言った。「ありがとう。食事の邪魔をしてごめんなさいね」不安そうに顔を見合わせる彼らを残して、わたしは厨房を出た。

イルムトラウトはなんのために雨のなか外に出たのだろう？　どうして嘘をついたの？　ペラム警部に伝えるべきだとわかってはいたが、確信もないうちに嫌疑をかけたくはなかった。自分と同じ階級の人の肩を持ちたくなるのは自然な感情だろうし、ペラム警部に対する嫌悪感もあった。外に出ていたことを知っているとイルムトラウトに言うべきだろうか？

そのためにはタイミングを見計らわなければならないだろうが、考えれば考えるほど彼女が怪しく思えてきた。だがベロナール入りの飲み物をいつボボに飲ませることができただろう？　厨房で食事をしているとなにも聞こえないようなことを使用人たちはほのめかしていた。彼らに気づかれることなくイルムトラウトがドアを開け、ボボを招き入れ、カクテルを飲ませ、彼女を殺し、死体を外に捨てることは可能だろうか？　不可能ではないという気がした。使用人たちはイルムトラウトがあまり好きではないようだから、無礼にならない程度に距離を置いていただろう。だがイルムトラウト自身はそれを知らなかったはずだから、もし彼女がボボを招き入れて殺したのだとしたら、大きなリスクを冒したことになる。


わたしはモーニング・ルームで紅茶を飲みながら、ゆうべ劇場に行ったマリナ王女とわたしの写真が載っている新聞を読んでいた。やがてマリナ王女とイルムトラウトが姿を見せた。イルムトラウトは腫れぼったい目をしていた。

「ゆうべはよく眠れなかったんですよ。この場所はわたしには合わないみたいです。幽霊がいるそうですね。この目で見たんです」

「本当に？　白い服の女性でしたか？」わたしは尋ねた。

「いいえ、太った男性でした」イルムトラウトはぶっきらぼうに答えた。「壁をすり抜けていったんです」

「それはきっとジョージ一世でしょうね」

「だれでもいいですけれど、わたしの部屋の壁をすり抜けてほしくないです」

「わたしもゆうべはよく眠れなかったんです」わたしは言った。「どうやって眠ったんですか？　睡眠剤《スリーピング・ドラフト》をお持ちなんですか？」

「わたしの部屋のすきま風《ドラフト》は眠る邪魔をするばかりです」イルムトラウトは腹立たしげに言った。「ドアの下から吹きこんできて、顔に当たるんですよ。本当に不愉快で」

マリナ王女が笑って言った。「彼女が言っているのは眠るための薬のことよ、トラウディ。ジョージアナ、よかったらわたしがベロナールを持っているわ。旅に出るときは持っていくことにしているの。知らない場所ではよく眠れないんですもの」

「ありがとうございます。でもわたしもイルムトラウトのように、薬には頼らないことにしているんです。起きたときに頭がぼうっとしますから」わたしはそう言いながらイルムトラウトを見ていた。彼女が視線を逸らしたのはわざとだろうか？

「それで、今日はなにをしますか、マリナ？」

「ショッピングに行く約束をしていたわよね。まずハロッズに行きましょう」

「いいですよ。この霧のなかを車が無事に走れるならですけれど」

マリナ王女は窓の外に目を向けた。「まあ、かなり霧が濃いわね」そうつぶやいてから、言い添える。「車が止まったわ。あなたに用かしら？」

また警察官だったら困ると思いながら、わたしは窓に近づいた。イルムトラウトを警戒させてしまう。だがマリナ王女がうれしそうに言った。「まあ、ジョージだわ」

その言葉どおり、ジョージ王子が玄関に向かって歩いてくるのが見えた。すぐにだれかがドアを開け、うろたえたような表情のメイドがやってきて言った。「ケント公がいらっしゃいました」

粋な装いのジョージ王子が足取りも軽く現われた。

「これはこれはいい眺めだ。三人の美女とは」

「来るのならそう言っておいてくれればよかったのに」マリナ王女が言った。「お客さまを迎えるような格好じゃないのよ」

「でも、ぼくは客じゃないからね。もうすぐきみの夫になる男で、じきにきみのネグリジェ姿も見ることになるんだから。それに、きみはそのままでもとてもきれいだよ」彼は近づいてくると、マリナ王女の頰にキスをした。「きみを迎えにきたんだ。家の内装業者と会うことになっているんだが、壁紙を貼る前にきみが見ておきたいんじゃないかと思ってね」

「まあ、もちろんよ」マリナ王女はうれしそうな顔になった。「でもあまり長いあいだはいられないわ。ジョージアナといっしょに嫁入り衣装を買いに行く予定なのよ」

「そうか。きみのショッピングの邪魔をするわけにはいかないな。簡単に脱がせられるものにするんだよ」ジョージ王子はいたずらっぽい笑みを浮かべた。

イルムトラウトが息を吞んだのを見て、マリナ王女が言った。「ジョージ、いま朝食の最中なのよ。若い女性がいるのに」

「すまなかった」さほど悪いとは思っていないようなジョージ王子の口ぶりだった。「気を悪くさせるつもりはなかったんだ。長くはかからないと約束するよ」

「朝食を終えて、着替えをするまで待っていてね。きちんと身支度をしてからでないと、人前には出られないわ。カメラがいっぱいなんですもの」

「そうだね。きみはいまやマスコミのお気に入りだからね。みんながきみを歓迎してくれてよかった。国民は、少なくとも王子のひとりが正しいことをしているというので喜んでいるし、兄は自分が注目されなくなったことを喜んでいる。だからゆっくりお食べ。それから出かけよう」

「それじゃあ、わたしは友だちを連れてきますね」わたしは立ちあがった。「ロンドンのおしゃれなお店にくわしい友だちを」

「素敵」マリナ王女がにっこり笑った。「ここで一一時に会いましょう」

「わたしはどうなるんです？　なにをすればいいんですか？」イルムトラウトが口をはさんだ。

「あら、もちろんあなたもいっしょにショッピングに来てもいいのよ」イルムトラウトがいたことに初めて気づいたようにマリナ王女が言った。

「わたしはショッピングには興味がありません。服を買うようなお金がないんですから」

「それならサーペンタイン池で白鳥に餌をやってくるといい。ボートに乗るものいいね」

イルムトラウトは間抜けを見るような目で王子を見た。

「気づいていないのならお教えしておきますけれど、外は濃い霧です。こんな霧のなかを公園まで歩きたくはありません。迷うかもしれないし、好ましくない人間と鉢合わせするかもしれないじゃありませんか」

「ぼくは好ましくない人間と鉢合わせするのは、面白いと思うけれどね」ジョージ王子はそう言って、わたしに意味ありげにウィンクをした。

マリナ王女は窓の外に目を向けた。「少し霧が晴れたみたい。外に止まっているのはあなたの車？　それとも車を呼ばなきゃいけないのかしら？」

「あれはぼくのおんぼろ車《バンガー》だよ」

「バンガー――それってソーセージのことですよね？」イルムトラウトが尋ね、わたしたちは声をあげて笑った。

わたしは急いで部屋に戻ると、コートを着て帽子をかぶった。またとないチャンスだ。ジョージ王子の車が玄関前に止まっているうえ、霧が濃いから姿を見られることもない。ひんやりと湿った空気のなかに歩み出た。目の前にベントレーが黒く浮かびあがっている。わたしは車体を眺めながら、その周辺をゆっくり歩いた。かがみこんで前部の泥よけを調べているときだった。

「なにかご用ですか、お嬢さん？」

ぎょっとして顔をあげると、運転手が立っていた。ジョージ王子が運転手を連れてきているとは、考えてもいなかった。

「わたしは王子の親戚のレディ・ジョージアナよ」頭のおかしい流れ者などではないことをはっきりさせておかなくては。「このあいだの夜、王子といっしょに宮殿で食事をしたとき、事故に遭ったと彼が言っていたの。出かけるところだったのだけれど、車を見かけたものだから傷が残っていないかどうか確かめておこうと思ったのよ」

「事故ですか？」運転手はけげんそうな顔をした。「あの夜、殿下はご自分で運転なさいましたが、事故についてはなにもおっしゃいませんでした。そのあと車を磨きましたが、傷らしきものはありませんでした。ですがこのベントレーという車はとても丈夫ですから、へこんだか傷がついたかしたのは、相手の車だったんでしょう」

「ええ、きっとそうね」わたしは彼に微笑みかけた。「彼の素敵な車に傷がついていなくてよかったわ。それじゃあ、わたしは友だちのところに行かないと」

わたしはその場をあとにした。ジョージ王子の車に傷がないことがこれでわかった。事故に巻きこまれていたなら、なにか痕跡が残っているはずでしょう？　塗装がはげているとか、ひっかいたような傷があるとか。けれど運転手は車を磨いたときにも、なにも気づかなかったと言っていた。つまり運転手の忠誠心が確たるものであるか、もしくはジョージ王子があの夜、事故に巻きこまれてはいないかのどちらかだ。だとすると当然の疑問が湧いてくる。王子はなぜディナーに遅れてきたのだろう？

ジョージ王子にとっては、あまりいい状況ではないことに気づいた。手段と動機。警察が重要視することだ。王子には明らかにその両方がある。ペラム警部に話すべきだと思った。ジョージ王子とイルムトラウト、ふたりについて。けれど警部は強引な手段に出るかもしれない。ジョージ王子が警察の車に乗せられたりすれば、マスコミは大騒ぎするだろう。新聞記者たちにあれこれと嗅ぎまわられたら、都合の悪いことまで知られてしまうかもしれない。少なくとも、結婚式の予定に影響がでることは間違いない。

でも、もし本当に彼の仕業だったらどうする？　ボボを殺したのが本当に彼だったら？　殺人犯に裁きを受けさせるために、わたしは手を貸しているんじゃないの？　ため息が漏れた。サー・ジェレミーのことを思い出したのはそのときだ。個人の電話番号を書いた名刺をもらっている。話すとしたら彼だ。ロンドン警視庁に伝えるかどうか、もし伝えるとしたらいつにするのかは彼に任せればいい。公園の南のゲートを出たところで、霧のなかに赤い電話ボックスが見えた。なかに入り、番号を回す。聞いたことのない声が返ってきたが、サー・ジェレミーに代わってほしいというとすぐにつながった。

「レディ・ジョージアナ、なにかわかりましたか？」

「はっきりとは言えないんですが、お伝えしたいことがふたつあります」

「ここでは言わないでください。今日、お会いできますか？」

「午前中は王女をショッピングに連れていくことになっていますし、夜はパーティーがあります」

「それならお茶をしましょう。ナイツブリッジに〈コッパー・ケトル〉というこぢんまりしたティールームがあります。店主が知り合いなんです。あそこならだれにも聞かれずに話ができる。三時半でどうでしょう?」

わたしは受話器を置き、電話ボックスを出た。ベリンダの馬小屋コテージに向かっていると、スカーフにくるまった人影が通り過ぎていくのがぼんやり見えた。わたしはドアをノックして待った。寒かったし、霧のなかで立っているのはいいものではない。今度はもう少し大きな音でノックした。ベリンダは眠りが深いうえ、早起きが苦手なことはわかっていたが、これだけノックをすれば死人でも起きるはずだ。

「ベリンダ」わたしは体をかがめ、郵便受けに向かって叫んだ。「開けてちょうだい。わたしよ、ジョージーよ」

返事はない。こんな天気の日に朝早くから出かけるはずもないのに。わたしは寒さに震えながら、その場に立ち尽くした。腹立たしさと不安を同時に感じていた。ベリンダが自分のものではないベッドで朝を迎えることがあるのは知っている。けれど、ショッピングに行く話をしたのはつい昨日のことだ。そうよ、ベリンダは人の都合なんて考えない人だったんだわ。彼女にとっては自分の要求を満たすことがなにより大事で、それがクロックフォーズで会った素敵な男の人とどこかに行くことだとしたら、友人と王女を連れてショッピングに行く約束をしていたことなど、きれいさっぱり頭から消えているのだろう。

わたしは最後にもう一度ドアを叩いてから、足音も荒くその場を離れた。本当に腹立たしい人。確かに今日はハロッズに行く予定だから、彼女がいなくても大丈夫だけれど、でも……。忍び寄る不安を振り払うことができなくなってきた。ベリンダはボボ・カリントンと同じような生き方をしている。ギャンブルのできるクラブに行き、ベッドを共にする相手もさほど選ばない。そしてボボ・カリントンは死んだのだ。

18

一一月六日
ボボ・カリントンのマンション

ケンジントン宮殿に帰りかけたところで、ここがメイフェアにあるボボのマンションからさほど離れていないことに気づいた。警察が徹底的に捜索したことは知っていたが、自分の目で見ておきたかった。住んでいる家を見れば、その人間のことがよく理解できるものだ。ダーシーのガウンや彼のものだとわかるなにかがあれば、さらに心が痛むことはわかっていたけれど、見ておく必要があると思った。ボボのことは、人から聞かされた話しか知らない。社交界の名士たちと付き合っている、若くて美しい華やかな女性。ジョージ王子を始めとする多くの男たちと関係があり、最近子供を産んでいる。薬物依存症だ。家族もメイドもいない。けれど彼女がどんな人間だったのかということについては、なにひとつ知らなかった。友だちは大勢いたのだろうか？　どうしてメイフェアに住むことができたのだろう？　なぜメイドを雇わなかったの？　そしてなにより重要な疑問がある。彼女の死を望んだのはだれ？

ナイツブリッジからハイド・パーク・コーナーに向かって歩き、パーク・レーンを進んでマウント・ストリートに着いた。ときおりバスやタクシーがかたつむりのような速度で通り過ぎるだけで、ほとんど人通りがなかったので、あたりは不気味なほど静かだ。自分の足音が不自然なほどに反響して聞こえ、なにも心配することなどないとわかっているはずなのに、うしろを振り返らずにはいられなかった。

マウント・ストリートにあるその建物は真新しいものだった。白い大理石とガラスでできた印象的なアール・デコだ。玄関ホールに立っていた制服姿のドアマンがわたしを見ると、急いでガラスのドアを開けてくれた。

「ひどいお天気ですね。どういったご用件でしょう？」

口を開きかけたところで、もっともらしい理由をなにも考えていなかったことに気づいた。ペラム警部がいい顔をしないであろうことも。そこでわたしはとっさにこう言った。

「ミス・カリントンを訪ねてきたの。いるでしょう？」

ドアマンが困ったような表情になったのを見て、彼はどれくらい知っているのだろうとわたしは考えた。警察が捜索に来ているのだから、なにかよくない事態が起きたことは察しているだろう。

「申し訳ありません。いまミス・カリントンはいらっしゃいません」

わかっているなどと言うつもりはもちろんない。わたしは無邪気な顔で言った。

「まあ、ひどい話。わたしが来ることを知っていながら、どうしてこんなお天気の日にでかけるのかしら」魅力的だと思ってもらえることを願いつつ、彼に微笑みかけた。「鍵を持っている？　彼女の部屋で待たせてもらえないかしら？」

「彼女の部屋で？　待つんですか？」

「そうよ。わたしたちは昔からの友人なの。今夜、ガッシー・ゴームズリーのパーティーに行くって手紙を書いたら、自分も行くことになっているから、その前にうちに来ていっしょに行きましょうって言われたのよ」

ドアマンはひどく気まずい表情になった。「それはなにかの間違いだと思います。ミス・カリントンは部屋にはいらっしゃいません。いつ戻られるかはわかりませんが、今日ではないことは間違いありません」

「今日は戻らないの？　困ったわ。わたしはどこでパーティーの準備をすればいいの？　今夜はどこに泊まればいいの？　ボボらしくないわ。彼女はとてもいい人なのに。そう思うでしょう？」

「わたしにはわかりません。ただのドアマンですから」言葉とは裏腹に、彼がミス・カリントンをいい人だと思っていないことは顔を見ればわかった。

「まさか、なにかあったのかしら？　事故に遭ったんじゃないでしょうね？　病院にいるんじゃないでしょうね？」

「わたしにはわかりません。すみません」

どうにかして彼女の部屋に入る方法はないだろうかと、わたしは必死で考えを巡らせた。

「鍵を渡すのがだめなら、いっしょに彼女の部屋まで来てもらえないかしら？　このあいだ会ったとき、ボボにイヤリングを貸したのだけれど、今日はそれを返してもらうつもりだったの。今夜つけていきたいのよ。彼女にもそう言ってあるから、化粧台かどこかに置いてあると思うの」

「お名前をうかがってもいいですか？」

さあ、大変。本当の名前を言えば、ドアマンはわたしを信用するだろう。だがわたしが来たことをペラム警部に話すかもしれない。そうなれば困ったことになる。

「ミス・ウォーバートン＝ストークよ。ベリンダ・ウォーバートン＝ストーク。ボボとわたしは学校でいっしょだったの」

わたしたちといっしょにハロッズに行く気がないのなら、せめて名前だけでも使わせてもらおう。

「ミス・ウォーバートン＝ストーク」ドアマンは顔をしかめたまま言った。「ほんの一分ほどなら、あなたを彼女の部屋にお連れしてもかまわないでしょう。イヤリングを取ってくるだけでしたら」

「まあ、ありがとう」わたしはにこやかに微笑みかけた。「あなたのお名前は？」

「フレデリックです」

「フレデリック。いい名前ね」最高に魅力的な笑顔を作ったつもりだ。

彼の顔がほんのりピンク色に染まった気がした。彼は小部屋に入り、壁にかけてあった鍵を手に取った。どのフックから取ったのかをわたしはしっかりと記憶に焼きつけた。彼についてロビーを抜け、エレベーターに乗った。三階で降りる。大きな鏡と現代的な曲げ木のベンチが置かれたホールを進み、フレデリックはボボの部屋の鍵を開けるとわたしがなかに入れるように一歩うしろにさがった。煙草とお酒のすえたにおいと腐った果物のにおいが鼻をついた。はっきり言って不快なにおいだ。内装はいたって現代的だった。パーク・レーンとその向こうにハイド・パークが見渡せる大きな板ガラスの窓。床には白いラグが敷かれ、流線形の背の低い家具はクロムメッキだ。様々な色をまき散らしたような現代画が壁に飾られていた。だがかなり散らかっている。低いテーブルにはオレンジの皮がのったお皿と新聞と空のカクテルグラスが置かれていた。灰皿は吸殻でいっぱいだ。シルバーフォックスのストールが曲げ木の椅子の背にかかっていた。キッチンのシンクにお皿が山積みになっているのが見えた。

「あらあら。ミス・カリントンの掃除婦はしばらく来ていないのかしら?」

「ここ数日は来ていませんね。来ないように言われたんです」

「ミセス・パーソンズだったわね?」

「違います。ミセス・プレストンです」

「そうだったわ、ミセス・プレストン。彼女は、ミス・カリントンが留守のあいだ、鍵を預かっているのかしら? ミス・カリントンはこんなに散らかっている部屋に帰ってきたくないと思うわ」

「はい、ミセス・プレストンは部屋の鍵を持っていますが、連絡があるまで来ないことになっているはずです」

「だれがそう言ったの？　ボボじゃないでしょう？」わたしは彼を見つめた。「まさか、彼女は困ったことになっているんじゃないでしょうね？　ほら、彼女は何度か……知っているでしょう？」

「少々複雑なことになっていまして」フレデリックは打ち明けられることにほっとした様子だった。「実は警察が来て、なにかを探していたんです。それがなにかは聞いていませんから、わたしもくわしいことはわからないんですが」

「そうだったの。あなたがわたしを入れてくれたことは、だれにも言わないと約束するわ」

わたしは意味ありげに彼を見つめた。

幸いなことに寝室のドアは半分開いていたので、この部屋に来たのが初めてであることがばれずにすんだ。自信に満ちた足取りでそちらに歩いていき、ドアを開ける。ドアの裏になにがかかっているのかは見たくなかった。ベッドは乱れたままだ。その上にはシルクのストッキングが、床にはフリルのついたパンティーが落ちている。化粧台のスツールにドレスがかかっていた。ふたつ、わかったことがある。ボボにはメイドが必要だということと、つい最近まで彼女はここで暮らしていたということだ。

化粧台に歩み寄った。様々なアクセサリーが散らばっているが、イヤリングはない。興味を引くようなものはなにもなかった。たとえば、〝今夜公園で会おう〟と書かれたメモのような。それ以上にわたしが驚いたのは、個人的なものがなにひとつないことだった。家族の写真や友人といっしょに写っている写真。書きかけの手紙。だれかからの手紙。そんなものが一切ない。残されているのは吸殻でいっぱいの灰皿と真っ赤な口紅だけだった。石畳の上で倒れていたとき、白い顔に赤い唇が印象的だったことを思い出した。哀れみで胸がいっぱいになった。彼女はいまだけのために生きていて、本物のつながりを持っていなかった。華やかだけれど孤独な人生。

ダーシーのことを思い出した。わたしは平静さを装いながら尋ねた。「ミスター・オマーラを知っている？　彼はボボの友人なんでしょう？」

彼は微笑んだ。「はい、知ってます。いい方です」

「最近、彼を見かけた？」

「それはなんとも言えません。わたしの勤務は二時までで、そのあと夜一〇時まではウィリアムの担当なんです。なので、ミスター・オマーラが夜に訪ねてきていれば、わたしにはわかりません」

そしてもし彼がひと晩ここで過ごしたなら、朝、送り出すのはフレデリックのはずだ。確かめたかったけれど、訊けなかった。わたしはため息をつくと、居間に戻った。

「イヤリングはないみたい。勝手に引き出しを開けて探したりしたくはないわ。ありがとう、フレデリック。ミス・カリントンが戻ってきたら、わたしが来たことを伝えてくれるかしら？ 今夜のパーティーにはひとりで行くって」

「承知しました、お嬢さん」フレデリックはそう言ってドアを閉めた。わたしたちは無言でエレベーターに乗りこんだ。明るいロビーに出たところで、ふと思いついたことがあった。

「そうだわ、ミセス・プレストンがいまここで働いていないのなら、時間があるということよね？ わたしはナイツブリッジのはずれの馬小屋コテージに引っ越すことになっているの。掃除をしてくれる人が必要なんだけれど、彼女にお願いできないかしら？」

「大丈夫だと思いますよ、お嬢さん」

「彼女の住所はわかるかしら？ これから会いに行ってみるわ」

「どこかにあったはずです」フレデリックは小部屋に入り、名刺や書類をごそごそとかきまわし始めた。「ちょっと待ってくださいよ。すぐですからね。ああ、あった」汚れたカードを取り出した。「ケンブリッジ・ストリートのケンブリッジ・マンションズ二八号室ですね」

「それってどのあたりなのかわかる？」

「ヴィクトリア駅のすぐ裏だと思います。ここからそれほど遠くないはずですよ。このあいだ、濃い霧が出てバスが動いていないときには、歩いてきていましたから」

わたしはハンドバッグから小さなメモ帳を出して、その住所を控えた。

「ありがとう、フレデリック。本当に助かったわ。でもボボのことがとても心配なの。彼女になにがあったのかを知っているような友だちはいないかしら？ だれに訊けばわかる？ わたしはずっと田舎の家にいたものだから、最近は友だちと連絡を取っていなかったのよ」

「わかりません」彼は表情を変えることなく答えた。「訪ねてくる人はあまりいませんでした。少なくともわたしの勤務中には」

ボボの友だちのほとんどは暗くなってから来ていたとほのめかしているのだろうか？

「ガッシー・ゴームズリーのパーティーに行けば、なにか知っている人がいるかもしれないわ。ありがとう」

わたしは再び霧のなかを歩きだした。なにもつかめなかったと言っていいだろう。ボボのことはなにもわからなかった——それともわかったかしら？　ひとつはっきりしたのは、ボボはロンドンでももっとも高級な住宅地にある超高級マンションで暮らしていたということだ。けれど彼女のアクセサリーはどれも人造宝石だった。仕事はしておらず、家族もいないらしい。それならどうしてあそこに住むことができたのだろう？　午後にサー・ジェレミーと会ったら、だれが家賃を払っていたのかを訊こうと思った。そしてその人物（おそらく男性だろう）が、ドアマンにお金を払って口を閉ざしているように頼んだのかどうかも。

すぐにでもミセス・プレストンを訪ねて話を聞き、どうにかしてボボの部屋の鍵を借りたかったが、ケンジントン宮殿に戻らなければならない時間だった。マリナ王女がハロッズに行きたくて、うずうずしているかもしれない。飛び乗ったバスはナイツブリッジからケンジントンをのろのろと走り、ようやくのことでケンジントン・ガーデンズの入り口に止まった。わたしはほぼ全速力でブロード・ウォークを駆け抜け、宮殿に戻った。イルムトラウトが不機嫌そうに窓の外を見つめていた。

「マリナ王女はまだ戻ってきていないんです。こんな霧のなかを連れ出すなんて、ジョージ王子はなにを考えているんでしょう。肺に悪いし、第一、不愉快じゃないですか」

「ええ、豆のスープのような霧ですものね」わたしは言った。

イルムトラウトは顔をしかめた。「豆のスープは緑色ですよ。この霧は汚らしい茶色です」

「とても濃い霧だっていう意味ですよ」

「それもイギリスのジョークですか？」

「ジョークとは言えませんね。本当にひどい霧ですから」

「こんなお天気に散歩に行ったんですか？　あなた方イギリス人はとても辛抱強いんですね」

「散歩じゃなくて、今夜いっしょにパーティーに行くはずだった友人を訪ねていたんです。でも留守だったわ」

イルムトラウトは鼻を鳴らした。「そのパーティーですけれど、お酒を飲んだり、にぎやかな音楽がかかっていたりするんですか？」

「ええ、その両方だと思います」

「それなら、わたしは遠慮しておきます。そういうのは好きではないんです。マリナ王女のことはお願いしますね」

「もちろんです。ご心配なく。彼女から目を離さないようにしますから」

「片目じゃだめですよ。両目を開けてしっかり見ていてください」

幸いなことに、ちょうどそのときマリナ王女が少佐に付き添われて戻ってきた。笑い声をあげ、楽しそうに語らっている。ふたりともとても魅力的で、むっつりとして不愛想なイルムトラウトとは対照的だ。

「ようやく戻ってきたんですね」イルムトラウトが言った。「この霧は肺によくありませんよ」

「まあ、ばかなこと言わないの、トラウディ」マリナ王女が応じた。「わたしは車に乗っていたんだし、そのあとは家のなかにいたの。帰りは少佐が車で送ってくれたわ。あなたにも新居を見せたかったわ。本当に素敵なのよ。ジョージはとても趣味がいいし、壁紙も意見が一致したの！」

「あなたもこのひどい天気のなかを外出していたんですか、レディ・ジョージアナ？」少佐がわたしに訊いた。

「ええ、友人を訪ねたんですけれど、残念ながら留守だったんです。無駄足でした」

「そうですか」少佐に見つめられて、なにかを調べていたと考えているのだろうかとわたしはいぶかった。少佐はマリナ王女に会釈をして言った。「それではわたしは仕事に戻ります、妃殿下。失礼してよろしいでしょうか」

「ええ、もちろん。送ってくれてありがとう」

「少佐、車を用意してもらえるなら、午前中にマリナ王女をハロッズに連れていきたいんですけれど」

「それはいい考えだ。いつでも車を出せるようにしておきますよ」

少佐がいなくなると、マリナ王女が言った。「少佐って、本当に素敵な人ね。でも、いまの執事のような仕事には満足していないみたい。軍に戻りたいって言っていたわ。彼がいた連隊が極東に向かうことになっていて、いっしょに行きたいんですって」

「軍で長年過ごしたあと、いわゆる市民生活に順応するのは大変でしょうね」

わたしたちはコーヒーを飲んでからハロッズに出かけた。マリナ王女はおおいに楽しんだようだ。彼女が選んだ下着にイルムトラウトはひどくショックを受けていた。

「あなたは寒いイギリスの家に住むんですよ。こんなパンティーじゃ少しも暖かくないじゃありませんか」

帰宅して遅めの昼食をとったあと、マリナ王女はパーティーに備えて体を休めると言った。わたしはそのあいだに、サー・ジェレミーに会いに出かけた。〈コッパー・ケトル〉は、ショッピング目的でロンドンにやってきた女性が好むような、どこにでもありそうなティールームだった。こぎれいなテーブルのあいだには、鉢植えの大きなヤシが置かれている。サー・ジェレミーは店の隅のテーブルについていて、わたしが入っていくと立ちあがった。

「こんな天気のなかをわざわざありがとうございます、レディ・ジョージアナ」彼が言った。「紅茶とスコーンを頼んでおきました。よかったでしょうか？」

「もちろんです。ありがとうございます」

運ばれてきた紅茶を、わたしはカップに注いだ。

「なにかわたしに話があるそうですね」ウェイトレスがいなくなったところで、サー・ジェレミーが切り出した。

「重要かもしれないことがふたつあります」ジョージ王子の車のことから話した。事故に巻きこまれたと言っていたのに、車に傷がなかったこと、内装業者に呼ばれて新居に寄っていたと釈明したこと。それから、ずっとアパートメントのなかにいたと言ったイルムトラウトの言葉が事実ではなかったことを告げた。そのとき着ていたジャケットのポケットにナイフが入っていたことも。

サー・ジェレミーは深刻な顔つきで聞いていた。「興味深い話です。もしもボボ・カリントンがマリナ王女に会いにきたのだとしたら、イルムトラウト女伯は王女を守るためにどんなことでもしただろうと、あなたは考えているんですね」

「はい」

「彼女に尋問しなければならないようですな。だが殺人のことを秘密にしたまま、どうやって話をすればいいのやら」

「あの夜わたしが外出したあとで友人が訪ねてきたけれど、ノックをしてもだれも出てこなかったと聞いたと宮殿の使用人には言ったんです。だれも彼女を見かけなかったのかと使用人たちに訊きました。あるいは車の音を聞かなかったかと」

「それはいい考えだ。それでどうでした？」

「だれもなにも見ていませんでした。でもそのときに、イルムトラウト女伯がドアの近くに立っていたとメイドのひとりが教えてくれたんです」

サー・ジェレミーはうなずいた。「ジョージ王子の車も興味深い話です。だが実は、すでに王子と話をしましてね。ボボが死んだことを伝えると、明らかに動揺していました。〝とうとうそういうことになったか〟というのが、最初の言葉でした。どういう意味かと尋ねると、〝コカインだよ、もちろん。時間の問題だとわかっていた〟という返事でした」

「赤ちゃんのことは知っていたんですか？」

「だと思います。ですが彼女とはただの友人だったし、麻薬を使うようになったので何年も前に付き合いをやめたと言っていました」

「それじゃあ彼の子供じゃないんですね」つぶやいたわたしの声は少し大きすぎたかもしれない。ふたりの女性が眉を吊りあげてこちらを見たので、わたしは笑いたくなるのをこらえた。

「そのようです」

「本当の父親を探し出すことがなにより重要だということですね」今度は少し声をひそめたが、女性のうちのひとりがわたしたちの話を聞き取ろうとして体を乗り出していることに気づいた。「それが有名な人だったら、そのことが世間に広まれば彼は多くを失うことになります」

サー・ジェレミーはうなずいた。「簡単ではありませんね。ひそかに捜査を進めなければならないとなれば、なおさらです。ミス・カリントンの暮らしぶりや彼女の友人のことを調べたのですが、これがとんでもなく難しいんです。まるで彼女は、どこかほかの惑星から落ちてきたみたいだ。過去の記録がない。出生証明書がない。なにひとつないんです」

「赤ちゃんはどうですか？　どこで出産したのかわかりましたか？」

「ロンドン周辺ではなさそうです。もちろん偽名でどこかの施設にいた可能性はありますが、プライベートのクリニックに彼女の記録はありませんでした。どこか別の場所で産んだんでしょう。彼女の出身地がわかれば、それもわかるかもしれない」

「ジョージ王子が彼女の素性についてなにか知っているかもしれません」わたしは言った。

「親しい関係の相手にはつい、いろいろなことを話してしまうものです」

「確かに」サー・ジェレミーのわたしを見るまなざしから、彼がダーシーのことを考えているのがわかった。「もう一度王子と話をすることはできますが、この件に触れると機嫌が悪くなるんですよ。マリナ王女と彼女のご両親に知られるのが怖いんでしょう。いまはとにかくミス・カリントンから距離を置きたいんだと思います」

「今日、彼女のマンションに行ってきたんです」サー・ジェレミーには本当のことを打ち明けておいたほうがいいだろうと思った。「彼女がどんなところに住んでいるのかを自分の目で見ておきたくて」

「なかに入れたんですか？」彼は驚いたような顔をした。「それはまた驚きだ」

「ほんの少しでしたけれど。ボボのところに高価なイヤリングを忘れたので、取りに来たと言ったんです。ドアマンはずっとわたしから離れませんでした」

「なにか見つかりましたか？」

「なにも。彼女にはメイドが必要なことがわかっただけです。ずいぶん散らかっていました。でも高そうな部屋でした。だれが家賃を払っていたのかわかりますか？　そこから始められるかもしれません」

「だれも家賃を払ってはいませんよ。彼女が自分で買ったんです。二年前に現金払いで」

「現金払い。いったいどこでそれだけのお金を手に入れたんでしょう。遺産を相続したわけじゃありませんよね？　有名な女優でもなければ、億万長者と結婚したわけでもない。いったいどうやって？」

サー・ジェレミーはため息をついた。「さっきも言いましたが、彼女の人生は謎なんですよ。様々な有名人との関係が取り沙汰されてきましたが、だからといってメイフェアのマンションを買えるだけの金が手に入るはずもない。どこかの億万長者の愛人になっていたのなら話は別ですが、それならわたしたちの耳にも入っているはずだ」

「わたしはこのあとなにをすればいいですか？　もしわたしがもう一度彼女の部屋に行くことがあったら、見ないふりをしてくれますか？」

「ペラムの部下があの部屋を調べて、関わりのありそうな手紙や書類はすべて押収しています。あなたがなにを探すつもりなのかは知りませんが、ペラムはあなたに邪魔されるのを歓迎しないでしょうな。ですが、なにかあるとあなたが思うのであれば、ぜひとも……ただし、この会話はなかったことにしていただきますよ」サー・ジェレミーは意味ありげに笑った。「ご存じでしょうが、わたしの部署とロンドン警視庁は友好的な関係にあるとは言えません。自分たちの領分を侵す、陰で裏切るようなことをする……彼らは我々のことをそんなふうに考えているんです」

「わたしは今夜、パーティーに行くんです。ガッシー・ゴームズリーのパーティーに。ボボの知り合いがいると思うので、話を聞いてみます」

彼はうなずいた。「その女伯ですが、彼女は誤った忠誠心から人を殺すようなタイプだと思いますか?」

「はい。間違いなくそういうタイプだと思います」

ティールームを出てケンジントン宮殿に戻りながら、わたしはサー・ジェレミーがすでにジョージ王子と話をしていたという事実を考えていた。ふたりのあいだでどんな会話が交わされたのか、なにをわたしたちの耳に入れないようにしようと決めたのかは、だれにもわからない。サー・ジェレミーは以前にも王家の人々を守る任務についていた。彼はわたしたちと同じ貴族だし、どちらの側につくのかはわかっている。王家の名に傷をつけることになるのであれば、真実を葬ろうとするかもしれない。実際彼は、ペラム警部が真相に近づく妨げになるかもしれないことを知りながら、わたしに協力を頼んだのだ。

19

一一月六日の夜
ガッシー・ゴームズリーの家 セントジェームズ・マンション
クイーンズ・ウォーク ロンドン

グリーン・パークを見おろす現代的なマンションの外に車が止まると、風に乗ってジャズが聞こえてきた。ずらりと並んだタクシーからは、イブニング・ドレスや毛皮のコートやタキシードに身を包んだ客が次々と吐き出されている。エレベーターの順番を待っていると、わたしは不意に既視感《デジャヴ》に襲われた。以前に恐ろしい悲劇を目撃したのは、ガッシーのパーティーでのことだった。たったいままでわたしはそのことを記憶の底に押しこめていたのだ。同じようなパーティーで、同じような音楽がかかっていて、同じような人々が集まっていた。そしてあのときもわたしは王女を連れていた。開けっ放しの玄関からロビーに吹きこんでくる冷たい風に、わたしは身震いした。まわりにいる人たちの楽しそうな話し声が高い天井に反響している。玄関を振り返り、パーティーに出るのはやめてケンジントン宮殿に帰るもっともらしい言い訳はないだろうかと考えた。だがなにも思いつかないうちにエレベーターのドアが開き、わたしたちは六階へと運ばれた。

エレベーターから降りると、音楽は床板からリズムが伝わってくるくらいの大音量になった。隣人はどう感じているだろう？　頭の固い軍人がいなければいいのだけれど。そうでなければ、警察官の訪問を受けることになるだろう。ガッシーの家のドアは開いていた。マリナ王女と共に玄関ロビーに入ると、応接室で黒人のジャズバンドが演奏しているのが見えた。絨毯は片付けられ、部屋のなかは暗い。体を揺すっているたくさんの人影だけが見えていた。マリナ王女がわくわくしたような笑顔をわたしに向けた。ああ、どうしよう。わたしは彼女のお世話をして、彼女を守らなければならないのに、かつて殺人が行われた場所に連れてきてしまった。けれどあのときの犯人は捕まったのだし、ガッシーは無害な人だ。そうでしょう？　それに彼ももうすぐ結婚するうえ、王女が来ることも知っている。コートとストールを預け、カクテルを配っているバーテンダーのほうに歩きかけたところで、ガッシーが白いシルクのハンカチで顔をぬぐいながら応接室から出てきた。彼はかなり大柄だが――サラブレッドというよりは輓馬タイプだ――イブニング・コートがよく似合っていた。わたしたちに気づくと、満面の笑みを浮かべた。

「やあ、よく来たね」わたしに手を差し出しながら言う。「妃殿下も連れてきてくれたんだね。楽しいパーティーになるよ」王女に向き直った。「あなたがいらっしゃると聞いて、招待客を吟味したんですよ。今夜はいかがわしい独身の友人はいませんから、ご安心を」

「まあ」マリナ王女が言った。「退屈すぎないといいんだけれど」

ガッシーは一瞬不安そうな顔になったが、すぐに大声で笑いだした。

「いいユーモアのセンスをお持ちだ。カクテルはいかがですか、妃殿下？　なににします？」

「カクテルのことはよくわからないの。あなたはどう、ジョージアナ？　なにかお気に入りのカクテルはある？」

「前にここに来たときはサイドカーを飲んだわ。とてもおいしかった」カクテルのことなどほとんどなにも知らないことを悟られたくなくて、わたしは言った。それでも大西洋を横断する旅のおかげで、少しは知識が増えたのだ。

「わかった。サイドカーをふたつ頼むよ、アルバート」ガッシーはそう命じてから、わたしたちに向き直った。「彼は素晴らしいバーテンダーだろう？　ここを辞めて〈サヴォイ〉に行くと、しょっちゅうぼくを脅かすんだ。でもあそこは、ぼくのところほど給料がよくないからね。そうだろう、アルバート？」

アルバートは肯定とも否定ともつかない弱々しい笑みを浮かべただけで、カクテルを作り続けている。

「あなたの婚約者はどこなの、ガッシー？」わたしは尋ねた。

ガッシーは顔をしかめた。「残念ながら、家で母親といっしょにいるよ。母親が手術をしたばかりなんで、ぼくを放り出して看病をしているんだ」

「まあ、お気の毒に」

ガッシーは訳知り顔でにやりと笑った。「彼女はこの手のどんちゃん騒ぎが好きじゃないんだ。いい口実なんだと思うよ。まあ、いいさ。楽しもうじゃないか」

肩に手を置かれ、ガッシーとの不愉快な記憶が蘇った。でもあのとき彼はひどく酔っていた。「今夜は王家の人たちが顔を合わせることになりそうだ。行儀よくして、〝サー〟とか〝マダム〟と言う練習をしておけって、みんなには言っておいた」

「そうなの?」ジョージ王子のことを言っているのだろうかと、わたしは不安になった。ガッシーのパーティーにはこれまでもよく来ていたはずだ。

玄関のドアが開き、ガッシーの顔がぱっと輝いた。「噂をすればなんとやらだ」ガッシーはわたしたちをその場に残し、人込みをかき分けるようにしてデイヴィッド王子に歩み寄っていった。彼は例によって非の打ちどころのない装いで、その隣にシンプソン夫人がいるのを見ても、わたしはいささかも驚かなかった。大西洋を横断する船の上でも着ていた、ビーズのついた黒いロングドレスを身につけている。だがそのうしろにシンプソン氏の姿があったのは想定外だった。むっつりしていかにも不機嫌そうだ。当然だろう。

「来てくださってありがとうございます」ガッシーはうれしそうにデイヴィッド王子と握手をかわした。

「きみのパーティーにはなにがあっても出席させてもらうよ、ガッシー」デイヴィッド王子がいつものようにゆっくりした口調で言った。「友人のシンプソン夫妻とは面識があったね?」

「もちろんです。お越しいただいてうれしいですよ」ガッシーは本当にそつがない。「飲み物はなにがいいですか？」

「ウィスキーを」シンプソン氏がうなるような声で答えた。「ダブルでもらいたい」

自分の妻と王子の関係をロンドン社交界のだれもが知っていることはわかっているはずなのに、どうしていっしょに来たりするのだろうとわたしは不思議に思った。これほどの屈辱はないはずなのに。そもそもどうしてまだ離婚していないの？　いまだに騎士道精神が健在で、彼女のほうから離婚を切り出すのを待っているのだろうか。あるいは、高価な服を買うために、彼女は夫のお金が必要なのかもしれない。

アルバートからカクテルを受け取ったところで、ガッシーがデイヴィッド王子をわたしたちのところに案内してきた。「新しい義理の妹とはもうお会いになったんでしょうね」ガッシーが言った。「ジョージアナはもちろん知っていますよね」

「こんばんは、サー」

「やあ、ジョージー。今夜はいかしているね」デイヴィッド王子はわたしにうなずいて見せてから、マリナ王女の手を取った。「実を言うと、これが初対面だ。初めまして、マリナ。ようやく会えてうれしいよ。きみは弟にはもったいない。弟には規律を教えてやってくれないか」

「やっと会えてわたしもうれしいわ、デイヴィッド。でも王子さまに規律を教えるのは簡単なことじゃなさそうだけれど」

デイヴィッド王子は面白そうににやりと笑うと、シンプソン夫人を紹介した。夫のほうはすでに人込みに紛れて、ダブルのウィスキーを飲んでいる。

「もっと違うタイプの人を想像していたわ」シンプソン夫人はマリナ王女と握手を交わした。

「あなたはとてもエレガントで、とても落ち着いているのね。それにそのドレス――パリで買ったものに違いないわ！」

「ワースです」マリナ王女が答えた。

「ほらね、言ったとおりでしょう？　ロンドンではおしゃれなものは見つからないのよ。気軽に訪れて、服を買うためにもパリにマンションを買うべきよ」

「あら、わたしはそうは思わないわ」マリナ王女が言った。「ウエディング・ドレスはモリノーに頼んでいるんだけれど、本当に素晴らしいの。それに午前中はジョージアナといっしょにハロッズに行って、嫁入り衣装をいろいろ買ったのよ。楽しかったわ」

ミセス・シンプソンはいつものように鋭いまなざしをわたしに向けた。

「最近はあなたもなかなか見栄えがするようになってきたわね、ジョージアナ。お母さまがドレスを選んでくれているのかしら。彼女もここにいるの？　それともハリウッドに残ってスターになるつもりなのかしら？」

「アメリカは母には合わなかったようです」わたしは答えた。「うわべだけで偽善的だと言っていました。身分がお金では買えない場所のほうがいいんでしょうね」

シンプソン夫人の黒い目が冷たく光った。「まあ、まあ。お互い、あまり爪を立てるのはやめましょうね。意地悪はよくなくてよ。殿方は、あまり頭の回転のいい女性を妻に望まないものよ。とりわけ、あなたが結婚しようとするような男性は」彼女はゆっくりとカクテルを口に運ぶと、感情を秘めたようなまなざしをグラスごしにデイヴィッド王子に向けた。「男の人は、子供扱いされて、甘やかされて、ちやほやされるのが好きなのよ。そうでしょう、デイヴィッド？」

わたしのような親戚でさえ、人前では〝サー〟と呼ばなければならないことになっているのに、シンプソン夫人が彼を下の名前で呼ぶのを聞いて、まわりにいる人々が息を呑んだ。

「それで、お母さまも来ているの？」シンプソン夫人は期待に満ちたまなざしであたりを見回した。好敵手である母と交わす舌戦を楽しみにしていたのだろう。

「いいえ、母はドイツに戻りました」

「賢明ね。いま景気がいいのはあの国ですもの。ミスター・ヒトラーは正しい考えの持ち主のようね」

「本気で言っているんですか？」わたしはショックを受けた。「ただ大声でわめいているだけの、おかしな小男のように思えますけれど」

「まあ、そうじゃないわ。彼はすべきことをしているのよ。いずれわかるわ。そのうちヨーロッパを言いなりにするでしょうね。デイヴィッドも感心しているのよ。そうよね？」

「彼はドイツをいい方向に導いているよ」デイヴィッド王子が言った。「国民に仕事を与え、道路を建設している。ドイツに再び誇りをもたらしたんだ。いいことだ」

「そうだといいけれど」

「踊らないかい、マリナ？」デイヴィッド王子が誘った。「まずは新しい親戚と親交を深めなくては。それでは失礼するよ」

彼はマリナ王女の手を取り、ダンスフロアに連れ出した。シンプソン夫人がわたしに言った。

「かわいそうに、これから大変な目に遭うのね。自分がなにに足を踏み入れようとしているのか、彼女はわかっているの？」

「ふたりはきっと大丈夫だと思います。ジョージは彼女に夢中みたいですし、襟《えり》を正して、すべきことをするんじゃないでしょうか。イギリスの王子は皆、時期がきたら正しいことをするものなんです」

わたしは人込みに紛れながら、彼女に小さく微笑みかけた。素晴らしくいい気分だったが、カクテルのせいではない。わたしもようやく、だまし合いのような社交界で自分を保つ術を母から学んだらしい。それどころか、決して人に弱みを見せない機知に富んだ賢い女性になれるかもしれない。ダーシーのガウンのイメージを脳裏から追い出すことさえできれば。

バンドの奏でる音楽が変わり、歌手《クルーナー》がしばらく前に流行していた歌を歌い始めた。『プリンス・オブ・ウェールズと踊った娘と踊った男と踊った。素晴らしいひとときで、〝最高のバンドだ〟と彼は言い、〝素敵でした、サー〟と彼女は言った』

踊っていた人たちの視線が一斉に、プリンス・オブ・ウェールズであるデイヴィッド王子に集まり、笑い声と歓声があがった。マリナ王女と踊るデイヴィッド王子を見ようとして、さらに人々が集まってきた。わたしはいくらか閉所恐怖症の気があるので、大勢の人がいるにぎやかな部屋に閉じこめられたような感覚が好きではない。そこで隣の食堂に移動することにした。食事には早い時間だったので、まだちらほら人影が見えるだけだ。壁際のテーブルにおいしそうな食べ物が置かれている。中央にはコールド・サーモンが丸々一匹、そのまわりにオイスター、海老、コールド・チキン、キジ、キャビアなど高級食材が並んでいた。餓死寸前で、かろうじてベイクド・ビーンズで生き永らえていたころだったなら、即座に突撃していただろう。けれどいまは充分に満足していたから、クラッカーに少しだけキャビアをのせて、胸元にこぼさないように注意しながら口に運んでいたときだった。聞こえてきた言葉に思わず耳をそばだてた。

「いいえ、わたしもしばらく彼女を見かけていないわ」

振り返ると、カクテルグラスとシガレットホルダーをそれぞれ手にした、わたしより年上のあでやかなふたりの女性が窓のそばに立っていた。

「夏のあいだじゅういなかったじゃない？　地中海に行くようなことを人には言っていたけれど、そうじゃなかったのよ。わたしも八月に行っていたんだけれど、どこのパーティーにも彼女の姿はなかったわ」かろうじて聞き取れるほどの低い声だった。「ねえ、あの噂を聞いた？」

「妊娠しているっていう噂でしょう？　ええ、聞いたわ。とても信じられなかった。だって、ボボ以上に気をつけていた人がいる？」

　ひとり目の女性の声がさらに小さくなった。わたしは彼女たちに近づけるように、葡萄《ぶどう》をつまむふりをしてテーブルの向こう側にまわった。隣の部屋の音楽のせいで、なかなか聞き取れない。「彼女は……ほら……どうしてハーレイ・ストリートに言って、ほかの上流社会の人たちがしているみたいに処置してもらわなかったのかしら？」

「カトリックだからよ。許されていないの」最後の言葉はささやき声だったが、わたしは唇を読んでいた。わたしたちの階級の人間にはそういう特技がある。

「それじゃあ、彼女はどこかで子供を産んだと思っているの？」

　ひとり目の女性がうなずいた。「そのはずよ。ロンドンではだれかに気づかれるおそれがあるもの」

「スイスかしら？」

「かもしれない。でももっと近いところがあるじゃない？　南の海岸の……」

　わたしはひとつ深呼吸をすると、心を決めた。ふたりに近づいて、声をかける。

「ひょっとしたら、ボボ・カリントンの話をしているのかしら？　突然、ごめんなさい。でも、今夜彼女に会えるかもしれないと思っていたものだから。彼女のことが気にかかっていたのよ。このあいだクロックフォーズで見かけたけれど、それっきりなんですもの」

　だれだろうといぶかっているように、ふたりはうさんくさそうにわたしを見た。

「あら、ごめんなさい。突然声をかけるなんて失礼だとわかっていたのだけれど、ボボはどうしたんだろうって心配していたものだから。ところでわたしはジョージアナ・ラノク。今夜はマリナ王女を連れてきたの」

ふたりの渋面が笑顔に変わった。「ああ、ビンキーの妹ね。ボボを知っているとは思わなかったわ」

「もちろんよ。知らない人がいるかしら」わたしはにこやかに笑いかけた。

「ズボンをはいている人にはいないでしょうね」

「そのことなのよ、考えていたのは」わたしは言った。「彼女には親しい女性の友だちがいないでしょう？　いたとしても、わたしは会ったことがないわ。パーティーで見かける。言葉を交わす。それだけだもの」

「そんなところでしょうね」女性のひとりが言った。「わたしだって、彼女が好きだったことは一度もないわ。冷淡で計算高い、生意気な娘よ」そのとおりだというように、友人がうなずいた。「それに、わたしは麻薬も許せないの。このパーティーに来ている人のなかには、わたしと違う意見の人が大勢いることは知っているわ。もし新しい王女が来ていなければ、いまごろだれかがキッチンで吸っていたでしょうね。でも今夜はみんなおとなしくしている。それに、ボボみたいに麻薬に溺れるようなばかじゃないもの。彼女はきっと若死にすると思うわ」

「ねえ」わたしは身を乗り出すようにして言った。「ボボが本当に妊娠しているなら、子供の父親はだれなのか知っている人はいるかしら？」

「本人はおそらく知っているでしょうね。でも、目立たないようにしていたから」ひとり目の女性が言った。

友人のほうがあたりを見回してから言い添えた。「あなたの親戚の王家の人間だっていう可能性はもちろんあるわ。彼は否定しているけれど。彼って、品行方正とは言えないけれど、ボーイ・スカウト並みに正直なのよ。だから、きっと別の人なんでしょうね。お酒やほかのものを飲んだあとのボボは、あんまり相手を選ばないの」

「別の人？　だれか心当たりでもあるの？」

「彼女はね、ロンドン社交界の六五歳以下の男性すべてに手を出していたのよ。だから、その子がだれに似ているかを見ないとわからないでしょうね」

「じゃあ、ボボにはパトロンはいなかったのね。彼女の面倒を見てくれる人は」

ふたりは揃って笑い声をあげた。「自分の面倒を見られる人間がいるとしたら、それはボボよ。わたし、余計なことを言っているんじゃないといいんだけれど。彼女はあなたの友だちなんでしょう？」

「友だちと呼べるほどじゃないの。時々顔を合わせるくらい。去年のハウスパーティでは愉快なひとときを過ごしたけれど」わたしは言葉を濁《にご》した。「彼女のことはあまり知らないわ。秘密を話してくれることもなかったし」

「話さないわよ」ひとりが言った。「彼女はそれが上手だったの。人に自分のことを話させておきながら、彼女のほうが秘密を打ち明けることはなかった」

「おかしな話ね。彼女が本当は何者なのか、知っている人はいるのかしら？　家族とか、これまでなにをしていたとか。昔、どこかで彼女といっしょだったっていう人に会ったことがないわ」

「アルゼンチンから来たっていう噂があるわ」ひとり目の女性が言った。「だとしたら、彼女がカトリック教徒だっていうのも説明がつく。それにあの国にはイギリス貴族の役立たずの息子たちが大勢いるのよ。地元の女の子と遊びまくっている。でもわたしの意見を言わせてもらうなら」彼女はわたしに顔を寄せた。「ボボはただの成りあがりだと思うわ。自分じゃないもののふりをしているだけ」

「どうしてそう思うの？」わたしは尋ねた。

「わたしたちの同類じゃないって肌で感じるのよ。もちろんうまく隠してはいる。とてもきれいだし、面白いし、気前だっていい。だれも深くは追及しないわ。でもね、いずれ必ずぼろが出るわ。わたしが言ったこと、覚えておいてね」

にぎやかな一団がどっと笑いながら部屋に入ってきたので、彼女は口をつぐんだ。わたしはさらにキャビアを口に運んだが、残念ながら今回は数粒を胸元に落としてしまった。噂好きの女性たちから離れて、部屋を出た。ボボについて、警察が調べ出した以上のことを知っている人間はだれもいないようだ。もっと探りを入れるのであれば、いろいろな男性とダンスをして、ボボの名前を持ちだしたときの反応を見るべきだろう。

ロビーにマリナ王女の姿はなかった。デイヴィッド王子とまだ踊っているのだろうと思った。まわりにいる大勢の人々のなかに、知っている顔はひとつもない。ふとベリンダのことを思い出した。彼女がここにいてもおかしくない。ボボ同様、いかにもベリンダが好みそうなパーティーだ。ロンドンの裕福な若い男性の半分が顔を出しているのだから。どうしてベリンダは来ていないのだろう？　再び背筋がぞくりとした。ボボはクロックフォーズに行き、見知らぬアメリカ人と話をしているところを目撃されている。動揺した様子だったという。そしてベリンダもしばしばクロックフォーズに行っていて、今朝は家にいなかった。明日の朝一番に彼女の馬小屋コテージを訪ねようと決めた。鍵はまだ手元にあるから、家に入れる。

カクテルのお代わりをしたいわけではなかったが、わたしはバーカウンターの列に加わった。壁の花になった気分を味わうよりは、なにかすることがあるほうがいい。

「次もサイドカーにしますか？」アルバートが訊いた。

「ジョージー？」背後から驚いたような声がした。振り返ると、そこにダーシーが立っていた。

20

一一月六日　遅く

白いタキシードを着たダーシーは素晴らしく格好良かった。癖のある黒髪は今夜はきれいに撫でつけてある。彼の顔がぱっと輝いた。

「ここにいたのか。ずっときみを探していたんだ。お母さんといっしょにドイツに行ったとだれかが言っていた」

ダーシーはわたしの手を取り、脇へ連れていこうとした。

「カクテルを待っているところなの」わたしは無表情な顔で言った。隣の部屋にはマリナ王女とデイヴィッド王子がいるのだから、ここで愁嘆場を演じるわけにはいかない、頭のなかはそれだけだった。アルバートが差し出すグラスを受け取ったわたしの手は震えていた。彼から歩き去ろうとした。

「おや、心のこもった挨拶とは言えないな」ダーシーが言った。「〝ダーシー、あなたが恋しかったわ〟と言ってくれないのかい？」

わたしは彼といっしょに人ごみから離れた。

「あなたがわたしだけを見ていてくれたなら、そう言ったでしょうね」

「どういう意味だ？」

「教えてちょうだい、ダーシー」わたしは彼と向き合った。「ボボ・カリントンとベッドを共にしたことはある？」

「ボボ？　ないわけじゃないが、あれは……」

「言い訳はたくさん。聞かされた話は全部それで筋が通るわ。こんなサファイヤじゃなくてあの銀のピクシーをつけていたら、あなたの顔に投げつけてやれたのに」

いまにも泣きだしそうだ。彼の脇をすり抜け、マリナ王女の姿を探した。ガッシーと踊っているのが見えた。

「ガッシー、とても具合が悪いの。いつもの頭痛みたい。タクシーで帰るわ。悪いけれどマリナ王女をお願いできるかしら。帰りは車まで彼女を送ってあげて。ごめんなさい、マリナ王女、お先に失礼します」

「ジョージアナ、わたしもいっしょに――」彼女がわたしの腕に触れた。ただそれだけのことなのに、その優しさが耐えられなかった。大粒の涙が頬を伝うのを感じた。

「いいえ、あなたは残って、楽しんでください。でもわたしは帰らないと」

わたしは逃げるようにその場をあとにした。

「ジョージー、待ってくれ」ダーシーが人ごみを縫いながらわたしを追ってきた。ちょうどやってきたエレベーターに飛び乗り、ボタンを押す。ドアが閉まり、やがてわたしは建物の外に出た。一台のタクシーから客が降りてくるところだった。

「ケンジントン宮殿」わたしはそのタクシーに乗りこんだ。「できるだけ急いでちょうだい」

自分の部屋に戻るまで、わたしは涙をこらえていた。

クイーニーが入ってきたことすら気づかなかった。彼女の手を借りてドレスを脱ぎ、顔を洗った。

「ホットミルクを持ってきましょうか、お嬢さま？」その気になれば、クイーニーは正しくわたしを呼べることがよくわかった。

「ええ、そうしてくれると……」わたしは最後まで言い終えることができなかった。

這うようにしてベッドに潜りこむと、やがてホットミルクとダイジェスティブ・ビスケットをのせたトレイを持ってクイーニーが戻ってきた。

「さあ、飲んでください。これで元気が出ますから。料理人に言って、ブランデーを入れてもらったんですよ。〝お嬢さまがひどく落ちこんでるんで〟って料理人に言ったんです。〝だれになにをされたのかは知らないけど、そいつを見つけたらこのあたしが黙っちゃいないよ〟ってね」

クイーニーが王家の料理人にロンドンの下町なまりでまくしたてていると考えただけで、普段なら愕然としていただろう。それすらどうでもいいと思えたのだから、わたしの悲嘆がどれほど深かったのかわかってもらえると思う。クイーニーが窓に近づいて、カーテンを閉めようとした。その手が不意に止まった。

「あれまあ。またあの幽霊ですよ。前と同じだ。なにかが中庭で動いています」

好奇心が絶望に勝った。わたしはベッドから出ると、彼女と並んで窓の前に立った。わたしの部屋の窓から漏れる細い光の筋を除けば、中庭は真っ暗だ。アーチそのものは闇のなかに沈んでいたが、なにか白いものがそのあたりで動いているのがぼんやりと見えていた。

「コートを取ってちょうだい、クイーニー。見てくるわ」

「だめですよ、お嬢さん。行っちゃいけません。幽霊になにをされるかわからないじゃないですか」

「じゃあ、わたしといっしょに来て見張っていてちょうだい。さあ、行くわよ」

「あたしもですか?」クイーニーがそう言ったとき、わたしはすでに階段に向かって歩きだしていた。「あたしはなにがあろうと絶対にあんなところには行きませんからね。お嬢さんだって行かせませんよ。取りつかれたらどうするんです?」

「あなたは戸口に立っていればいいわ。わたしが叫んだら、助けを呼びに行ってちょうだい」

クイーニーは渋々ついてきたが、わたしが暗がりに足を踏み出そうとすると腕をつかんで言った。「やっぱりやめたほうがいいです。あれが幽霊なら、勝手にうろつかせておけばいいんです」

「この目で確かめたいのよ、クイーニー」あの幽霊が、こそこそとなにかを嗅ぎまわっているイルムトラウトかもしれないとは言わなかった。それがだれだろうと、夜のこんな時間に、どこにも通じていない中庭をうろつく理由などない。

アーチの近くまで進み、漆黒の闇にすっぽりと包まれたところで、わたしはためらった。明かりのついた窓から外を眺めて勇敢な言葉を口にするのと、つい最近だれかが殺されたアーチの下を実際に歩くのとでは話が違う。ボボが殺されたこととこの宮殿とはなんの関係もないのだと自分に言い聞かせたが、それでも闇を見つめているとこれ以上は無理だという気がした。わたしの部屋のカーテンの隙間から漏れる明かりは、中庭の奥にごく細い筋を投げかけているだけだ。前方の闇を切り裂くだけの力はない。わたしはアーチの前で足を止めた。だめ、これ以上は進めない。幽霊だろうと人間だろうと、勝手にうろついていればいい。「きっと夜は休みだったメイドが戻ってきたのよ」わたしは考えた。「王女のアパートメントの裏口から入っていったんだわ」怯えていた自分を笑い飛ばした。

そのときだった。突然、背後から腕をつかまれたかと思うと、向きを変えさせられ、アーチのじっとりと冷たい壁に押しつけられた。悲鳴をあげるより早く、冷たい唇が重ねられた。恐怖のあまり心臓が鼓動を止めたのはほんの一瞬で、わたしはすぐにその唇の持ち主がだれであるかを悟っていた。

その手を振り払い、彼から離れようとした。「こんな卑怯なやり方でわたしをごまかせるなんて思わないで、ダーシー・オマーラ」猫のように光る彼の目が見えた。「こんなところまでわたしをつけてきて、そのうえこそこそ歩きまわっているなんて、いったいどういうつもり？」

「きみをつけてきたのは、誤解を解くためだ」ダーシーの目は危険なほどにぎらぎらしている。「こそこそ歩きまわっていたのは、ここの住人を脅かすことなくなかに入る方法はないかと探っていたからだ。この宮殿のことはよく知らないからね。まるで迷路だ。間違ってきみのおばさんの部屋に押し入るのは避けたかった」

「誤解じゃないわ。もう終わったのよ、ダーシー。わたしたちの階級の人間が、気軽にいろいろな人とベッドを共にすることは知っている。でもわたしは違うの。わたしはそんなゲームをするつもりはない。あなたをだれかと共有するつもりなんてない。こんなことなら、ジークフリート王子と結婚すればよかった。そうすれば少なくとも、自分の立場はわかっていたんだから」

ダーシーは痛いくらいにわたしの腕をつかんでいた。

「いいかい、ジョージー、きみも知っているとおり、初めて会ったころのぼくは品行方正とは言えなかった。ぼくは健康な男だし、きみの言うとおり、ぼくらは気軽に関係を持つ。娯楽のひとつとされているからね。だがだからといって、どうしていまさらそんな話を持ち出してそこまで怒るんだ？」

「わからないの？　あなたとボボ・カリントンのことを聞いて、わたしは怒ってはいけないの？」

「当然じゃないか。古い話だ。彼女とぼくはもうなんの関係もないんだ」

「あら、そうなの？　彼女の寝室のドアにあなたのガウンがかかっていたのに？　それでもなんの関係もないわけ？　一時の気の迷いにはとても見えないけれど？　それどころか、わたしと婚約していながら、彼女とも関係を続けていたとしか思えない」

ダーシーは不安げに小さく笑った。「ああ、あのことを気にしているのか。ばかだなあ。ガウンがあそこにあったのは……」

彼がその先の言葉を口にすることはなかった。車の音は聞こえなかったが、話に夢中になるあまり気づかなかったのかもしれない。突然、ヘッドライトに照らされて、わたしたちは目をしばたたいた。

ダーシーは目を覆った。「なにごとだ？」わたしをつかんでいた手を放した。

男たちが車のほうから駆け寄ってくる。警察官だ。

先頭に立っていたのはペラム警部だった。

「おや、ミスター・オマーラですね？」警部はうれしそうだった。「ようやくお会いできましたね。彼の居場所は知らないと言っていたんじゃなかったですかね、お嬢さん」

「わたしはお嬢さんではありません。正式には〝お嬢さま〟と呼ばれる身分です。それに嘘はついていません。今夜まで、彼の居場所は知らなかったんです」

「いったいこれはどういうことだ？」ダーシーが訊いた。「なにをするんだ」彼の腕をつかんでいる警察官に対する台詞だった。

「非常に深刻な事柄についてうかがいたいことがあるんですよ、サー」

「深刻な事柄？」

「くわしい話はロンドン警視庁に行ってからにしましょうか、サー。おとなしくいっしょにいらしてください。宮殿の中庭で騒ぎを起こして、住人の方々のお邪魔をしたくはありませんからね。よろしいですね？」

「ジョージー、聞いてくれ」ダーシーが警察官に連れていかれながら叫んだ。「ぼくはなにもしていない」

ダーシーが車に押しこまれ、ドアが音を立てて閉まった。車はバックし、それから向きを変えて砂利を撥《は》ね飛ばしながら走り去っていった。わたしは吐き気と恐怖に襲われながら、遠ざかる車を見送った。ダーシーに腹を立てているとはいえ、彼がボボを殺してなどいないことはわかっていた。けれど、警察がそうは思わなかったら？　王家の人間をスキャンダルから守るために、ペラム警部がだれかに罪をかぶせるつもりだとしたら？

わたしにできることはなにもなかったから、おとなしく玄関に戻った。

「だれかが押し入ろうとしていたんですか？」クイーニーが訊いた。「警察が来てくれてよかったですね」

なにを言えばいいのかわからなかった。足を引きずるようにして階段をあがり、ミルクを飲んでベッドに入った。当然のことながら、その夜はほとんど眠れず、寝返りばかりを繰り返した。起きあがって窓の外に目をやり、闇のなかにかろうじてそれとわかるアーチを見つめた。ようやく眠りに落ちたかと思うと、恐ろしい夢を見た。ガウン姿で首に縄をかけられたダーシーがわたしに向かって叫んでいるのだ。「助けてくれ、ジョージー」

朝になるころには、押し入ろうとした侵入者を警察が捕まえたという噂が飛び交っていた。

「驚きましたね」朝食をとっているわたしたちの様子を確かめに来た少佐が言った。「強盗でしょう。わたしの連隊が、国王の住まいのようにこの宮殿の警備をしていないことが残念ですよ。そういう悪党どもは二度とその気にならないようにしてやらなくてはいけませんからね」少佐は意味ありげなまなざしでわたしを見た。その侵入者がボボの殺人事件と関係があるかもしれないと彼が考えているのがわかった。

「今日はウェディング・ドレスの仮縫いがあるのよ、ジョージアナ」マリナ王女が言った。「いっしょに来てくれなくてもかまわないのよ。ゆうべは具合が悪くなって気の毒だったわ。カクテルが強すぎたのかしら？」

「そういうわけじゃないんです。いやな人とばったり会ってしまったので、どうしても逃げだしたくて」

「まあ。しつこい求婚者とか？」

「そんなところです」わたしは笑顔を作ろうとした。「でも、もしわたしがいなくてもいいようなら、今日は大事な用を片付けたいんですけれど」

「もちろんよ」マリナ王女は笑って応じた。「あなたも来てくれなくて大丈夫よ、トラウディ。博物館かどこかに行ってきたら？　ロンドンには見るべきところがたくさんあるんですもの」

「そうさせてもらいます」イルムトラウトはうなずいた。「大きな恐竜の骨の展示が見たいんです。とても勉強になりますから」

「自然史博物館があるわ」わたしは言った。「ここからそう遠くないから、マリナ王女が仮縫いに行くときに、途中で落としてもらえばいいんじゃないかしら」

イルムトラウトはぞっとしたような顔をした。「落とす？　歩道にですか？」

「あなたを乗せて《リフト》いくという意味よ」

「持ちあげる《リフト》？　高いところもごめんですよ」

それでなくても神経がずたずたになっていたから、とてもこれ以上我慢できそうもなかった。

「イギリスではこういう言い方をするんです。王女の車であなたを博物館まで乗せていって、王女はそのまま仮縫いに行くっていうことです。わかったかしら？」

「そうですか」イルムトラウトはうなずいた。

「今夜はナイトクラブに行くのはどうかしら？」マリナ王女はまずわたしを、それからさがっていいと王女から言われていなかったので戸口のあたりで待っていた少佐を見た。「ギャンブルができるクラブでもいいわ。ロンドンにはいいところがあるって聞いているし、ギャンブルなんてほとんどしたことがないんですもの」

「ギャンブルは罪です」イルムトラウトが言った。

「そんなことはないわよ。少しくらい楽しんだって、だれの迷惑にもならないわ」

少佐は困ったように咳をした。「あいにく、そういった場所はわたしの守備範囲にないんです、妃殿下。ナイトクラブにはあまり行くことがないので。士官の給料ではそうそういけませんから。それに連隊は行動規範が厳しいんです。酒を飲んだり、ギャンブルをしたりしているところを見られてはならない。なので、どこのクラブがいいのか、わたしにはアドバイスができません」

「おしゃれな人たちがギャンブルをするときは、〈クロックフォーズ〉に行くと聞いています。でもなかに入るにはメンバーじゃなきゃいけなかったんじゃないかしら。そういう場所をよく知っている友人は、〈シロズ〉か〈エル・モロッコ〉がいいだろうと言っていました。どちらもいいショーをやっているそうです」わたしは説明した。

「両方行きましょう！」マリナ王女は子供のように手を叩いた。「三つとも行ってもいいわ」

「これも友人の話ですけれど、女性がナイトクラブに行くときは男の人にエスコートしてもらうのが普通らしいです」

「少佐にエスコートしてもらえばいいわ」マリナ王女が目をきらきらさせて言った。「どうかしら、少佐？　ひと晩だけでも魅惑的な夜を過ごすというのは？　わたしたちを守ってもらわなくてはいけないし」

「妃殿下がそうおっしゃるなら。ですが、新聞に載ったときに悪い印象を与えるような場所では困ります。非難される余地のないところでないと。わたしも少し探《フィッシング》ってみますよ」

「まあ、池に釣り《フイッシング》に行くんですね、少佐」イルムトラウトは満足そうにうなずいた。「大きいのが釣れるといいですね」

その場を離れながら、気がつけばわたしは笑っていた。ほんのつかの間であっても、緊張がほどけるのはいいものだ。今日は忙しい一日が待っているから、考え事をしている時間もない。それもまたいいことだと思えた。

「彼は自分の面倒は自分で見られる人よ」そう心のなかでつぶやきながら、ウォーキング・シューズの紐を結んだ。「サー・ジェレミーに連絡を取ればいいだけだもの。そうすればだれかがペラム警部の誤解を解いてくれる」

それでも不安は消えなかった。愛はひと晩で消えるものではない。

21

一一月七日　水曜日
外出

ダーシーが逮捕された。当然の報いだ。いいえ、そんなことはない。彼の身に悪いことが起きてほしくはない。ボボの死に彼が無関係なことはわかっている……そうでしょう?

その朝一番にすべきはベリンダを訪ねることだった。ベリンダがいなければクロックフォーズに入れないし、なにより彼女の無事を確かめたかった。彼女の馬小屋コテージに向かい、死人を起こせるくらい大きな音でドアをノックした。向かいの家の窓が開いて、女性が怒ったような顔をのぞかせたが、ベリンダの家は静まり返ったままだ。不安が再びむくむくと頭をもたげた。わたしはポケットから鍵を取り出した。

「ベリンダ?」家に入ってドアを閉めながら、呼びかけた。

「ベリンダ、わたしよ、ジョージーよ」

なにが待ち受けているのかわからなかったから、おそるおそる階段をあがった。ほかのときであれば、知らない男性がベリンダのベッドで眠っているのを見たらどうしていいかわからないところだけれど、今日ばかりは歓迎するだろう。寝室のドアは閉まっていた。そろそろと開いた。ベッドは整えられている。だれもいない。ベリンダはいなかった。けれど衣装ダンスの扉が開いていて、なにも吊るされていないハンガーが数本あるのが見えた。ベッド脇にスリッパはない。ドアの裏に羽根飾りのついたガウンはかかっていない。なによりベッド脇のテーブルに列車の時刻表が置かれていた。

わたしはそれを見つめ、眉間にしわを寄せた。ベリンダは旅に出たらしい。けれどどこかに行くつもりなら、どうしてそう言ってくれなかったの？　わたしといっしょにマリナ王女にロンドンを案内すると約束してくれたのに。急な旅立ちだったに違いない。家族の病気かしら？　ベリンダは父親のことは大好きだけれど、義理の母親は嫌っている。それとももっと単純な話かもしれない。クロックフォーズで知り合った男性に、ニューフォーレストに行こうとか、パリで二、三日過ごそうと誘われたのかもしれない。ベリンダならありうる話だ。わたしは安堵のため息をついた。なんでもないことを心配していたようだ。ベリンダはどこかに出かけた。彼女は無事だ。どこへ行ったにせよ、わたしが口を出すことではない。

わたしは階段をおり、外に出て再び鍵をかけると、ボボの掃除婦のミセス・プレストンのアパートに向かった。ケンブリッジ・ストリートは名前とはほど遠い細い道路で、ケンブリッジ・マンションズの二八号室は、犬のにおいがこびりついた石の階段の先の薄汚れた建物のなかにあるアパートの一室だった。わたしはすっかり運動不足で長い距離を歩くのは慣れていなかったので、ドアをノックする前に廊下でしばらく息を整えなくてはならなかった。ドアがわずかに開き、頭にカーラーを巻いた女性が顔をのぞかせた。足元で毛むくじゃらの小型犬がほえている。わたしに自分の家があったなら、彼女に掃除を頼もうとは思わないだろう。

「ミセス・プレストン？」わたしは尋ねた。

「あんたは？」

「ミス・カリントンの友人よ」わたしは温かい笑みを浮かべた。「なかに入れてもらってもいいかしら。ここはとても寒いのよ」

「どうぞ」彼女はドアを大きく開き、みすぼらしい居間にわたしを招き入れた。そこも廊下と同じくらい寒い。彼女は火の入っていない暖炉のそばの椅子に向かって顎をしゃくった。

「あたしはいつも台所にいるんでね」彼女は言った。「それに昼間は出かけているから、石炭を無駄にする理由がないんだよ」

ミセス・プレストンはくっきりした目鼻立ちをした痩せた鳥のような女性で、動作はきびきびしていた。腰に手を当てて、黒い目で疑わしげにわたしを見つめている。

「突然、うかがってごめんなさい。あまり気は進まないのだけれど、ミス・カリントンの部屋の鍵を取りに来たの。あなたがまだ持っていると聞いたので」

「もうあたしを信用していないっていうこと？　もう何年も彼女のところで働いているんだよ」

「ミス・カリントンはもちろんあなたを信用しているわ」わたしはあわてて言った。「でもほら、建物の管理人がどんなふうだか、あなたも知っているでしょう？　いつだって最悪の場合を考えるんだから」

「確かにね」彼女はうなずいた。「それじゃあ、もうあそこの掃除は必要ないんだね？」

「ミス・カリントンはもうあそこで暮らすことはなくなったの。くわしいことはわからないし、なんだか急な話なんだけれど外国に行くみたい」

「驚きはしないね。彼女は危なっかしい暮らしをしているからね」

「そうなの？」わたしは驚いたふりをした。「どういうこと？」

「あんたは彼女の友だちなんだろう？」ミセス・プレストンは再び、疑わしげな顔になった。

「わたしは田舎で暮らしているの。彼女とはハウスパーティとかそういうところで会うだけなのよ。とても楽しい人だけれど、彼女をよく知っているとは言えないわ。でも知っている人がいるかしら？」

「男の人なら大勢いるよ」ミセス・プレストンは鼻を鳴らした。「多すぎるくらいにね。相手を選ぼうとしなかったから。いつか困ったことになるよって彼女には言ってたんだけど、そのとおりになったんだとあたしは思っている。もちろん彼女からなにか聞いたわけじゃないけれど、あたしには子供が七人いるし、だれかが妊娠したらすぐにわかるさ。ヨーロッパに行くって彼女が言ったときには、心のなかで〝おやおや、どこか人目につかないところで子供を産む気らしい〟ってつぶやいたもんだよ」

「わたしもそうじゃないかと思っていたの。その話はしたくなかったんだけれど、あなたが切り出してくれたから……父親がだれなのか知っている？」

ミセス・プレストンのまなざしが疑念から警戒を浮かべたものに変わった。

「あんた、何者だい？　どこかの新聞記者が彼女の友だちのふりをして、あたしから情報を聞き出そうとしているのかい？」

「まさか！」わたしは憤慨したふりをした。「わたしは彼女が心配なだけよ。あなたから聞いたことは、絶対に新聞社に漏らしたりなんてしない」

「どっちにしろ、訊いても無駄だよ。あたしも知らないから。余計なことを喋らないように、彼女からはたっぷりとお給金をもらっていたしね。朝、あの部屋に行って、知らない男の頭が枕に乗っていても、あたしはなにも見ないようにして掃除に取りかかるんだよ。その男がいつ業務用エレベーターで帰っていったのかも知らないね」

「業務用エレベーターがあるのね。モップとバケツを持ってあの豪華なロビーを通り抜けるのは、妙な光景だろうなと思っていたのよ」

ミセス・プレストンは声をあげて笑った。「さぞ注目を浴びるだろうね。あたしたちみたいな人間やだれにも見られずに出入りしたい男たちは、裏にある業務用の通用口を使うんだ。一度、ある男とばったり顔を合わせたことがあったけれど、まあびくつくこと、びくつくこと。〝心配いりませんよ、サー。あたしの口は堅いので〟って言っておいたけれどね」

「それって、王室の人のこと？」

「いいや、そんなんじゃないよ」彼女は訳知り顔でウィンクをした。

「あなたはひとりでミス・カリントンの世話をしていたの？　メイドはいなかったの？」

「前はいたんだよ。悪くないメイドだったよ。けっこう長いあいだ彼女のところで働いていたのに、ある日突然くびになった。驚いたけれど、ミス・カリントンは理由を話してはくれなかったね。あたしも困ったよ。仕事が増えたわけだから。彼女はあまりきれい好きなタイプじゃないから、あたしがいなかったらあそこは豚小屋みたいになっていたと思うよ」彼女の顔に悲しそうな表情が浮かんだ。「新しい仕事を探さなきゃならないっていうことだね。これから冬になろうっていうのに」

ベリンダのことを思い出した。ミセス・プレストンは秘密を守る経験をたっぷりと積んでいる。

「わたしの友人が、あなたに仕事を頼みたがるかもしれないわ、ミセス・プレストン。あまり遠くないところよ。ナイツブリッジなの」

「まあ、なんてありがたい。あたしったら、礼儀知らずだったね。紅茶でもいかがです？　お湯はいつも沸いてるからね」

「ご親切にありがとう。でも、もう帰らないと。鍵をもらえるかしら？」

「もちろん。ちょっと待っていて」ミセス・プレストンはロンドンのスズメを思わせる足取りで、台所へと向かった。わたしは立ちあがって彼女を待った。

「どうもありがとう。これはフレデリックに返しておくわ。ミス・カリントンが引っ越したあと、片付けが必要だったらまた連絡があると思うから」

「わかった」

「友人にもあなたのことを話しておくわね」

「本当に助かるよ。あんたはいい人だね」

わたしはあと味の悪い思いをしながら、アパートをあとにした。鍵を手に入れるためとはいえ、ミセス・プレストンをだましたのだから。けれど彼女はもうボボ・カリントンの家の掃除をすることはない。そうでしょう？　それに、いずれだれかが彼女に鍵を返すようにと言いに行っていたはず。おそらくはわたしよりも失礼な態度で。それに彼女に新しい仕事を紹介できるかもしれない。わたしはそう自分に言い聞かせながら、バッキンガム・パレス・ロードまで歩き、そこからバスでパーク・レーンに向かった。疲れて歩けなかったわけではない。スコットランド高地で育った人間はヘザーの咲く自然のなかを日々何キロも歩いているのだから、ロンドンの街を歩くくらいどうということはない。けれど今日は午前中にできるかぎり用事を済ませてしまいたかったから、時間との闘いだった。

ボボのマンションまでやってきたが、今度は入り口でフレデリックに声をかけることはなかった。こっそりと裏側にまわり、ごみ箱の脇を通って通用口に向かった。そこのドアに鍵はかかっておらず、暗くて狭い廊下の先に小さな業務用エレベーターがあった。それを使うと、だれにも見られることなくボボの部屋にたどり着くことができた。いい気分だった。手袋をはずそうとしたところで、考え直した。指紋は残さないほうがいい。まず居間を調べたが、なにもなかった。バスルームには、なにかの麻薬に使ったに違いない注射器があった。警察もそのことはわかっているはずだから、彼女がだれから麻薬を手に入れていたのかは、いずれ調べ出すだろう。そうなることを願った。わたしが麻薬密売グループと対峙できるはずもないのだから。

ダーシーのことは考えないようにしていたが、それも寝室に入るまでのことだった。ドアの裏には、例のガウンがかかっていた。彼のイニシャルのある濃紺のウールのガウン。胸をかきむしられる気がした。ダーシーはわたしを愛していると言いながら、頻繁に彼女のもとを訪れていたの？　ふと違う考えが浮かんだ。ダーシーがボボと会っていたのは、わたしが彼とベッドを共にすることを断ったから？　警察が彼を尋問し、不愉快な思いをさせていることを喜ぶべきなのか、それとも本当に殺人の罪を着せられるかもしれないことを恐れるべきなのか、わたしにはわからなかった。

ドアに背を向け、ダーシーのことは頭から追い出そうとした。部屋のなかを手早く、けれど徹底的に探した。窓のそばに現代風の小さな書き物机があった。なかを調べたがなにもない。小切手帳も。個人的な手紙も。もちろん警察が押収したのだろう。なにか手がかりになるものが見つかるかもしれないなどと考えた自分が、ばかみたいに思えた。机から離れようとしたところで、吸い取り紙に目が留まった。しばらく換えられておらず、かすかに字の跡が残っている。わたしは吸い取り紙を手に取ると、鏡の前に立った。鏡に映し、苦労しながら読んだ。

メアリー・ボイル、エドワード・ストリート一四、デトフォード、ロンドン

ロンドンを隅々まで知っているわけではないが、デトフォードがおしゃれと呼べる町でないことには確信があった。テムズ川の南側のどこかだ。ボボはだれに手紙を書いていたのだろう？　警察が新しい吸い取り紙を押収したのでなければ、これが彼女が最後に書いた手紙ということになる。メアリー・ボイルという名はアイルランドのもののようだと気づいたところで、以前ボボのところにいたメイドかもしれないと思い至った。妊娠したと気づいたときに、だれもそばにいてほしくなくて彼女をくびにしたんだろうか？　あるいは、ボボが中絶をしようとしたので、アイルランド人のメイドが出ていったのかもしれない……考え直して子供を産むことにしたと手紙で彼女に伝えたんだろうか？　どれも想像にすぎない。仕立て屋に小切手を送っただけかもしれない。だが考えてみる価値はあるだろう。

ボボの便箋にその住所を書き写した。もうできることはなさそうだ。事態が悪くならないうちに、ここを出るべきだとわかっていた。床に脱ぎ捨てられたボボの服をまたぐようにして進んでいたとき、ベッドの支柱にかかっていたブラジャーのストラップに手が引っかかった。歩く災厄と呼ばれたわたしが、ここしばらくアクシデントに見舞われていないことを思

ば壁に向かって突進していた。わたしはバランスを崩し、床の上のドレスにつまずいて、気がつけ

い出すべきだったのだ。わたしはバランスを崩し、床の上のドレスにつまずいて、気がつけば壁に向かって突進していた。あまり趣味のよくない大きな絵が迫ってくる。カンバスに手をつきたくはなかったから、額をつかんだ。絵が壁からはずれた。支えようとしたものの、かなりの重さがあるその絵はわたしの指をすり抜けてけたたましい音と共に床に落ちた。

「しまった」わたしは思わずつぶやき、レディらしからぬその言葉をだれかに聞かれてはいないかとあたりを見回した。落ちた絵を拾いあげ、傷がついていないことを確認してほっと息をついた。元の位置に戻そうとしたところで、ボボがろくに光も当たらず、ゆっくり鑑賞もできない寝室の壁にどうして絵を飾っていたのかを理解した。そこの壁には隠し金庫があった。わたしは震える指で開けようとした。もちろん金庫は開かない。机の上になにも興味を引くものがなかったのも当然だ。すべてはこのなかに入っている。警察が気づいていないことはまず間違いなかった。あとはどうにかしてこれを開けるだけだ。

金庫を開けられるような人間にもちろん心当たりなどなかったが、そういう人を知っているかもしれない人の心当たりはある。わたしはできるかぎりの早足でグリーン・パーク駅に向かい、エセックスの祖父の家を目指した。

「なんだって?」こぢんまりした温かなキッチンにわたしを座らせたところで、祖父が訊き返した。

「金庫を開けられる人を知らないかと思って」

「おやおや。強盗を趣味にしようと言うんじゃないだろうな」祖父は笑うべきなのか、ショックを受けるべきなのか決めかねているようだった。

「もちろん違うわ。くわしいことは言えないけれど、いま当局の捜査を手伝っているの。ある人の寝室で金庫を見つけたのよ。だから、もしおじいちゃんが金庫を開けられる人を知っていれば……」わたしはその先の言葉を濁した。

祖父はいくらか不安そうな笑い声をあげた。「わしの昔の仕事は犯罪者を捕まえることであって、仲間になることじゃないぞ。だがおまえの助けになりそうな人間なら知っている。ウィリー・〝ライトフィンガーズ〟・バクストン。当代随一の腕だと言われていた。スクラブズを出たと聞いているしな」

「スクラブズ？」

「ワームウッド・スクラブズ刑務所だ」

刑務所にいたことのある人間に協力を頼みたいとは思えなかった。

「囚人だった人なの？　それって……」

「ウィリーはいい奴だ。古いタイプのペテン師だよ。外科医が自分の仕事を誇りに思うように、奴にとって金庫破りは職業だったんだ。ウィリーじいさんなら大丈夫だ。引き受けてくれたらの話だが。わしと同じくらいの年寄りでもう引退しているし、スクラブズには二度と戻りたくないと言っていたからな」

「一応、訊いてみてくれる？　なにかを盗もうって言うんじゃないの。中身を見たら、元通りにしまっておくわ。それに、内務省の偉い人から許可を得ているのよ」

「まあ、奴と話をしてみよう。それで、どこに行かせればいい？」

さあ、困った。「ケンジントン宮殿に来てもらっては困るわ。王室の人たちが許さないでしょうし。その人と連絡がついたあとで、どこで会うかを決めるというのはどうかしら」

「わかった」祖父は首を片方にかしげてわたしを見つめた。「危ないことをしているんじゃあるまいな？　おかしなことに首を突っこんではいないだろうな？」

「危ないことじゃないわ、おじいちゃん。スキャンダルを防ごうとしているのよ。ごめんなさい、それ以上は言えないの。約束したのよ」

「気をつけるんだぞ。おまえは余計なことに手を出す癖があるからな。ダートムーアでは、警察に任せておけばいいものを、首を突っこんだせいで、もう少しで命を落とすところだったじゃないか」

「でもわたしは殺人犯を見つけたでしょう？　警察は見つけられなかったのに」

「わしはおまえが安全なところにいてくれたほうがいい。できるだけ早くあの若者と結婚して、子供を作ってくれるに越したことはないな」

「おじいちゃん」声が裏返って、涙がこぼれそうになった。「わたし、結局ダーシーとは結婚しないと思う」

「どうしてだ？」

「わたしは彼をほかの女の人と共有したくない。わたしだけを愛してくれる人がいいの」

祖父はしわだらけの大きな手をわたしの手に重ねた。「若い男の多くは結婚前は道楽をするもんだ。上流階級の人間はとりわけそうだ。だがダーシーはいい男だ。おまえと結婚したら、正しいことをすると思うぞ」

「でもそうじゃなかったら？」わたしは我慢できずに泣きだしていた。「彼がどこにいるのか、だれといっしょにいるのか、わからないときにはどうすればいいの？」

「最後は信頼だ。信頼できなければ、結婚は成り立たない。簡単なことだ。おまえが決めなくてはいけない」

「そこなのよ。もう彼を信頼できない気がするの」

「話してみるか？」祖父は優しく言った。

わたしは首を振った。「ごめんね、おじいちゃん。話せない。だれにも話せないの」立ちあがろうとした。「もう行かないと。王女さまが待っているわ」

祖父はわたしの肩に手を乗せた。「ちょうど昼飯時だ。あわてて帰る前に、美味いシチューを食べていかないか。日曜のローストの残りの子羊の骨で、絶品のシチューを作ったところだ。ニンジンとパースニップとインゲンマメがいっぱい入っているぞ」

わたしは弱々しくうなずいた。「ありがとう。それじゃあ、いただいていく。すごくいいにおいがしているわ」

祖父はボウルにたっぷりとシチューをよそうと、わたしが食べる様を眺めていた。祖父といっしょに暮らして、面倒を見てもらえたらどんなにいいだろうと、いつしかまたわたしは考えていた。そうすれば王家のスキャンダルや不誠実な男たちのことを忘れて、それなりに幸せに暮らせるだろうに。けれどそれができないことはわかっていた。

22

一一月七日

人生はますます複雑になっていく。

ケンジントン宮殿に帰り着いたのとほぼ同時に雨が降りだした。外を歩くのが惨めになるような、激しい冬の雨だ。勢いよく燃え盛る暖炉の火と運ばれてくる紅茶を思い浮かべながら玄関のドアを開けようとしたとき、背後に足音が聞こえた。振り返ると、大柄な巡査が近づいてくるところだった。

「レディ・ジョージアナですか？ ペラム警部がお越しいただきたいとのことです。もう一度お話をうかがいたいそうです」

「まあ、なんだっていうのかしら。もう話すことなんてないのに」

「どういうことなのかわたしにはわかりません。ただあなたを連れてくるようにと命じられただけです。しばらく前からお待ちしていました」

「出かけるときに許可が必要だなんて、知らなかったわ」わたしは腹立たしげに言った。実を言えば、いらだっていたのではなく怯えていた。午前中、ボボのマンションに行ったことを知られたのだろうか？　絵を落としたときの音をだれかが訊いていて、警察に通報した？なにより気にかかったのが、警部はダーシーを有罪にするようなことをわたしに言わせようとしているのではないかということだった。

怒りをたたえた高慢な態度で応じるのが最善の防衛策だろうと思えたので、わたしは若い巡査がついてこられないほどの速さでロンドン警視庁の廊下を進んだ。ペラム警部のオフィスに案内されると、先祖のロバート・ブルース・ラノクが戦場に赴いたときと同じ喧嘩腰の態度で彼の机に歩み寄った。

「いったいどういうことかしら、警部。なんの用があるっていうんです？　なにかわかったらこちらから連絡すると言ってあったはずですけれど」

警部は蛇のようなまなざしで、まばたきもせずにわたしを見つめた。

「お座りください、レディ・ジョージアナ」

わたしは座った。警部は大きな革の椅子の背もたれに体を預けて腕を組んだが、そのあいだも一瞬たりともわたしから目を離そうとはしなかった。

「あなたに来ていただいたのは、このあいだお会いしたときにはすべてを話してくださらなかったような気がしたものですから。重大な情報を隠していましたね？」

「たとえばどんな?」

彼の表情は変わらなかった。「たとえばあなたとミスター・オマーラの関係ですよ。ただの友だちではない。そうですね?」

「わたしとミスター・オマーラがどんな関係だろうと、あなたには関わりのないことです」

わたしの高飛車な態度はなかなかのものだったと思う。

「ですが、大変重要なことなんですよ。今回は核心に関わると言っていい」

「ばかばかしい。どう関わるっていうんです?」

警部は椅子の背にもたれたまま言った。「ミス・カリントンを殺す動機とか?」

「動機? だれの動機ですか?」

「あなたですよ、レディ・ジョージアナ。嫉妬というのはわたしが知るかぎり最大の動機ですからね。嫉妬と恐怖が」

「だれがだれに嫉妬しているというんです?」

「あなたが、ミスター・オマーラとミス・カリントンの関係に嫉妬したんですよ、もちろん」

「彼女が死ぬまでそのことは知りませんでしたから、動機になるはずがないと思いますけれど」

「あなたがそう言っているにすぎない」

「まさか、わたしがミス・カリントンの死に関係していると考えているんじゃないでしょうね？」わたしの笑い声にはいくらか不安そうな響きがあった。

警部はわたしを威圧しようというのか、前に身を乗り出した。

「まさにそう考えているんですよ。だがひとつはっきりしない点がある——あなたが嫉妬にかられて彼女を宮殿に呼び出したのか、それとも彼女が邪魔になったミスター・オマーラが、あなたに手を貸してくれるように頼んだのか、そのあたりがわからないんですよ。ミス・カリントンが殺された夜には、ミスター・オマーラは完璧なアリバイがありますからね」

わたしはくすくす笑った。「あら、バッキンガム宮殿で王家の方々とディナーをしたというのは、完璧なアリバイじゃないのかしら」

「はっきりした死亡推定時刻がわかっていないんですよ。外は凍りつくような寒さでしたからね、彼女は夕方の早い時間に殺されたのかもしれない。それにあなたは目撃されている」

「わたしがなんですって？」わたしは仰天した。「どこで目撃されたって言うんです？」

「死体が発見された中庭ですよ」

わたしはまた笑った。今度は安堵の笑いだ。「当然でしょう。なにかを見た気がしたので中庭を調べに行ったら死体を見つけたと、あなたに説明したと思いますが」

「それはディナーから戻ってきたあとの話ですよね。実はその証言は疑問だったんですよ。あなたがなにかを見たというのは筋が通らない。あの家の玄関からでは、アーチの下にあるものが見えるはずがないんです」

「それも説明しました。なにか光が見えたんです」

「確認しました。あのアーチの下にも中庭にも、光源になるようなものはなにもない。窓がいくつかあるだけです。それにあなたが目撃されたというのは、ディナーの前です」

「前？」わたしは首を振った。「出かける前には中庭に行っていません。マリナ王女といっしょに玄関を出て、そのまま車に乗りこんだんです。まだ雨が降っていて、従僕が傘をさしかけてくれました」わたしは警部をにらみつけた。「だれがわたしを見たと言っているんですか？」

「外国から来たレディですよ。女伯です。ジャケットが濡れていたから怪しいとあなたが言ったので、今日サー・ジェレミーが彼女と話をしたんです。そうしたら面白いことに、彼女はあなたを見たと主張したんですよ。ディナーに出かける直前、中庭をうろついていたと」

「でたらめもいいところだわ。わたしは絶対に中庭になんて行っていません。あの人はいったいどういうつもりなのかしら？　濡れたジャケットのことはなんて説明したんですか？」

「食事のあと出かけたそうですよ。食事がひどかったので、街まで行ってカフェでなにか食べようと思ったそうです。ですが日曜の夜で、パブ以外どこも開いていなかったと彼女は言っていました。労働者が行くようなパブに入るつもりはなかったそうです」

「面白い話ね。わたしには、ひと晩じゅう本を読んでいたと言っていましたけれど。ポケットのナイフについてはなんて？」

「ミス・カリントンは刺殺されたわけではありませんよ、レディ・ジョージアナ。薬を盛られたあと、窒息させられている。だれかがナイフを持っていたとしても、事件とは無関係だ」警部は鼻で笑っているようでもあり、鼻息のようでもある不快な音を立てた。「会ったこともないイギリス人女性を殺すどんな動機が外国のレディにあるというんです？」

「完璧な動機があります、警部。彼女はマリナ王女を崇拝している。王女を守るためならなんでもするでしょう。もし、ボボ・カリントンがジョージ王子の愛人で、お腹の子の父親が王子だということを彼女が知ったら、どんなことをしてでも世間からそのことを隠しておこうとするでしょうね」

警部はわたしの言ったことを考えているのか、じっとわたしを見つめている。やがて、筋が通っているという結論に達したらしかった。

「それに彼女は夜のあいだ、ずっとひとりでした。建物にいたのはあまり注意深いとは言えない使用人だけでしたし、そのうえ彼らは外の様子がなにもわからない厨房で夕食をとっていたんです」

わたしは再び言葉を切り、警部に考える時間を与えた。

椅子に座ったまま、身を乗り出した。

「想像してみてください、警部。ボボがマリナ王女に会いたいと言って宮殿を訪ねてきた。王子との関係をマリナ王女に話すつもりだったのかもしれない。黙っていることと引き換えにお金を要求するつもりだったのかもしれない。でもマリナ王女は留守だったから、代わりに女伯に話をした。女伯はボボをこのまま帰すわけにはいかないと考えた。そこでマリナ王女の睡眠薬をコーヒーに入れてボボに飲ませ、眠ったところで窒息死させた」わたしは一度、言葉を切った。「彼女にはそれだけのことをする時間がありました。使用人たちは彼女にあまりいい感情を抱いていなかったので、近づかないようにしていたからです」

長い沈黙があった。壁の時計が時を刻む音だけが聞こえている。やがて警部はうなずいた。

「確かに、筋が通ります」

「翻《ひるがえ》って、わたしはベロナールを持っていませんし、昨日その話が出たときに初めて、王女が使っていることを知ったんです。つまり女伯には動機があったうえ、ベロナールがどこにあるかを知っていたということです。そして、あの濡れたジャケット。充分に説得力のある証拠だと思いますが。それに――」わたしはまた言葉を切った。わたしは弁護士になるべきだったんじゃないかしら。自分が誇らしかった。「警察に疑われていることを知って動揺した彼女は、わたしを中庭で見たと言いだしたんだと思います。わたしが王女の同伴者になったことで、彼女はわたしに嫉妬しているんです。警部の言われたとおり、嫉妬はもっとも強力な動機ですから」

さらに長い沈黙。

「見事な論理ですよ、レディ・ジョージアナ」警部は不満そうに言った。「ミス・カリントンが殺されたのは、あなたがバッキンガム宮殿に出かけたあとだという可能性のほうが高いことは事実です」

「それにマリナ王女と出かける前は、メイドに着替えを手伝ってもらっていました。わたしがひとりになった時間はなかったはずです。訊いてもらえばわかると思います」

「だがそれでは、ミスター・オマーラへの疑惑は晴れません。被害者との親しい関係や、彼の居所をつかむのが非常に難しいことを考えると、疑いの目を向けざるを得ない。まるで隠れているようでしたからね」

「ミスター・オマーラを見つけるのは難しいんです。ロンドンに決まった家はないし、手紙を転送する住所もない。でもサー・ジェレミーに訊けば、いろいろわかると思います。ミスター・オマーラのことでしたら、わたしよりもくわしいですから」わたしは立ちあがった。「ほかになにもなければ、帰らせていただいていいかしら？」

「けっこうでしょう。これ以上、あなたを引き留めておく理由はなさそうだ。それに、ジョージ王子の結婚式までのあなたの居場所はわかっていますからね。女伯がなにか事件に関係のあるようなことを口にしたら、連絡してもらえますね？」

わたしは声をあげて笑った。「さっきまでわたしは第一容疑者だったのに、今度は潜入捜査官というわけですか」

今度は警部が、落ち着かない様子でくすくす笑った。

「第一容疑者などとは言っていませんよ、レディ・ジョージアナ。質問にお答えいただいただけです。いずれまたお話をうかがう必要があるかもしれませんな。ご自分でおっしゃっているより、ミスター・オマーラのことはよくご存じのようですから。彼の疑いはまだ晴れたわけではありません。つかまえどころのない人物ですよ。収入はないはずなのにそれなりにいい暮らしをしているし、上流階級の人たちと付き合っている。もう少し調べを進めれば、彼が裏社会、おそらくは麻薬組織とつながりがあることが判明すると思いますね。ですから、わたしとしては、彼とは距離を置くことをお勧めしますよ、レディ・ジョージアナ」

地球上にほかにだれもいなくなってもあなたの助言だけは受けないと言いたかったが、内心の不安を気取られるのが怖かったから口をつぐんだままでいた。この不愉快な警部に、ダーシーがわたしにとってどれほど大きな存在なのかを教えるわけにはいかない。帰りは、来たときのように案内してくれた巡査の先に立ってすたすたと歩くのではなく、足をひきずりながら彼のあとをついていった。ペラム警部の言葉には、もっともだと思える点がひとつあったからだ。ダーシーは裏社会、おそらくは麻薬組織とつながりがある。彼はそうやってお金を稼いでいるのだ。ボボ・カリントン――銀の注射器の娘と親しい関係だったのもそれが理由だ。しばしば南アメリカに行っているのもそれで納得がいく。麻薬の売買に関わっているに違いない。

吐き気がした。母とベリンダからはよく世間知らずだと言われるけれど、それは事実だ。スコットランドの田舎で育ったわたしが、麻薬なんていうもののことを知っているはずもない。ダーシーはあらゆる意味でわたしをだましていたようだ。ひょっとしたらボボ・カリントンを殺したのも彼なのかもしれない。彼女が邪魔になったのか、あるいは彼のことを警察に通報すると脅されたのか。ペラム警部の言うとおり、彼とは距離を置くのが賢明だろう。幸運だと思うべきだ。危険な犯罪者と結婚していたかもしれないのだから――わたしの心をずたずたにする不実で危険な犯罪者。フィグが言っていたように、結婚式ではヨーロッパのどこかの王子と知り合いになろう。そして家族の期待どおりに義務を果たし、跡取りを産むのだ……心に大きな穴を抱えたままで。

23

今夜はギャンブルのできるクラブに行く。これがほかのときだったら、さぞわくわくしただろう。

一月七日

ケンジントン宮殿に戻るあいだも、わたしは車に乗っていることすら意識していなかった。すぐにでも自分の部屋に戻りたかったが、居間のドアが開いていて、マリナ王女とイルムトラウトがお茶を飲んでいるのが見えた。

「ほかほかのおいしいクランペットよ」マリナ王女が手を振りながらわたしに呼びかけた。「これを食べて温まるといいわ。今日はものすごく寒いもの」

そういうわけで、わたしは仕方なくふたりに加わった。イルムトラウトはしたり顔でわたしを見つめている。

「ようやく帰ってきたんですね、ジョージアナ。どこにいったんだろうと妃殿下が心配していたんですよ。いい一日でしたか？」イルムトラウトが訊いた。

「あなたと同じくらいには」わたしは答えた。

「わたしはひどい一日でしたよ。ここにいるだれかが、わたしを監視しているんです。どう思います？　そしてわたしの悪口を言っているんですよ」

「まさか」わたしは自分のカップに紅茶を注いだ。

「それならどうしてあの男の人はわたしと話をしたがったんです？　あの人はイギリスの警察の人ですよね？　わたしが罪を犯したとでも思っているんでしょうか？　どうしてあんなばかな質問をするのか、理由を教えてくれなかったんです」

「イギリスの警察は公正なことで知られているんですよ。この国では、無実ならなにも心配することはありません」わたしは言った。「質問するのは、それが決められた手順だからで、警察はただマリナ王女の身の安全を気にかけているだけです」わたしはにこやかに笑った。

紅茶を飲みながら、イルムトラウトの表情を観察した。不安そうな顔をしている？　いつもより落ち着かない様子かしら？　彼女は普段からむっつりしているから、どちらとも判断はつかなかった。だが少なくとも、わたしを巻きこもうとする試みは裏目に出たということだ。イルムトラウトはいらだっているに違いない。

早めの夕食を終えたあと、少佐が迎えに来た。今夜はクロックフォーズに行くのだ。

「クラブに連絡をしておきました、妃殿下」少佐が言った。「メンバーのゲストということにして、喜んでお迎えさせていただきますとのことでした」

「よかった」マリナ王女は優雅にうなずいた。

「申し訳ないのですが、今夜わたしはごいっしょできません。楽しく過ごしていただけるように、マネージャーがすべて手配してくださることになっています。実を言うと、いまわたしはギャンブルをするようなクラブにいるところを目撃されたくないんです。大佐に昇進できるかもしれないという状況なので、軍人らしからぬ行動は一切控えたくて」少佐は申し訳なさそうに小さく笑った。

今夜の少佐は軍服ではなく、普通のイブニング・コートに白いネクタイという格好で、とても素敵だった。一部の女性にとってはいい結婚相手だろう。そう考えたところで、軍の給料で生活していかなければならないと彼が嘆いていたことを思い出した。つまり、それほどいい相手ではないということだ。なにも相続できない次男か三男なのかもしれない。彼らはしばしば軍に入隊する。

わたしたちは車に乗りこみ、出発した。正直に打ち明ければ、カーゾン・ストリートにあるクラブの白いポーチの外に車が止まったときには、期待に胸を弾ませていた。これまではただ、外から眺めるだけだった場所だ。一度だけ、だれかを監視するためにこっそり足を踏み入れたことはあるが、実際に客としてギャンブルをするのは初めてだ。そのうえ今夜はマリナ王女がいるおかげで、丁重に迎えられた。これほど惨めな気分でなかったら、さぞ楽しかっただろう。

「妃殿下、ようこそクロックフォーズへ」威厳たっぷりのマネージャーがわたしたちを出迎えた。「レディ・ジョージアナ、光栄に存じます」マネージャーは温かい笑顔でお辞儀をしてから、赤い絨毯とシャンデリアに飾られた豪華なロビーにわたしたちを案内した。「こちらにサインをお願いできますでしょうか」開いた来客名簿とペンが置かれたテーブルの前で足を止める。ここを訪れた人間は名前と住所を記すことになっているらしい。アメリカ人と話をしていたとき、ボボは動揺しているようだったとベリンダが言っていたことを思い出した。

「数日前、知人のアメリカ人をここで見かけたと聞いたんです。彼がイギリスに来ているなんて知らなくて。本当に彼なのか、もしそうだとしたらどこに滞在しているのか、来客名簿を見てもかまいませんか？」

「申し訳ありませんが、それはお断りします」マネージャーは驚いたように言った。「来客名簿はだれにもお見せできません。奥さま方にご主人の素行を調べさせるわけにはいきませんからね」マネージャーはそう言ってくすくす笑った。

「それじゃあ、先週あたりにアメリカ人紳士が来たかどうかは覚えていませんか？」

「たとえ覚えていたとしても、それもお答えできないんですよ。もちろんアメリカ人のお客さまは大勢いらしています。クロックフォーズは、ロンドンを訪れたときには必ず立ち寄らなければならない場所ですからね」

「ええ、そうですね」わたしはできうるかぎりの優雅な笑みで応じた。

マネージャーはマリナ王女に向かって言った。

「ひととおり、なかをご案内しましょう。そのあとでジェトンをご用意します」

わたしたちは頭上にシャンデリアがきらめき、大勢の男女がルーレットやトランプのテーブルを囲んでいるメインの賭博室に入った。キャッシャーのブースに案内され、フランス語でジェトンと呼ばれるチップの入った小袋を渡された。

「さあ、どのテーブルでもご自由にどうぞ」マネージャーが言った。「シャンパンを開けましょうか？」

「ええ、お願い」マリナ王女が応じた。彼女もわたしと同じくらい圧倒されているようだ。ありえないくらいエレガントで洗練された人々が、物憂げな様子でジェトンの山をルーレット・テーブルにのせている。一〇〇ポンド失ってもなんの痛痒も感じない人々だ。父もこんなふうだったのだろうとわたしは思った。ほとんどの時間をニースやモンテカルロで過ごし、資産の大部分をギャンブルで失った父のことをわたしはよく知らない。幸いなことに、わたしは分別のある祖先の血を濃く受け継いでいるので、ただでもらったチップを使い切ってしまわないようにしようと心に決めた。来客名簿も必ず見るつもりだった。

「なにから始めればいいかしら、ジョージアナ？」マリナ王女が尋ねた。

「たいていの人はルーレットから始めると思います。簡単ですし」

「モンテカルロで一度やったことがあるわ。楽しいわよね」

わたしは振り返った。だれかに見られているような気がする。けれどカジノでは、いかさまをしないように見張りをしている人間が必ずいるものだ。テーブルに向き直り、六に賭けた。昔から好きな数字だ。ルーレットが回りだす。小さなボールがからからと音を立てながらスロットに収まった。

「六」ディーラーがフランス語っぽい抑揚で告げ、わたしの前にチップの山を移動させた。

「すごいわ」マリナ王女が言った。

「ビギナーズ・ラックです」

シャンパンが運ばれてきた。

「ここは暑いわね」マリナ王女はミンクのストールをはずして、腕にかけた。

「ストールをクロークに預けてきましょうか？」

「いい考えね。お願い」わたしは王女からストールを受け取った。従業員が近づいてきた。

「お預かりしましょう、お嬢さま」

「いいえ、自分で行くわ。お化粧を直してきたいの」わたしはストールを手に賭博室を出て、ロビーに戻った。マネージャーの姿はなかったが、粋な制服姿の男性が入口近くで訪れる客を待っている。けれど彼は外に顔を向けていて、こちらを見てはいなかった。そこでわたしはストールを来客名簿にかぶせると、さりげなく抱えあげ、女性用トイレに向かった。当然ながらそこには案内係がいたので、名簿を見るためには個室に入らなければならなかった。

一週間ほど前のはず。ベリンダのサインがあるところまでページをめくった。ボボ・カリントンの名前があった。その数行上に、J・ウォルター・オッペンハイマー、フィラデルフィア、サー・トビー・ブレンチリーのゲストという文字。
あの夜は、ボボを動揺させたというミスター・オッペンハイマーだけでなくサー・トビーもここにいたらしい。さらにその下に目をやると、くっきりした字のサインがあった。オナラブル・ダーシー・オマーラ、キレニー城、アイルランド。やはりベリンダはあのとき、ダーシーとボボがいっしょにいるところを見たと言おうとしていたのだ。わたしは急いでトイレを出ると、だれにも見られることなく来客名簿を元の位置に戻した。

J・ウォルター・オッペンハイマー、サー・トビーのゲスト。記憶に刻みつけるように、頭のなかで繰り返した。そうよ、集中するのよ、ジョージー。あなたはこれからあそこで楽しいひとときを過ごすの。わたしはつんと顎を突き出すようにして賭博室に入り、テーブルについているマリナ王女と並んで座った。

「見て。一〇ポンド勝ったのよ」マリナ王女が笑顔で言った。「楽しいわ」

わたしはシャンパンのグラスを手にすると、深く考えることもせずチップの山をボードに置いた。ルーレットが再び回る。

「三二《トロント・ドゥ》」ディーラーがフランス語で告げ、かなりの量のチップをわたしの前に置いた。

「ジョージアナ、あなたってとても運がいいのね」

「ええ、とても運がいいんだと思います」絶望の色を見られたくなくて、わたしは顔を背けた。

皮肉な夜だった。わたしは勝ち続けた。チップの山はどんどん大きくなっていく。見知らぬ男性たちがわたしを取り囲み、もっと賭けるように促したり、いっしょになって喜んだりした。クロックフォーズで主役の座につくのは、くらくらするような経験だった。

「どうしてこれまできみと出会わなかったんだろう？　きみは素晴らしいね」口のうまい若い男性が言った。

「ビンキーの妹？」別の男性が言った。「ビンキーにこんなにきれいな妹がいるなんて知らなかったよ。わざと隠していたのかな？　来週末、狩猟舞踏会にいっしょに行かないか？ベッドフォード家の主催なんだ」

「残念だけれど、結婚式までマリナ王女のお世話をしなくてはならないの」

「そうか、結婚式か。すっかり忘れていたよ。ジョージもついに年貢の納め時か。実に愉快だ。そう思わないか、モンティ？」ふたりは声を立てて笑った。

「食事をいっしょにどうだい？」ひとりが訊いた。「ここの料理はとびきりおいしいんだ」

「ありがとう。ひと晩でこれだけ幸運に恵まれれば充分だわ」わたしは言った。「先にこのチップを換金してくるわ」

「手伝うよ」ふたりの新たな求婚者たちはわたしのチップを集めると、キャッシャーまで運んでくれた。

「帰るまでこれを預かっていてもらえるかしら？」わたしは訊いた。「これから食事をするんだけれど、このバッグはお金を入れておけるだけの大きさがないの」

「もちろんです、お嬢さま」キャッシャーは表情を変えることなく応じた。

「マリナ王女の様子を見てこないと」わたしは言った。「王女をひとりにしてはいけなかったの」どう言えば王女のことも食事に誘ってもらえるだろうかと考えていたのだが、ひとりがあっさりと言った。

「王女も夕食に誘うか、モンティ？」

「いいね。ジョージは婚約者の相手をしてほしがるだろうからな」それが面白いジョークであるかのように、ふたりは顔を見合わせてにやりとした。ジョージ王子が様々な相手とクロックフォーズを訪れているのを見てきたのだろう。来客名簿をもっとよく調べる時間があればよかったのにと思った。そうすれば、王子の隣にどんな名前が記されているのかを確かめられたものを。

ブラックジャックのテーブルに移っていたマリナ王女のところに行き、ふたりの男性から食事に誘われたと話した。

「まあ、素敵ね」王女は立ちあがった。「今夜はもうギャンブルは充分だわ。あまり勝てていないし。ハンサムな男性ふたりとの食事は楽しそうね。ジョージが妬《や》いてくれるかしら」

待っていた男性たちは、モンティとウィッフィと名乗った。ウィッフィの本当の名前はわからずじまいだったが、彼らとの食事は楽しかった。ベリンダがこのクラブを好んだ理由がわかる気がした。まるでファンタジーの世界に来たようだ。のみならず、目の前にいるのは、このクラブにくわしいふたりの常連客であることに気づいた。

「先週、サー・トビーといっしょに来ていたアメリカ人男性と会った？」わたしは尋ねた。

「サー・トビーと？　背の高い、真面目そうな顔つきの男かな？」モンティは眉間にしわを寄せて、記憶を探った。「楽しんでいるようには見えなかったな」

「ボボ・カリントンとなにか言い争いをしていたって聞いたわ」

「そうそう、あの夜はボボがいたよ。だが、争っていたようには見えなかったな。ボボはすぐに帰ったし。それまでしばらく彼女を見かけていなかったんだ。そうだよな、ウィッフィ？」

「そのとおり」ウィッフィが応じた。「彼女に気づいて、だれかがこう言ったんだ。〝おや、ボボが戻ってきたようだな〟それでぼくたちは、彼女がだれに狙いをつけるのか賭けをした。だが次に気づいたときには、もういなくなっていたんだ」

「そのアメリカ人男性も？」

「いや、彼は残っていたと思う。少なくともサー・トビーはいた」

「それ以前、ボボがほかのだれかといっしょにいるところは見ていないのね？」

「まったく見かけなかったよ。ヨーロッパに行っていたんじゃないかな」

「サー・トビーがアメリカに行っていたから、ついていったのかもしれない」ウィッフィが言った。「奥さんは残っていたからね」ふたりはまた顔を見合わせてにやりとした。

「サー・トビー？　ボボは彼と関係があったの？」

「そういう噂だ。もちろん人前では最大限の注意を払っていたけれどね。ああいう仕事にはイメージが大切だろう？」ふたりは声を立てて笑った。

「サー・トビー・ブレンチリー？」マリナ王女が訊き返した。「この国の下院議員よね？」

「閣僚ですよ、妃殿下」

マリナ王女は様々なカップルがテーブルについている部屋のなかを見回した。

「影響力のある男の人がいつも正しい振る舞いをしているとは限らないのね」考えこみながらつぶやく。未来の夫に関する噂を聞いたのだろうかとわたしはいぶかった。イルムトラウトの耳には間違いなく届いているだろうから、彼女が王女に話したのかもしれない。

男性たちも王女の不安そうな顔つきに気づいたようだ。「結婚前に遊びまわるのはよくあることですよ。だがそれが閣僚となると……」

わたしはその言葉の意味を悟った。家族の大切さを主張しているサー・トビー・ブレンチリーは、ボボ・カリントンを愛人にしていたらしい。そのことが公になったら、彼が失うものは計り知れない。

モンティとウィッフィはいっしょにいて楽しい相手で、オイスターやスモーク・サーモンやスフレを食べながら、わたしたちはおおいに笑わせてもらった。コーヒーが運ばれてくるころにはかなり夜も更けていて、わたしはあくびをかみ殺したが、マリナ王女はそれに気づいて言った。

「そろそろ帰らないと。明日は忙しい一日になるわ。もう一度ドレスの仮縫いがあるし、臨港列車でやってくる両親を迎えに行かなくてはならないの」

「ご両親がいらっしゃるんですか？　どちらに滞在なさるのかしら？」

「国王陛下ご夫妻といっしょにバッキンガム宮殿に滞在するように招かれたのだけれど、もう少し肩の凝らないところがいいというので、ドーチェスター・ホテルになったの」

ドーチェスター・ホテルを肩の凝らない場所だと感じられる暮らしを想像してみた。「ご両親がいらっしゃるのは楽しみですね」

「どうかしら。母と妹たちはいっしょにショッピングに行きたがるでしょうけれど、わたしはあなたとふたりで行くほうが楽しいわ。あなたはどう？」

「ええ、わたしも楽しませてもらっていますけれど、娘の嫁入り衣装選びの手伝いをするのは母親の特権じゃないでしょうか」

マリナ王女はうなずいた。「そうなんでしょうね。それでも夜は母たち抜きで過ごしましょうね。今夜は楽しかったわ」王女は男性陣に微笑みかけた。「どうもありがとう。ロンドンにはこんなに素敵な方たちがいるのに、結婚するのが残念だわ」

モンティとウィッフィは顔を赤らめるだけの慎みがあった。ふたりがロビーまでわたしたちを送ってくれた。

「彼女の結婚式が終わったら、またすぐに会えるよね？」モンティがわたしに言った。「狩猟舞踏会に来るだろう？」

「楽しいでしょうね」わたしは肩にストールを巻きながら答えた。

マネージャーがやってきた。「来てくださって光栄でした、妃殿下」滑らかな動きでお辞儀をする。「車までお送りさせてください」そう言って王女を建物の外へと連れ出した。そのあとについていこうとしたところで、従業員のひとりに肩を叩かれた。「チップを換金したものをお預かりしています、レディ・ジョージアナ。どうぞこちらへ」

チップ。そうだった、すっかり忘れていた。シャンパンとブランデーを飲みすぎるとどうなるかということがよくわかる。わたしは彼に案内されて、賭博室を進んだ。

「こちらでお預かりしています」彼はそう言ってドアを開けた。ベーズ張りのテーブルが中央に置かれた、賭博用の小部屋だ。お金はどこにあるのだろうとあたりを見回していると、背後でドアが閉まるかちりという音がした。

振り返った。ドアの前にダーシーが立っていた。

24

一一月七日　夜遅く

「ここでなにをしているの？」わたしは憤然として尋ねた。「てっきりロンドン塔の地下牢にいるんだとばかり思っていたのに」

ダーシーはにやりとして答えた。「同じ台詞をお返しするよ」

「わたしがなにも悪いことをしていないのはわかりきったことだもの」わたしは見くだすような口調で言った。「いいからいますぐそこを開けてちょうだい。マリナ王女が待っているの」

ダーシーはわたしの肩をつかんだ。「王女は先に帰ったよ。きみは古くからの友人と会ったから、あとから別の車で帰ると伝えてある」

「あなたにそんなことをする権利はないわ！」わたしはダーシーの脇をすり抜けて、ドアノブに手を伸ばそうとした。「ここから出して。でないと大声を出すから」

「騒ぎは起こさないほうがいいと思うね。スキャンダルになる。きみの家族は喜ばないだろうな」

「これって誘拐よ。ペラム警部に話すわ。あなたの罪がまたひとつ増える」

「そうは思わない」ダーシーは笑っていた。「それどころか、きみから目を離さないように頼まれているからね」

「ペラム警部はあなたをつかまえどころのない人間だって思っているのよ。そう言っていたもの」

「ペラム警部はなにもわかっていないのさ。幸い、内務省の上層部の人間がぼくを釈放するように手をまわしてくれた。そうでなければ、いまもまだ独房のなかだっただろう。ぼくがしていることをペラムに話すわけにはいかないからね」

「ボボ・カリントンとのことを？　それってわかりきったことのように思えるけれど」

ダーシーは声を立てて笑った。「きみは本当にかわいいね、ジョージー。知っているかい？」

「いいえ、わたしは世間知らずのばかよ。麻薬だとか、ボボ・カリントンみたいな人のことはなにも知らない。でも、もういいの。わたしは自分の義務を果たすことにしたから。申し分のない経歴の人と結婚して、あなたのことはきれいに忘れるのよ」

「ジョージー」ダーシーの声は優しかった。「ボボ・カリントンと寝たのかときみに訊かれたとき、ぼくは不意をつかれた。確かに彼女と寝たことはあるが、それは何年も前のことだ。きみと会うずっと前だよ」

「何年も前？　それとも一年前かしら？」

ダーシーは首を振った。「ぼくは彼女の子供の父親じゃない。きみが気にかけているのはそのことかい？　ロンドンに来たばかりのころ、確かに数回彼女と寝たよ。みんながしているように」

みんながしているように。その言葉はわたしの頭のなかでからからと反響した。ほかの人たちにとっては、いたって簡単なことらしい。

「でもあなたのガウンがあった。ドアの裏にかかっていたわ」

「そのことなら説明できる」

「そうかしら？」わたしはせいいっぱい皮肉っぽい表情を作った。

ダーシーはうなずいて言った。「ロンドンにいるときは、ぼくにも泊まる場所が必要だ。ボボは、自分が留守にしているあいだ、部屋を使わせてくれることがあったんだ。あるときぼくはガウンを忘れていった。そうしたら自分のものより着心地がいいとボボが言ったんで、部屋を使わせてもらっているお礼にプレゼントした」

「まあ」それ以外になんと言えばいいのかわからなかった。もっともな説明だと思うわたしがいて、もう一方でダーシーはアイルランド人で言い訳の才能があることを忘れてはいけないと考えているわたしがいた。彼を信じたかった。信じようとした。「最近は彼女に近づいていないと言っているの？」

「きみが考えているような意味では、近づいていない」

「でも、ここクロックフォーズで彼女といっしょにいたわ」

「確かに。偶然会ったんだよ」

わたしは彼の顔を見つめた。その目には笑みが浮かんでいて、そして恐ろしいほどハンサムだ。でも今度ばかりは簡単にほだされないと心に決めていた。アイルランド人の魅力や整った顔立ちに惑わされたりしない。「警部はあなたが麻薬や地下組織に関わっていると考えている。そのことについてはどうなの？」

「ふむ、まったくの見当違いとは言えないな」

「ほらね。だと思ったわ。それに警部は、ボボの死は彼女が麻薬をやっていたことや、麻薬の売人とのトラブルに関係があるんじゃないかって考えていた」

「実を言えば、ぼくも無関係じゃない。だがきみが考えているようなこととは違う。これ以上は話せないんだ、ジョージー。だがボボのような人間を尾行していたのは事実だ。中心人物を探し出すことがぼくに与えられた任務だった。下っ端の売人がだれなのかはわかっているが、これほど大量のコカインがどうやって国内に入ってきているのかが不明のままなんだ」

「まあ。それじゃあ、ボボがなにか関係しているかもしれないと考えていたっていうこと？」

「そうだ。彼女は特定の相手と付き合っていないときでさえ、底なしの財布を持っているようだった。どこかに出どころがあるはずなんだ。彼女が殺されたとき、ぼくは彼女の信頼を得ようとしているところだった」

「彼女があなたに秘密を漏らす前に、だれかが口を封じたのかしら?」

「わからない。だがタイミングがよすぎる。そう思わないかい?」

長い沈黙があった。わたしはまだ心から彼を許す気になっていなかった。

「あなたはロンドンにいたのにわたしに連絡を取ろうともせず、ボボ・カリントンのような女性といっしょにクラブに行っていたって聞かされて、わたしがどんな気持ちになったと思うの? わたしは、こういうところには連れてこられないくらいつまらない女だっていうこと?」

「連絡を取らなかった?」ダーシーの口調が険しくなった。「ジョージー、ぼくはイギリスに帰ってくるなり、ラノク城に手紙を書いた。きみに転送してくれるように頼んだ。何度か電話もしたがそのたびに、レディ・ジョージアナはここにはいないし、どこにいるのかも、いつ戻ってくるのかもわからないと腹立たしい執事に言われたよ。ロンドンの別宅も訪ねてみたが、同じことを言われただけだった」

「フィグが意地悪をしたのかもしれないわ。でもわたしのせいでもある。イギリスに戻ってきたとき、どこに滞在するつもりなのかを兄たちには話さなかったのよ」

「お母さんといっしょだったから?」

「いいえ。ベリンダが戻ってきて追い出されるまで、彼女の馬小屋コテージにいたの。そのあとは、幸運なことにケンジントン宮殿に招待されたわ」

「それはたいした出世だね」ダーシーはじっとわたしを見つめた。「疲れているみたいだね。

タクシーを呼ぼう。家まで送らせてくれるだろう？」

わたしは彼の顔を見られなかった。「ごめんなさい、ダーシー。わたしったら、早とちりしていたみたい」

ダーシーはわたしの顔を眺め、やがて笑いだした。

「ジョージー、時々きみはあきれるくらいおばかさんだね」

わたしは顔を背けた。「どうぞ、好きなだけ笑えばいいわ。わたしがあなたに隠れて浮気をしているって警察官に聞かされたら、あなたはどんな気持ちになる？　そのうえその警察官は、すごく楽しそうだったのよ」

ダーシーはわたしの腕をつかみ、自分のほうに向かせた。いたって真剣な面持ちだ。

「ジョージー、互いを信じられなかったら、ぼくたちは結婚なんてできないんだぞ」

「そのとおりね。でも、だれもが当たり前のようにいろいろな人とベッドを共にしているみたいなんだもの。ロンドンの人はみんな相手かまわず寝ているんだわ。わたし以外みんな」

ダーシーは笑顔になった。目をきらめかせながら、わたしの頰を指で撫でる。

「かわいそうなジョージー。実に気の毒だ。だがぼくがきみをひとり占めするから、そんなことをするチャンスは永遠にないよ」

「わたしはかまわないのよ。あなたが同じことを約束してくれるなら」

「約束するよ」

「本当に？」

「ああ」

わたしたちは互いを見つめ合った。やがてわたしは彼に飛びついた。

「ああ、ダーシー。どれほど惨めだったか」

唇が重ねられたので、そのあとしばらく交わす言葉はなかった。ようやく顔を離したときには、わたしたちはふたりとも息を荒らげていたし、服装もいくらか乱れていた。

「永遠に我慢するのは無理だ」ダーシーがぼそりと言った。「いまここできみの服をむしり取って、あのテーブルの上で抱きたいくらいだ」

わたしは落ち着きなく笑った。「それでもいいけれど、邪魔されるのはいやだわ。ここのような場所だと、あまり歓迎してはもらえないでしょうしね」

ダーシーはわたしの髪をうしろに撫でつけた。

「いますぐグレトナグリーン（スコットランド南部の小さな町で、駆け落ち結婚で有名）に行って結婚して、きみをぼくのものにしたくてたまらないよ」

「わたしはそれでもいいのよ。いつも言っているけれど、あなたさえいてくれれば、どこに住んでも幸せなの。でも、いま駆け落ちするわけにはいかないわ。マリナ王女のお世話をするようにって王妃陛下に頼まれているんですもの」わたしは不安げに戸口を見やった。「もう宮殿に戻らないと。どこに行ったんだろうって王女が心配しているかもしれない」

「大丈夫さ。王女はわかってくれるよ。彼女はロマンチストだと思うね」

「そうかしら。現実的なんじゃないかしら」

「そうならざるを得ないだろうね。あのジョージと結婚したら」

「結婚してもジョージは変わらないと思うの？」

「多分ね。きみたちの家には不貞の血が流れているみたいだから。国王陛下と王妃陛下は別として」

「アルバート王子夫妻もよ。おふたりはとても仲がいいわ」

「確かに。だがヨーク公バーティがどこかの女性を誘惑しているところは想像できないな。しどろもどろで口説いてもね」

「そんなことを言うものじゃないわ。彼はとてもいい人よ。自分の妻を敬愛しているし。だから、あなたは彼をお手本にしてね」

「ぼくは妻を敬愛するし、家庭的な夫になるよ」ダーシーが言った。「だがいまはきみを送っていこう。ああ、そういえばテーブルにきみ宛ての封筒が置いてある。今夜、勝った分じゃないのかな」

「そうなの。今夜はとてもついていたのよ」わたしはうきうきしながら封筒を手に取って開けた。あんぐりと口が開いた。「なんてこと。大金だわ」

「いくら勝ったと思っていたんだい？」

「わからない。考えてもみなかったわ。二〇ポンドくらい？」

「二〇ポンド？」ダーシーが笑った。「五二〇ポンドくらいに見えるぞ」

言葉が出てこなかった。「想像もしていなかった。チップをたくさん稼いだのはわかっていたけれど、一枚五シリングくらいかと思っていたんだもの」

ダーシーは首を振った。「一枚五ポンドだ」

「なんてこと」わたしはまたつぶやいた。「今夜わたしがあれほど人気者だったのはこのせいね。若い男性がわたしの取り合いをしたなんて初めてだったもの。モンティとウィッフィが食事に誘ってくれたし、わたしの気を引こうとしていたわ」

「モンティ・プラチェットとウィッフィ・アンストラザー？」

「苗字は知らないわ」

「ふたりとも伯爵の次男だから、ぼくと同じく一文なしだ。金持ちの若い女性を引っかけようとしているんだろうな」

「わたしがそうだと思ったのね。すごくおかしい」

「多くの人間にとって、五〇〇ポンドは大金だ。イースト・エンドなら、それだけで何年も暮らせる」

彼がドアを開けてくれ、賭博室を歩きながらわたしは考えていた。

「このお金があれば、本当にグレトナグリーンに行ってふたりで暮らせるわ」

「魅力的な話だが、前にも言ったとおり、ぼくはきみをみすぼらしい小さな家に住まわせるつもりはないんだ。きみの家族はそれなりに期待していることがあるだろう。きちんと手順を踏みたい。ぼくは貯金を始めたんだよ、ジョージー。与えられた仕事はすべて引き受けている。きみもそのお金はなにかのときのために取っておいてほしい」

うなずいた。「どちらにしろ、いまはここですることがあるもの」預けていたストールが戻ってきて、わたしたちは客待ちをしていたタクシーに乗りこんだ。車が動きだすと、わたしは声を潜めて言った。「王女のお世話をするだけじゃなくて、ボボ・カリントンを殺した犯人を見つけなくてはいけないのよ」

「それは警察の仕事だろう？」

「あなたもペラム警部に会ったでしょう？　サー・ジェレミーも、この事件が新聞沙汰にならないように裏で手をまわしている。目をよく開けておいてほしいって頼まれているの。ケンジントン宮殿のだれかがなにかを目撃しているかもしれない」

「あんまり深入りするんじゃないぞ、ジョージー。もし麻薬が関わっているとしたら、相手はたちの悪いやつらだ」

「そっちの方面はあなたに任せるわ。でも大きな疑問があるのよ。どうして彼女の死体はケンジントン宮殿の中庭にあったのかしら？　麻薬の売人と会うような場所じゃない。つまり、彼女はだれかに会うためにあそこに行って、そのせいで殺されたのか、もしくは別の場所で何者かが彼女を殺し、王家の人間に罪をかぶせるために死体をあそこに捨てたかのどちらかだということよ」

「ボボは、ジョージ王女との関係をマリナ王女に話すために宮殿に行ったのかもしれない」

「でもマリナ王女とわたしはあの夜、バッキンガム宮殿で食事をしていたの。わたしは王女の親戚のイルムトラウト女伯が怪しいんじゃないかと思っているのよ」

ダーシーはくすくす笑った。

「イルムトラウト女伯。ずいぶんと不気味な名前だ」

「名前と同じくらい不気味な人よ。すごく嫉妬深くて、マリナ王女をなんとしても守ろうとしているの。だからもしボボから王子との関係を聞いたら、彼女を殺すのはありうる話だと思う。でもそれならどうして、見つかりやすいところに死体を残しておいたのかしら？　せめて藪《やぶ》のなかに隠そうとしてもよかったんじゃないかしら？」

「邪魔が入って、急いで逃げなきゃいけなかったとか？」

「どちらにしろ、どうすれば彼女に白状させられるのかがわからない」

「その話はだれかにしたのかい？」

「サー・ジェレミーに。イルムトラウトには話を聞いたみたい」

「それならきみの仕事はもう終わりだ」

「そうでもないの。わたしはボボの部屋に侵入したのよ」

「なんだって？」ダーシーはぞっとしたように言った。

「正確に言うと、掃除婦から手に入れた鍵を使って入ったの」

「ジョージー、それは不法侵入だ。頼むからそういうことはやめてくれ。専門家に任せるんだ」

「でも専門家は、絵のうしろに隠し金庫があることに気づかなかったわ」

「それなら教えてやればいい。そういうことはもうやめるんだ」ダーシーはわたしの肩に腕をまわした。「ジョージー、ボボは闇社会の様々な人間と関わりがあったんだ。どんな取引をしていたのか、きみに調べられるはずもないし、そんなことをするべきじゃない」

「ひとつ、追ってみようと思っている手がかりがあるの。吸い取り紙に住所が残っていたのよ。デトフォードのメアリー・ボイル。ボボのメイドだったんじゃないかと思うの。メイドがいたけれどくびにしたって聞いたわ。でもそのメイドのことは気に入っていたみたいなの」

ダーシーは首を振った。「メアリーという名前のメイドは記憶にないな。それにメイドからなにを聞き出すつもりなんだ？」

「子供の父親はだれかとか。それが鍵になることは確かでしょう？　失うものが多い人間……」脳裏に浮かんだのはサー・トビーだった。「サー・トビー・ブレンチリー。ボボは彼とも関係があったって聞いたわ。子供の父親が彼だということが世間に広まったら、彼はすべてを失うことになる」

「ジョージー、頼むからその件を探ろうとはしないでくれ。ぼくに任せてほしい。彼はルールを重んじるタイプではないんだ」

「口を封じるために彼女を殺したかもしれないっていうこと？」

「だれかにやらせただろうけれどね。自分で手を汚したりはしない。警察はすでに事件の夜のボボの行動をつかんでいるだろう。部屋を訪れた人間がいなかったかどうか、彼女がタクシーで向かった先……」

「彼女のマンションには夜のシフトのドアマンがいるの。わたしは会っていないけれど、警察はきっと話を訊いたでしょうね。殺人の捜査だっていうことを知られないようにしながら情報を集めるのは、とても難しいのよ。詮索好きな人間だって思われるだけ」

「わかるよ」ダーシーは顔をあげた。「おやおや、もうケンジントン宮殿だ。せっかくきみとふたりきりなのに、話だけしてすっかり時間を無駄にしてしまった」

「あなたはどこに滞在しているの？」タクシーの運転手がぐるりとまわってドアを開けてくれたところで、わたしはダーシーに尋ねた。

「きみの居場所はわかったから大丈夫だ。ぼくは決まったところにはいないんだ。だがいずれ電話番号を教えるよ」ダーシーはわたしに続いて車を降りた。「なにか緊急事態が起きたら、サー・ジェレミーに電話をするといい。番号は知っているだろう？」

わたしはうなずいた。

「彼はぼくの居場所がわかるから」

「おやすみなさい」わたしはこの人を深く愛していると思いながら、彼を見つめた。

「いいかい、きみのことは見張っているからね。麻薬の売人を追いかけたりするようなばかなことはするんじゃないよ。いいね？」

「約束するわ。麻薬の売人は追いかけない」

「おやすみ」

ダーシーはわたしを抱き寄せると、キスをした。そのキスに応じていると、ひと筋の光がわたしたちを照らした。顔をあげると、イルムトラウトが自分の部屋の窓のカーテンを開け、こちらを見おろしていた。

25

一一月八日　木曜日

大わらわの一日だけれど、笑顔ですごせそうだ。

奇跡的に、クイーニーが起きてわたしを待っていた。

「ブラジャーのうしろがはずれていますね。いいことしてきたんですね」

「メイドは、雇い主の行動をあれこれ言うものじゃないの」わたしは取り澄ました口調で言った。「あなたの仕事は、わたしの服を脱がせることよ」

クイーニーはくすくす笑った。「それはもうだれかがやったみたいですけどね」

ダーシーが近くにいて、すべて元通りに——少なくともわたしたちにとっては——なったことがわかっていたから、その夜はぐっすり眠った。ボボ・カリントンにとっては、もうなにも元通りになることはないけれど。

朝が来たときには、わたしは新たな一日を迎える用意がすっかり整っていた。マリナ王女が仮縫いと両親の出迎えで忙しくしているあいだ、できるかぎり時間を有効に使うつもりだった。朝食が運ばれてくるのを待つことなく、紅茶とダイジェスティブ・ビスケット二枚をお腹に収めただけで出発した。こんな朝早くからロンドンの町に出たことはなかったから、人々はこれくらいの時間に仕事に出かけるのだと初めて知った。地下鉄は満員だった。山高帽をかぶって傘を手にした紳士から、いささか化粧の濃すぎるタイピストまで大勢の人がロンドン・ブリッジ駅から吐き出されてくる。わたしが目指すのは逆方向――ロンドンから出ていく――だったので、デトフォードに向かう列車は空いていた。列車は、黒ずんだ洗濯物が干してある見ただけで気の滅入るような裏庭が並ぶなかを進んでいく。汚らしい狭い道路では母親たちが玄関の階段を洗い、そのなかを痩せた子供たちが学校に向かって歩いている。こんなところで暮らしている人がいるのかと思うとぞっとした。ときにお金に困ることがあっても、わたしは一度もこんな暮らしをしたことはない。ダーシーが言っていたとおり、わたしがゆうべギャンブルで手にしたお金は、彼らにとっては夢のような金額なのだろう。いつかわたしがお金持ちになる日があったなら、貧しい人のためにできるかぎりのことをしようと心に決めた。

デトフォード駅で列車を降り、エドワード・ストリートまでの道筋を尋ねた。活動を始めた長い大通りを進んでいく。青果店には野菜が並び、早起きの主婦たちは幼い子供を乳母車につかまらせながら、夕食の買い物をしていた。ようやくエドワード・ストリートにたどり着いてみると、そこは同じ形状の汚れた家が向かい合わせにずらりと並ぶ狭い通りだった。

そのときになってようやく、メアリー・ボイルを訪ねるもっともらしい理由を考えていなかったことに気づいた。いきなり押しかけてボボについて尋ねてもいいが、そんな無礼なことをしても彼女はなにも答えてはくれないだろう。わたしがメイドを探していて、ボボにメアリーを紹介されたというのはどうだろう？　けれど、もしいま彼女が無職だったなら、ぬか喜びをさせることになる。無駄な期待をさせたくはなかった。新聞記者のふりをして、ボボ・カリントンについて記事を書きたいと思っているというのは？　考えてみた。ボボはしばしば新聞に載っていたから、それほど無理な話ではない。けれどかつての雇い主に対する忠誠心から、やはりなにも話してくれない可能性はあった。

その家のドアの前に立ったわたしは、できるかぎり安全策を取ろうと思いながらノックをした。

「ひょっとして、あなたがメアリー・ボイル？」ドアが開いたところで、わたしは尋ねた。想像していたよりも年配だが、いかにもアイルランド人らしい若々しい顔つきだ。不安そうにわたしを見つめている。

「あたしがメアリー・ボイルだけど、いったいなんの用？」

「ボボ・カリントンのことなの。彼女の居場所を探しているのよ。あなたならなにか知っているんじゃないかと思って」

「どうしてあたしが？」明らかなアイルランドなまりがあった。

「彼女の部屋に行ったら、吸い取り紙にあなたの住所が残っていたの。だから最近、あなたに手紙を書いたんだと思ったのよ」

「どうしてミス・カリントンを探しているの？」

わたしは期待をこめて微笑んだ。「なかに入らせてもらっていいかしら？　ここはとても寒いし、家のなかに冷たい空気が入ってしまうわ」

「わかった。どうぞ入って。でも、たいして話すことはないよ。彼女はあちこち転々としているから。街にいないのなら、どこかで友人といっしょにいるんでしょう」メアリーはひんやりした応接間にわたしを案内した。暖炉に火は入っていなかったが、きれいに片付いている。来客があったときだけ使うのだろうと思った。「どうして彼女を探しているの？」メアリーは再び尋ねた。「あなたは新聞記者じゃないよね？」

「もちろん違うわ」わたしは屈託なく笑った。「ボボとわたしは昔、友人だったの。しばらくアメリカの田舎に滞在していたのだけれど、戻ってきて彼女を探そうとしたら、だれも見かけていないって言われたものだから」

「だれも見かけていない？」

「そうなの。どこかに消えてしまったみたいなのよ。だから彼女の居場所を知っていそうな人を探しているところなの」

そう言いながら、わたしは罪悪感を覚えていた。もしもメアリーが本当にボボと親しかったなら、こうしているいまもボボが死体安置所に横たわっていることを知って、どれほど心を痛めることだろう。

「彼女のマンションで訊いてみた？　ドアマンが知っているかもしれない」

「訊いてみたわ。この何日か、見かけていないって言っていた。ほかの人たちは、夏のあいだずっと彼女を見なかったって言っていた」

「ああ、夏の終わりに彼女が留守にしていたことは知っているよ」

「またヨーロッパに行っていたの？　何年か前、向こうで偶然会ったことがあるわ。でもこの夏は会わなかったって知人から聞いたの」

「そうじゃない。海辺に行っていたんだよ。空気のいいところに」

「あなたはボボをよく知っているの？」

「知っている」

「彼女と親しいのね」

「そうだね」

「それなら教えてほしいんだけれど、なにか悪いことでも起きたんじゃないのかしら？　ボボに手紙を書いたのに返事が来ないの。彼女らしくないでしょう？　わたしたち、昔はとても仲がよかったのよ」

「彼女はしばらく体調がよくなかったんだ。あたしに言えるのはそれだけ。でももうよくなったから。またすぐに姿を見せるよ。近いうちにあなたにも連絡があるはず」

赤ちゃんのことなら知っていると言いたくてたまらなかった。どうすれば、父親がだれなのかを聞き出せるだろう？

しょう?」

「訊いてもいいかしら」わたしは身を乗り出した。「ジョージ王子が結婚することをボボはどう思っていた? ほら、彼女と王子がその……親しかったことは……よく知られていたで

メアリーは警戒するような表情を浮かべた。

「あなたは本当に記者じゃないの? そんなことをあれこれ訊くなんて、どういうつもり? あたしはなにも話さないからね」

「悪気はないの、本当よ。それにわたしは記者なんかじゃない。ただ心配だっただけ。ロンドン社交界からすっかり姿を消すなんて、ボボらしくないんですもの」

わたしはそう言いながら、部屋のなかを見回した。暖炉の上で視線が止まった。演技をすることに決めて、立ちあがった。「これ以上、お邪魔はしないわ、ミセス・ボイル。でも、もしよかったら、お茶をいただけないかしら? 外はとても寒いんですもの」

「わかった」彼女は渋々言った。「いま持ってくるよ」

彼女が部屋を出ていくやいやな、わたしは暖炉に近づき、置かれていた絵葉書を手に取った。南の海岸の写真。ワージング・オン・シー。ひっくり返して裏を読んだ。〝すべて順調。心配しないで。もうすぐ帰る。キャスリーン〟消印はワージングではなく、ゴリン・バイ・シーだった。絵葉書を元通りの位置に戻した直後、メアリーが紅茶を手に戻ってきた。とても濃くて甘い紅茶だったが、わたしは嬉々とした表情でそれを飲み、手近のテーブルにカップを置いた。

「それじゃあ失礼します。お邪魔してごめんなさいね。ボボから連絡があったら、わたしが探していたと伝えてもらえるかしら。わたしはベリンダ・ウォーバートン＝ストーク」

「さっきも言ったとおり、彼女はロンドンに戻っているよ。昔の家に。じきにあなたも会えるはず」

「彼女はいまでもメイドなしで暮らしているの？　どうしてかしら？」

「最後に雇っていた子があまり気に入らなかったみたい。だれかに通いで掃除してもらうだけのほうが簡単だし、面倒がないでしょう？」

「そうね、それはわかるわ」わたしはうなずいた。「本当にありがとう、ミセス・ボイル」

わたしは背中に彼女の視線を感じながら、通りを歩いた。頭のなかでブンブン音がしていて、危うく大通りを反対側に曲がってしまうところだった。ボボは新鮮な空気を求めて海辺に行ったとメアリーは言った。絵葉書は南の海岸にあるワージングから送られていた。二カ月も暖炉に飾ってあるのだから、メアリー・ボイルにとってはそれだけ大切なものだということだ。送り主はキャスリーンになっていた。そのとき、あることを思い出した。彼女の家の暗くて狭い廊下を歩いていたとき、階段の下に見えたものがあったのだ。乳母車だった。

南の海岸からの絵葉書。パーティーで会ったふたりの女性が、望まない事態になったときに行く南の海岸の話をしていたことを思い出した。ボボ・カリントンの本名がキャスリーンだということはありえるかしら？　だとしたらメアリー・ボイルは彼女のメイドなどではなくて、親戚かなにか？　最後に雇っていた子はボボがあまり気に入らなかったとメアリーは言った。それはつまり、彼女自身はメイドではなかったということではないだろうか。それに彼女はわたしが思っていたよりも年配だった。わたしは通りの角で足を止めた。興奮のあまり、息が苦しいほどだ。あのふたりの女性は、ボボはカトリック教徒だから中絶はしないだろうと言っていた。メアリー・ボイルが彼女の母親だということはありえるかしら？　だとしたら廊下にあった乳母車は、彼女が赤ちゃんの面倒を見ていることを意味している。彼女が乳母車を押して出てくるまで、家の外で見張っていたいという誘惑にかられた。けれどわたしの時間は限られているし、そのあいだにできるかぎりのことをやっておきたかった。

おじいちゃんのところに行って、金庫破りの人と連絡がついたかどうかを確かめるべきかしら？　それとも――その大胆な考えに、わたしは大きく息を吸った――ワージングまで行って、ボボの滞在場所を探してみる？　なにがつかめるのかはわからなかったが、彼女がいつ出産したのかは探り出せるかもしれない。うまくいけば出生証明書に父親の名前があるかどうかがわかるかもしれない。

駅に戻ったときには、興奮のあまり胸が苦しいくらいだった。ロンドン・ブリッジ行きの列車に乗り、そこから地下鉄でウォータールーに向かった。ワージングまで一時間ちょっとかかることはわかっていたが、時間はまだ充分にある。運も味方していたようで、南の海岸に向かう列車は一〇分後の出発だった。切符を買い、プラットフォームまで走り、車掌が〝お急ぎください〟と叫ぶなか、列車に飛び乗った。女性専用車両に腰を落ち着けると、列車はすぐに南に向けて走りだした。同じ車両に乗った中年の女性ふたりは、高教会派すぎるとか香までたいたなどと新しい牧師の短所を延々と並べ立てたあげくにホーシャムで降りていき、その後はわたし以外、乗客はいなかった。

ワージングの切符売り場で、ゴリン・バイ・シーへの行き方を尋ねた。

「町から三キロほど先ですよ。一時間に一本バスがあります」、係員が教えてくれた。バスを待ってはいられないと思った。いまこそ新たに手にした富を活用するべきだと考えて、タクシーに乗った。ゴリン・バイ・シーにあるクリニックか療養所を探していると運転手に告げた。知っているかしら？　わかると思うというのが運転手の答えだった。

「白い大きな建物ですよね？　高級そうな」それらしく聞こえた。車が走り始める。これが夏の晴天の日であれば、白い出窓のゲストハウスがずらりと並び、長い桟橋と野外ステージが設《しつら》えられた海岸沿いを走るのはさぞかし気持ちがいいだろうが、今日は濃い灰色の海と人《ひと》気《け》のない大通りに冷たい風が吹きつけるだけだった。やがて街並みは途切れ、広々とした敷地に建つ大きな家やスポーツ競技場や海辺のバンガローが見えてきたところで、タクシーが速度を落とした。

「ここだと思いますよ」運転手が言った。「やっぱりそうだ」標識には〝ザ・ラーチズ。病後療養所〟と記されていた。車は白いゲートをくぐり、カラマツ《ラーチ》並木の私道を進んで、ジョージ王朝風の白い大きな建物のポーチで止まった。わたしは運転手に料金を支払い、呼び鈴を鳴らした。

看護婦の制服を着た若い女性がにこやかに迎えてくれたので、ロンドンから来たのだけれど責任者に会わせてほしいと頼んだ。これほど順調にことが運んだのが信じられない。

「どなたか親戚に会いに来られたんですか？」廊下を案内しながら、彼女がわたしに訊いた。

「おばあさまかしら？」

談話室を通り過ぎた。ドアが開いていたのでなかをのぞいてみると、肘掛け椅子に座った老人ばかりであることがわかった。ここは目的の場所ではなさそうだ。

「間違えたみたいです」わたしは言った。「ゴリン・バイ・シーにあるクリニックだと聞いていたのですけれど、もっと若い人がいる施設のはずなんです。若い女性が」

彼女の表情が嫌悪感と同情の交じったものに変わった。

「クリニック？ここは療養所ですよ。あなたが考えているのはきっとヘイセルディーンのことね。ここからフィンドンに向かう道路を一・五キロほど行ったところにありますよ」

わたしは彼女にお礼を言い、玄関へと戻った。「歩くとかなりの距離がありますよ。大丈夫かしら？タクシーを呼びましょうか？」そう言われて初めて、彼女はわたしを訪問客ではなく、患者だと考えていることに気づいた。ヘイセルディーンでなにが行われているのか、彼女は重々承知している。

普段であれば、これくらいの距離を歩くのはなんでもない。けれどこの日は海峡からの風が吹きつけていていまにも雨が降りそうだったから、あまり楽しい散歩とは言えなかった。途中でかろうじて見かけたふたりにヘイセルディーンの場所を尋ね、ようやくのことでたどり着いた。きれいに手入れされた庭の奥にある建物で、アールデコ風の曲線が際立つデザインは、どこにでもあるような現代的な海辺の白い家だ。建物を囲む白い塀に取りつけられた真鍮《しんちゅう》の飾り版には、〝ヘイセルディーン〟と記されているだけだった。ここがどういうクリニックなのかの説明はない。

どういう理由をつければいいだろうと、ここに来る列車のなかで散々考えた。こういった施設は秘密厳守を誇っているだろう。患者になったふりをして、チャンスを見てオフィスに忍びこんで診療記録を見る？　危険すぎる。診察を受ければ、わたしがここに来る必要がないことはすぐにわかるだろう。一番いいのは正直に打ち明けることだというのが結論だった。名前を名乗り、ボボの子供にまつわるスキャンダルが王家を危険にさらしているのだと責任者に話そう。父親がだれなのか、彼女から聞いていますか？

サセックスを列車が走っていたときには、いいアイディアのように思えた。けれど改めて考えてみると、あまりにもずうずうしいような気がした。いくらわたしが王家の親戚だとは言え、放り出されるのがおちだろう。ドアをノックしようとしたところで、わずかに開いていることに気づいた。別の考えが浮かんだ。こっそり忍びこんで、だれにも気づかれないうちに診療記録を見ることはできるかしら？　もし見つかったら、友人のためにこのクリニックの下見に来たのだと言えばいい。

ドアを押し開け、厚い絨毯が敷かれたロビーに足を踏み入れた。なかは暖かくて、クリニックというよりは、居心地のいいだれかの家のようだ。病院のような消毒薬のにおいはまったくしない。磨きあげられたテーブルには菊をいけた花瓶が置かれ、大型の振り子時計が重々しく時を刻んでいるだけで、あたりは静かだった。その場で耳を澄ますと、遠くでラジオの音が聞こえた気がした。本当にここでよかったのだろうかと疑念がわいた。素早く行動しなければならないことはわかっていた。ロビーのまわりにはドアがいくつかと二階にあがる階段があった。その向こう側には建物の奥に通じる廊下が延びている。

どこから始めればいいだろう？　建物の表側にある部屋のどれかがオフィスで、医療目的の部屋は二階にあることはわかっていた。まずは左側にあるドア――出窓のある部屋だ――に近づき、おそるおそる開けた。居間だ。暖炉では火が燃えていて、そのまわりにソファと肘掛け椅子が並べられている。低いテーブルには雑誌が散乱していた。どこにでもあるような居間で、だれもいないのだと最初は思ったが、海に面して置かれている肘掛け椅子のひとつにだれかが座っていることに気づいた。彼女は雑誌を読んでいて、わたしが入ってきたことに気づいていなかった。わたしはそのまま部屋を出ようとしたが、向きを変えた拍子にコートの袖がテーブルに触れたらしく、のっていた新聞紙が床に落ちた。彼女が顔をあげ、わたしたちは同時に息を呑んだ。

ベリンダだった。

26

一一月八日
ワージング・オン・シー近くのクリニック

ベリンダは青い顔をして、どこか弱々しく見えた。驚愕の面持ちでわたしを見つめている。

「ジョージー、いったいここでなにをしているの？　どうやってわたしを見つけたの？　だれにも言わなかったのに」

「知らなかったわ」わたしはしどろもどろで答えた。「ほかの人のことを調べに来たの」ベリンダの隣の椅子に腰をおろした。「ベリンダ。どうして話してくれなかったの？　あなたの様子がおかしいことには気づいていたのよ」

「わかってもらえないと思ったの。あなたがわたしの生き方を認めていないことは知っていた。当然の報いだって考えると思ったのよ」

「でも、わたしたち友だちじゃないの。どんなことがあっても、わたしはあなたの味方よ」

ベリンダは弱々しい笑みを浮かべた。「あなたはいい人ね、ジョージー」

「だからあなたはアメリカから戻ってきたのね。お腹に赤ちゃんがいることがわかって」

ベリンダはうなずいた。「わたしは本当にばかだったわ、ジョージー。情けないくらいのばか。ある男性と知り合ったの。完璧だった。ハンサムで、礼儀正しくて、大きな車を持っていて、大金持ちで。ハリウッドのプロデューサーだったの。少なくとも、彼はそう言った。あそこではみんなどんなふうだか、あなたも知っているでしょう？　彼は大成功を収めていて、知らない人はいないんだってわたしは思った。わたしの住む世界とは違っていたからでしょうね、わたしは彼に夢中になった。なにもかも素晴らしかったし、彼に愛されているって本当に信じていたの。わたしと結婚したがっているんだって思った」ベリンダは片手で口を押さえると顔を背け、しばし気持ちを落ち着けてから言葉を継いだ。「いま思い返してみると、彼は一度も〝結婚〟という言葉は口にしなかった。でもそう思いこませるようなことは言ったわ。わたしといっしょにいたいというようなことは。わたしはそれを信じた」ベリンダは再び顔を逸らし、降り出した雨が窓を伝うのを眺めた。「わたしはいつも、あなたのことを世間知らずだってからかったわよね。自分があれほど世間知らずだったなんで信じられない。本当に彼のことを信じていたのよ、ジョージー」

わたしはうなずいた。

ベリンダはため息をついた。「いつも充分に注意していたわ。知っていると思うけれど。ちゃんと予防措置を取っていた。でも彼とのときは油断していたんだと思う。そのことに気づいたときも、こう思っただけだったの。〝だからどうだと言うの？　彼はわたしと結婚するつもりなんだから〟って。だから彼に話したわ」

「彼はなんて？」

「素っ気ないだけだった。自分には関係のないことだけれど、わたしはとてもいい子だったから、処置してくれる医者を紹介するって言われたわ。それほど高額な請求はしないはずだって」

「なんてひどい話。それで戻ってきたのね」

ベリンダはうなずいた。「戻ってはきたけれど、どうすればいいのかわからなかった。産むわけにはいかないって気づいたわ。どうやっても無理。家族から完全に見捨てられてしまうもの。ほかに選択肢はなかった。以前に、このクリニックの話を聞いたことがあったの。だから夜中に決心して、大急ぎで来たというわけ。だれにも言わなかった。処置をしてロンドンに戻ったら、だれにも知られずにすむと思ったの」

「それじゃあ、あなたはここで――」そのあとの言葉を口にすることはできなかった。

ベリンダはうなずいた。「昨日、するはずだったの。でもいざそのときが来たら、できなかった。どうしてもできなかったのよ、ジョージー」

「それじゃあ、このあとどうなるの？　どうするつもりなの？　どこに行くの？」

「なにも考えていないわ。ここの人たちはとても優しいの。わたしと同じようにパニックになる人は大勢いるから、二、三日ここにいてゆっくり考えるといいって言ってくれた。それに、もし産むことにしたなら、そのときが近づいてきたら戻ってくればいいって。養子先を探す手伝いもしてくれるんですって」ベリンダは体が震えるほど大きなため息をついた。

「でもわたしには料金を払うだけのお金がないのよ。だれにも頼めないし」

「アメリカにいるそのろくでなしに頼めばいいわよ」わたしの口調があまりに激しかったのか、ベリンダは顔をあげてうっすらと笑みを浮かべた。

「彼に頼んでも無駄よ」

「家族のなかにだれか頼める人はいないの？　あなたのおばあさまはお金持ちよね？」

「祖母はだれよりも正しいことにこだわる人よ。〝二度と我が家の敷居をまたがせない〟って言われるのがおちよ」再びため息。「やっぱり、中絶するほかないんだと思うわ」

「海外に行って産むという手もあるわ。そうしている女の人は大勢いるって聞いている」

ベリンダはうなずいた。「そうね。イタリアでは安く暮らせるし。赤ちゃんを手元に置いておきたいという気持ちもあるのよ。でもそんなのばかげているわよね？　わたしは自分ひとりが暮らしていけるだけのお金すら稼げないんだし、家族に知られたら遺産――祖母が亡くなったら、かなりの額をもらえるはずなの――だって相続できなくなる」

わたしは彼女に微笑みかけた。「アメリカにまた行くことがあったら、おばあさんを殺してくれる暗殺者を雇ってみる？」

ベリンダは声をあげて笑った。「ジョージー、あなたってずいぶんと荒っぽいところがあるのね。知らなかったわ」

「あらゆる可能性を考えているだけよ、ベリンダ。なにか方法があるはずだわ」

「あなたの言うとおりだと思う。海外が一番いいわね。しばらくはロンドンにとどまって、お腹が目立つようになってきたら馬小屋コテージを人に貸して、外国の山地か湖近くの小さな村に身を隠すの。ああ、気が滅入る話ね」

〝湖〟という言葉が引き金だった。「素晴らしいことを思いついたわ、ベリンダ。わたしの母よ。母はニースにヴィラを持っているし、ルガーノ湖にも新しい家があるの。でも一度も行ったことがないのよ。わたしが頼めば、どちらかを使わせてくれるはず。あなたのいまの状況を母ならわかってくれるわ。これまでの暮らしを考えれば、母自身、同じ状況だったことがあるかもしれない」

「でも、どうしてあなたのお母さんがわたしのためにそんなことをしてくれるの？」

「わたしが頼むからよ」

ベリンダは涙でいっぱいの目でわたしを見た。「ああ、ジョージー。あなたのおかげで初めて希望の光が見えたわ。これから荷造りをしてロンドンに戻る」ベリンダはわたしに手を伸ばした。「お母さんにすぐに手紙を書いてくれる？」

「帰りの列車のなかで。約束する」

ベリンダはわたしの手を取ると、胸の前でしっかりと握りしめた。わたしはこれまでベリンダの大胆で向こう見ずな生き方にひそかにあこがれていた。自分の面倒は自分で見ることができて、リスクを取ることをいとわず、結果を考えない女性。彼女のよろいにひびが入るのを見たのは初めてだった。

ベリンダは不意に姿勢を正すと、頬の涙をぬぐった。

「ごめんなさい。情けない女だと思っているんでしょう？」

「あなたは本当にひどい経験をしたのよ。心に傷を負った。でもなにもかもうまくいくわ。数カ月ヨーロッパに滞在したら、ロンドンに戻ってきてまた自分の人生を始めるのよ」

「ひとつはっきりしたことがあるわ。二度と男の人には近づかない。もうこりごりよ」

「サー・トビー・ブレンチリーと親しくしていたのは、それほど前のことじゃなかったと思うけれど」わたしは我慢できずに言った。

「ばかよね。あれほど力のある人が、わたしみたいな女を求めていると思って舞いあがったのよ。彼がわたしを愛人にしてくれれば安泰だって、ちらりと考えたのは事実よ。でも彼が帰ったあとで冷静になってみたら、彼はただ気楽なセックスができる相手が欲しかっただけだってわかった。わたしはただ手軽だっただけなの。でも、もうたくさんだわ、ジョージー。わたしはこれから修道女みたいに生きることにしたから。修道院に入るのもいいかもしれない」

わたしは思わず笑いだした。我慢できなかった。

「ごめん、でもあなたが修道院に入るかと思うと……」

ベリンダはわたしの顔を見て、自分も笑いだした。

「修道院がめちゃくちゃになるわね、きっと」そう言ってから、また真面目な顔になった。

「わたしはこれからどうすればいいと思う、ジョージー？　ハリウッドにいたときは、本気で結婚して落ち着くつもりだったの。でもこんなことになって、いまさらだれがわたしを求めると思う？　わたしの悪い評判が消えることはないだろうし、目当てになるほどのお金もないのよ」

「いつか、そんなことを気にしない素敵な人と出会えるわ」わたしは言った。「それまで母のヴィラに身を隠して、それからまたデザインの仕事に戻ればいい。あなたはいいデザイナーよ。コレクションを完成させてロンドンに戻ってくればいいわ」わたしは手をひらひらさせながら、熱のこもった口調で言った。「母のためになにかデザインしてみて。母がそれを人に見せびらかせば、あなたに注文が来るわ。つけじゃなくて、ちゃんと代金を払ってくれる人を母が見つけてくれるかもしれないわよ」

ベリンダは潤んだ目で笑った。「そうね、いい考えかもしれない。なにかしないといけないものね。ありがとう、ジョージー。あなたがいてくれて本当によかった。あなたのおかげで少し光が見えたわ」そう言ってから、いぶかしげなまなざしをわたしに向けた。「でも、教えてくれる？　どうしてここに来たの？　だれに会いにきたの？」

「ボボ・カリントンがここにいたことがあるかどうかを調べに来たのよ」わたしは答えた。

ベリンダの顔が輝いた。「いたわ」

「どうして知っているの？」

「口の軽いメイドがいるのよ。どうしてボボの名前が出たのかは覚えていないけれど、〝彼女がここにいたんですよ。違う名前を使っていましたけれど、写真を見たことがありましたから〟ってその子が言っていたわ」

「よかった。そのメイドと話ができるかしら？」

「探してくるわ。ここで待っていて。だれかになにか訊かれたら、わたしに会いに来たって言えばいいわ」

「わかった」わたしは、立ちあがってドアのほうへと歩いていくベリンダを見つめた。まだ彼女の告白を本当に受け入れられてはいない。寒気がしたので、暖炉に近づいた。炎に手をかざして座っていると、ベリンダが内気そうな赤毛の娘といっしょに戻ってきた。

「この子がモーリーンよ。アイルランド出身なの」ベリンダはそう言ってから、娘に向き直った。「こちらはボボ・カリントンのお友だち」

「そうなんですか？」モーリーンが訊いた。「あたし、彼女のことがすごく好きだったんです。もちろんここにいるあいだは、その名前を使っていませんでしたけど」

「キャスリーンと呼ばれていたんでしょう？」

「そうです、お嬢さん。それであたしたち仲良くなったんです。彼女もアイルランドから来たんだってわかって。あたしが住んでいた町のことを彼女は知っていました。びっくりですよね」

「モーリーン、彼女のお腹の子の父親が訪ねてこなかったかしら？」

「いいえ、お嬢さん。ここにはめったに男の人は来ません」

「父親がだれなのか、なにか言っていなかった？」

「なにも言ってませんでした。でもだれか偉い人だと思います。それにその人には奥さんがいるから彼女と結婚できないんだって、あたしは感じてました。その人との関係は終わったんだって彼女は言っていましたけど。彼女は赤ちゃんを手元に置いておきたがったんです。ほとんどの人はそうしたがらないのに。田舎に小さな家を買って、そこで赤ちゃんを育てるつもりだって言っていました。それだけのお金ならあるからって。だれにも秘密にして。それに、自分のところで働かないかって、あたし誘われたんです。赤ちゃんの面倒を見てほしいって」

「そうなの?」

「はい。でもそれっきりなにも言ってこないんで、だれかもっといい人を見つけたんだと思います。本当の子守とか」

モーリーンはひどくがっかりした様子だった。

「家族のだれかが赤ちゃんの面倒を見ているのかもしれないわね」わたしは言った。

「そうですね、お嬢さん。彼女のお母さんが事情を知っていましたから」

「モーリーン、オフィスの場所を知っているかしら? 出生証明書のコピーを置いている?」

モーリーンはけげんそうにわたしを見た。

「いいえ、お嬢さん。出生証明書は州庁舎に届けられます。ここには記録は残さないんです……理由はわかりますよね? ここに来るのは秘密が守れるからなんです」

「ええ、そうね」わたしはため息をついた。庁舎まで行っている時間はなさそうだ。そもそも、いきなり現われたなんの権限もない人間に出生証明書を見せてくれるはずもない。結局、無駄足だったようだ。いや、まったくの無駄ではなかったかもしれない。ベリンダを見つけたし、彼女を助けられることもわかったのだから。それにボボが田舎の家で子供を育てるつもりだったことも突き止めた。このことはサー・ジェレミーに伝えなければならない。彼女なら出生証明書を手に入れることができるだろう。

「ありがとう、モーリーン。訊きたいことはこれで全部よ」わたしは言った。

彼女の顔が少しずつ明るくなった。「あなたがだれなのかも知っています。新聞で写真を見たことがあります。王家の親戚の方ですよね。わお、光栄です、殿下。それなのにあたしったら、〝お嬢さん〟と呼んでいたなんて」

わたしは笑顔で応じた。「名乗らなかったわたしが悪いのよ」

モーリーンは膝を曲げてお辞儀をしてから部屋を出ていった。わたしはベリンダに向き直った。

「もう帰らないと。でもあなたがロンドンに戻ってきたらすぐに会いにいくわ。それから母にもすぐに手紙を書くから」

ベリンダはうなずいた。「ありがとう、ジョージー」

わたしは彼女の手を取った。「きっと大丈夫よ。約束する」

ベリンダはぎゅっとわたしの手を握った。

「そうであることを祈るわ。あなたはわたしの分まで楽観主義なのね」

27

まだ一一月八日
ロンドンに戻ってきた

ロンドンに帰り着いたときも、雨はまだ降り続いていた。帰りの列車のなかで、わたしは母になんと言って頼めばいいかを考えた。それからサー・ジェレミーに伝えたい事柄を書き記した。ボボの本名はキャスリーン・ボイルでアイルランド出身であること、彼女の母親はデトフォードに住んでいること。ワージング近くで出産し、田舎の小さな家で赤ちゃんを育てたいと言っていたこと。サー・トビーがJ・ウォルター・オッペンハイマーというアメリカ人をクロックフォーズに連れてきていたこと。彼はあのクラブには場違いな様子で、彼と話をしていたときのボボが動揺している様子だったこと。サー・トビーはボボと親しい間柄だと思われていたこと。もう一度考えてみた。そのアメリカ人というのはいったいだれで、ボボはどうして動揺していたのだろう？ なにか脅されていたのだろうか？

ウォータールー駅で最初に目についた電話ボックスから、サー・ジェレミーの番号にかけた。今回もまた彼の応対は当たり障《さわ》りのないものだった。いまは忙しいので、一時間後に車を差し向けるという言葉が返ってきた。電話というものは、実は危険な道具らしいとわたしは気づいた。交換台の人間はだれであれ、会話を盗み聞きできるのだ。メイフェアの交換台で働いている人間に、ボボの電話をつないだことがあるかと尋ねてみてもいいかもしれない。

わたしはケンジントン宮殿に戻った。玄関ホールでメイドがわたしを出迎えた。

「メッセージが何通か届いています、お嬢さま。そこのトレイの上に置いてあります」

心臓が高鳴った。ダーシーが電話番号を連絡してくれたんだわ。一通目は電報で、わたしは不安を覚えながら封を開いた。祖父からだった。〝彼はやりたくないそうだ。すまない〟わたしはそれを見て笑わずにはいられなかった。ボボの金庫を開けられないことがわかってがっかりしたことは確かだが、警察は警察で金庫破りとつながりがあるはずだからなんとかできるだろう。

二通目のメッセージはノエル・カワードからだった。〝日曜日にささやかな夜会を開くよ。きみと魅力的な王女の都合がつくことを願っている。我が家《シエ・モワ》で〟彼の自宅の住所が記されていた。〝カクテルは六時でいいかい?〟

ここ最近、わたしの毎日はなんて華やかなんだろう。トーストにベイクド・ビーンズをのせて食べていた日々を思い起こし、ノエル・カワードのような名士からのメッセージにも、人はたやすく順応するものなのだと感心した。

だがそれだけだった。ダーシーからのメッセージはない。雨に濡れた服を着替えるために二階にあがったところで、だれかがわたしの名前を呼ぶ声が聞こえた。廊下の突き当たりにある部屋から、イルムトラウトが足音も荒く姿を現わした。

「どこに行っていたんです？　一日じゅう、姿が見えませんでしたけれど」好奇心から尋ねているというよりは、非難しているような口調だった。

「病気の友人のお見舞いに行っていたんです」わたしは答えた。「南の海岸にある療養所まで」嘘をつく必要がないと、ぐっと気が楽だ。

「なるほどね」文句のつけようがなかったらしく、イルムトラウトはうなずいた。「それじゃあ、男の人に会いに行っていたわけじゃないんですね？」わたしをにらみつける。

「男の人？」

「ゆうべ、あなたが男の人といっしょにいるところを見ましたよ。玄関の外で抱き合っていましたよね」

「彼はわたしの未来の夫《インテンディット》です」

「あなたがなにをするつもりなのか《インテンディッド》なんて訊いていません」

「そうじゃなくて、いずれ彼と結婚するつもりだっていう意味です」

「ふさわしい相手なんですか？　ちゃんとした身分の人？」

「いろいろな意味でふさわしいとは言えませんけれど、でも、ちゃんとした身分の人です。貴族《ピア》の息子ですから」

「なんのペアですって？」

「ピアです。貴族のこと」

「なるほどね。それならいいですね」

「どちらにしろ、あなたには関係ないことでしょう」礼儀を守るのも、いい加減限界だった。

「のぞき見と言えば、どうしてわたしが中庭にいたなんていう嘘を警察に言ったんです？」

イルムトラウトの顔が赤くなった。

「警察がわたしに言いがかりをつけたからです。なにを疑っているのかも説明しないで、どうして中庭に行ったのかをしつこく訊くんです。中庭には行っていないと言ったら、レディ・ジョージアナは行ったと思っていると言われました。だからわたしも同じことを言ったんです。とても不愉快でしたから」

どうしてポケットにナイフを入れていたのかを尋ねたかったが、下手に切り出せば、彼女の部屋にこっそり入ったことを認めることになる。イルムトラウトはさらに言った。

「あなたのメイドはすぐにくびにするべきですね」

「わたしのメイド？　あの子がなにをしたんです？」お腹に石を入れられたような気持ちになった。クイーニーが取り返しのつかないことをしでかすのは時間の問題だと思っていたのだ。

「わたしの部屋に忍びこんだんです」

「まさか。ありえないわ」クイーニーには山ほどの欠点があるが、人を嗅ぎまわるようなことはしない。

「本当です」イルムトラウトは勢いよくうなずいたので、一本のヘアピンが外れて石の床に落ちた。「わたしの部屋にある洗濯物を階下に運ばせたんです。まとめておいて、持っていくだけにしておきました。それがあとになって衣装ダンスを開けてみたら、彼女がなかに入ったことがわかったんです。靴をきれいに並べておいたのに、それが乱れていた。だれかが乱したんです」

「なんてことかしら。それはいつの話ですか？　今日？」

「いいえ、三日ほど前です」

あら、困った。彼女の衣装ダンスに忍びこんだのはわたしなのに、それをクイーニーのせいにするわけにはいかない。けれど、彼女の靴が乱れていたもっともらしい理由も思いつかなかった。

「クイーニーは二度とそんなことをしないと約束します。ハンガーからなにかが落ちて、靴が動いたのかもしれません」

「なにも落ちていませんでした」イルムトラウトは冷ややかに言った。

「なにかなくなっていましたか？」

「いいえ、なにも」

「それなら、単なる好奇心くらいは大目に見てもいいんじゃないでしょうか？　それとも、あなたはなにか隠しておきたいものでもあるんですか？」わたしは無邪気に笑いかけた。

「衣装ダンスに王冠や死体を隠していたわけではないでしょう？」

イルムトラウトはつんと顎をあげた。またヘアピンが床に落ちた。「なにも隠してなどいません。王冠になんて触っていません」

わたしはまだ、彼女のジャケットのポケットに入っていたナイフのことを訊きたくて仕方がなかった。

「メイドのしたことはそれだけじゃないんです」イルムトラウトが言った。「今日、靴を磨いてほしいと頼みました。彼女はなにもすることがないようだったし、わたしはメイドを連れてきていませんから」

「きれいに磨いていなかったんですね？」わたしはまた暗い気持ちになった。

「磨いてはくれました」イルムトラウトは自分の部屋に入ると、きれいに磨かれた靴を持って戻ってきた。「見てください」

「きれいじゃないですか。クイーニーはちゃんと磨いているわ。なにが不満なんです？」

「これは緑色のスエードだったんです。それを彼女ときたら、黒の靴クリームで磨いたんですよ」

あらあら。わたしは笑いたくなるのをこらえた。

「本当にごめんなさい。わたしはあまり服を持っていないので、クイーニーは緑色のスエードの靴を磨いたことがないんです。悪気はなかったんです」

イルムトラウトは鼻を鳴らした。「あなた方イギリス人ときたら。使用人をきちんと訓練することもできないんですね。あの子は本当に無礼ですよ。わたしをなんて呼んだと思います？」

ああ、神さま。ひどく下品なものじゃありませんように。

「〝お嬢さん〟と呼んだんですよ。わたしが女伯であることを知りながら。〝お嬢さん〟ですって。まるで、そのへんの売り子みたいじゃありませんか。そのうえ、わたしにはボブという名前のおじがいると言って、ばかにしたんです」

今度こそ笑わずにはいられなかった。「合点です《ボブズ・ユア・アンクル》って言ったんでしょう。すべてお任せくださいという意味でロンドンっ子が使う言い回しなんです」

「〝ボブはあなたのおじさんです〟というのが、どうしてすべてお任せくださいになるんです？　意味が通らないわ。英語って本当にばかげているんだから」イルムトラウトは荒々しい足取りで自分の部屋に入っていくと、音を立ててドアを閉めた。

わたしは服を着替え、母宛ての手紙を書いて使用人に投函を頼むと、急いでお茶を飲もうとしたが、そこへ迎えの車が到着した。口をつけていないクランペットを渋々置き、コートを着て帽子をかぶった。車はオフィスから自宅へと向かうラッシュアワーの人ごみのなかを走り始めた。どこに向かっているのかは知らなかったが、ロンドン警視庁の方角のように思えた。だが見慣れた赤と白の建物を通り過ぎたかと思うと、脇道に入っていき、ここからさほど遠くないダウニング・ストリートを思わせるジョージ王朝様式の建物の前に止まった。

運転手はわたしを車から降ろすと、玄関へと案内した。建物のなかで呼び鈴が鳴る音がして、サー・ジェレミーがじきじきにドアを開けてくれた。

「ささやかな我が家へようこそ」

「ここはあなたの家なんですか？」わたしは気持ちよく暖められている玄関ホールに足を踏み入れた。

「公務員であることの特典のひとつですよ」サー・ジェレミーが笑顔で答えた。「さあ、居間に行きましょうか」

明らかに、快適さを大事にしている男性の部屋だった。アキスミンスター織の厚手の絨毯に、大理石の暖炉の前には白い熊の毛皮のラグ。壁には古い印刷物が貼られ、棚には磁器の花瓶が飾られている。部屋の隅にはお酒のボトルとぴかぴかに磨かれたグラスが並ぶドリンク・キャビネットが置かれ、天板がガラスのテーブルにはペーパーウェイトのコレクションが飾られていた。低いテーブルにお茶のトレイが置かれているのを見て、うれしくなった。そういえば朝に食べたきりだ（ワージング駅で買ったぱさぱさのまずいチーズサンドイッチを数にいれなければだが）。

「まずはお茶をいかがです？」サー・ジェレミーが言った。「さあ、座ってください。まったくひどい天気だ。一一月のイギリスにとどまる人間の気が知れませんよ」

わたしは大きな赤い革の肘掛け椅子に腰をおろした。あまりに大きくて、あまりに柔らかいので、背筋を伸ばして座っていることができないほどだ。サー・ジェレミーに紅茶のカップを手渡されたときには、うしろにひっくり返って紅茶を自分と椅子に盛大にこぼしてしまったらどうしようと思い、一瞬、パニックを起こしそうになった。かろうじてテーブルにカップを置き、惨事を避けるために椅子に浅く座り直した。勧められるままスモーク・サーモンのサンドイッチとスコーンとダンディ・ケーキを食べていたが、彼は忙しい人間で、わたしのお茶で時間を無駄にしたくはないかもしれないとふと気づいた。

「電話をかけた理由を説明したほうがいいですね」わたしは言った。

「あわてなくていいですよ。もうひとり客が来ますから」

それが合図だったかのように、呼び鈴が鳴った。男性の使用人の声が聞こえた。

「ようこそ、サー。サー・ジェレミーが居間でお待ちです」

驚いたことに入ってきたのはダーシーだった。

「間に合ったね」サー・ジェレミーは手を差し出した。「きみたちは知り合いだったね。座りたまえ、オマーラ。紅茶にするかね？　それともウィスキーのほうがいいかね？」

「どちらもけっこうです。ありがとうございます、サー」ダーシーが答えた。わたしの隣の背もたれがまっすぐな詰め物をした椅子に座り、いたずらっぽくわたしに微笑みかける。

〝ぼくが来るとは思っていなかったんだろう？〟とその笑みが語っていた。

「レディ・ジョージアナ、オマーラを呼んだのは、彼ならこの事件をあなたとは違う別の観点から見ることができるかもしれないと思ったからです。わたしの部署の捜査の一環として、彼にはミス・カリントンと麻薬の密売の関連について調べてもらっていたのです」

わたしはうなずいた。

サー・ジェレミーはダーシーに言った。「だが探していたものは見つからなかったのだね？」

「はい、サー。下っ端の売人についてはわかっていますが、麻薬がどうやってこの国に入ってきているのかはまだ不明のままです」

「こんなときに彼女が死んだのは痛手だ。彼女は定期的に麻薬を必要としていた。彼女を通じて、元締めまでたどり着けたかもしれないのに」サー・ジェレミーはため息をつくと立ちあがり、ドリンク・キャビネットに近づいてスコッチをなみなみとグラスに注いだ。戻ってきて再び腰をおろしてから言った。「レディ・ジョージアナがなにかつかんだそうだ」

「はい」わたしはワージングとボボの母親のもとを訪れたことを話した。ふたりとも感心したような顔をしたのでうれしくなった。

「そういうわけなので、出生証明書を見れば、父親の名前が書かれているかどうかがわかります」わたしは言った。「あ、それから彼女はロンドン郊外の家で子供を育てるつもりでいたと使用人が言っていました」

「よくやってくれました」サー・ジェレミーが言った。「だがこの先どうすべきか、わたしにもわからないのですよ。彼女がなぜ殺されたのか、いまだにつかめていないままだ。子供の父親の仕業なのだろうか？　それとも麻薬に関連しているのか？　彼女の死体をケンジントン宮殿に放置した理由があるはずなのです」

「それにイルムトラウト女伯がいます」わたしは言った。

サー・ジェレミーは首を振った。「彼女は暴力をふるうことはできても、嘘がつけるとは思えない。わたしが話を聞いたときひどく怒っていたし、わたしはだれかが嘘をついているときは、たいていの場合、見破ることができますから」

「ひとつできることがあります」わたしは告げた。「ボボの部屋の壁に隠し金庫がありました。わたしが見つけたんです」

わたしが不法侵入したことを知っていたのかと尋ねるように、サー・ジェレミーはダーシーを見た。ダーシーの表情は変わらなかった。

「わたしの祖父はかつてロンドンの警察官でした」わたしは言葉を継いだ。「だれか金庫を開けられる人間は知らないかと祖父に訊いてみたんです。前科者の金庫破りのプロを知っているということでしたが、その人には断られてしまいました」

サー・ジェレミーはウイスキーグラスを置くと、首を振った。

「レディ・ジョージアナ、あなたには驚かされてばかりだ。冷静な口調で死体の話をしていたかと思えば、今度は金庫破りをする前科者を探したという。あなたのような身分の若い女性はたいてい、そんなことを話題にしただけで卒倒するだろうに」

「ラノク家の血を引いているんだと思います。怖いもの知らずで向こう見ずだったことで有名でしたから。それにこれまで何度もこういった事件に巻きこまれてきましたし」

「ペラム警部に伝えるという手もある」サー・ジェレミーが言った。「彼なら金庫破りができる人間を知っているでしょう。彼もまだなにもつかんでいないはずです。オマーラは秘密捜査をしているのだから釈放してくれと言ったときには、ずいぶんと怒っていましたからね」

ダーシーは座ったまま身じろぎした。「ペラムに知らせずに金庫を開けたければ、ぼくがやってみてもいいですが。これまで何度か金庫を開けたことがありますし、女性の部屋の隠し金庫なら、そんなに複雑だとは思えない。だがドアマンに見つからずにどうやってなかに入ればいいでしょうね？」

「わたしが鍵を持っているわ。前の掃除婦から手に入れたの。業務用の通用口もそれで開くと思う」

サー・ジェレミーは天を仰いだ。「いまの話はわたしは一切聞かなかったことにする。だがその金庫になにか重要なものが入っていたら、教えてください」

「もちろんです」わたしたちは声を揃えて答え、顔を見合わせて笑った。

28

一一月八日　夜
金庫破り

　わたしたちがサー・ジェレミーの家を出てタクシーに乗りこんだときには、あたりはすっかり暗くなっていた。幸いなことに、わたしはハンドバッグにボボの部屋の鍵を入れていた。ダーシーはボボのマンションのすぐ外ではなく、パーク・レーンにタクシーを止めさせた。ダーシーを通用口に案内したときには、わたしは鼻高々だったが、夜はドアに鍵がかかっていることがわかると、その鼻も折れた。鍵も試してみたが、やはり開かなかった。

「夜はなかからかんぬきをかけているんだろう。ここはだめだ」ダーシーが言った。「選択肢はふたつある。今日はあきらめて明日の昼間、もう一度来る。もしくは、ドアマンをうまくごまかす」彼はわたしを見てにやりとした。「後者だな」

「話すのはあなたに任せるわ。アイルランド人らしく口先で丸めこめば、通してくれるかもしれない」

「実のところ、それほど口先でごまかす必要はないと思うね」ダーシーが言った。「さあ、それじゃあウィリアムに会いに行こう」

わたしたちは正面玄関にまわり、ダーシーは先に立ってガラスのスイングドアを押し開けると、ドアマンの小部屋に歩み寄った。物音を聞きつけて、赤毛の男性が出てきた。

「やあ、ウィリアム」ダーシーはゆったりした足取りで彼に近づいた。「久しぶりだね。元気だったかい？」

男性の顔がぱっと輝いた。「ミスター・オマーラ。お会いできてうれしいです。お久しぶりです。実はこのあいだもあなたの話題が出たところなんです。ミス・カリントンが留守にしている夏のあいだ、てっきりあなたが来るだろうと思っていたんですよ」

「残念ながら、今年は都合がつかなくてね。ここでの滞在はいつもとても気分がいいんだが。この夏はアメリカに行っていたんだ」

「アメリカ？　それはそれは。あそこは言われているとおりのところですか？」

「それ以上だよ。だがここと同じで、アメリカもひどい不況だ」

ウィリアムはうなずいた。「仕事があってありがたいと思わない日はありませんよ、ミスター・オマーラ。町角にいる哀れな人たちを見てくださいよ。それに駅のスープ配給所も」

「まったくだ」ダーシーはしばし言葉を切った。「元気にしていたかい？　家族は？　子供たちは大きくなっただろうね」

「そうなんですよ、ミスター・オマーラ。食費で破産しそうです」ウィリアムの顔から笑みが消えた。「ミス・カリントンに会いにいらしたのなら、お気の毒ですがいまはいらっしゃいません。ここ何日かお留守なんです」彼はダーシーに顔を寄せた。「ここだけの話ですが、なにか妙なことが起きているみたいです。警察が来たとフレデリックが言っていました。そう名乗ったわけじゃないですが、警官は見ればわかるじゃないですか」

「ぼくが来たのはそれが理由なんだ」ダーシーはウィリアムとの距離をぐっと縮めた。「実は警察のことを耳にして、ミス・カリントンの部屋にぼくの物をなにか置いていたかもしれないと思ったんだよ。警察が来たのはきっと麻薬に関することだろう。彼女に悪い習慣があったことはみんな知っているからね。ぼくは一度たりとも麻薬に触ったことはないが、警察が二と二を足して五にするような事態は避けたいからね。ぼくの言いたいことはわかるだろう？　だからざっと部屋を見て、ぼくの物がなにもないことを確かめたいんだ。かまわないだろう？」

ウィリアムは鼻にしわを寄せて、考えこんだ。「それはどうでしょうか」

「だれもあの部屋には入れないようにって警察に言われたのかい？」

「警察と話したのはフレデリックなんです。おれじゃなくて。でも彼もそんなことは言っていませんでした」

「それならぼくがちょっと部屋に入るくらい、かまわないだろう？　きみの気が進まないというのであれば、ちょっとよそ見をしていてくれればいい。わかるだろう？　ぼくはまだ鍵を持っているから、理屈ではいつでも好きなときに入れるんだ」

「そうですね、ミスター・オマーラ」ウィリアムはうなずいた。「だめな理由がない」彼の視線がわたしに向けられた。「でもそちらの女性は――ミス・カリントンはいやがると思います」

「彼女はぼくのフィアンセなんだ。レディ・ジョージアナ・ラノク。国王陛下の親戚だよ。申し分のない人だ」

「なんとまあ」ウィリアムが言った。「そういうことでしたら……ここにいらした王家の方はほかにもいらっしゃいましたよ」

ウィリアムは意味ありげにうなずいてみせた。ここはなにも訊かずにいるのが賢明だろうと思ったわたしは、黙ってダーシーについてエレベーターに乗った。

ふたりきりになったところでダーシーに訊いた。「彼にあんなに話してしまってもよかったの？　ペラム警部に喋ったりしないかしら？」

「彼の話を聞いただろう？　ロンドンっ子は警察を信用していない。それにぼくらは古くからの知り合いだ。気前よくチップを渡してきたしね」

「あなたには時々驚かされるわ」

「いいことだ」ダーシーはわたしに微笑みかけた。「驚きと崇拝は、幸せな結婚の基本だからね」

「わたしが驚いて、あなたが崇拝するのね？」わたしがすかさず言い返すと、ダーシーは笑った。

エレベーターのドアが開き、わたしたちは人気《ひとけ》のない廊下をボボの部屋に向かって進んだ。彼女の部屋のなかはさらにかび臭さが増し、腐った食べ物のにおいも混じってひどい有様だった。ダーシーはそれを見てたじろいだ。

「ひとつはっきりしたことがある」あわててカーテンを開けながら、ダーシーが言った。「彼女はここで生活していて、すぐに戻ってくるつもりだったということだ。こんな状態のまま、一時間以上留守にするはずがない」部屋のなかを見まわす。「あの夜彼女は、ウィリアムにタクシーを呼んでもらったんだろうか。それともだれかが迎えに来たんだろうか。帰り際に、訊いてみよう」ダーシーは寝室に入り、床から天井まである窓にかかっている厚手のカーテンを開けた。「おや、ぼくのガウンだ」振り返りながら言う。

「持って帰るわけにはいかないわよ」わたしは言った。「あなたがここに来たことがわかってしまうわ」

「もっともだ。ほかになにか置いていたものがあったかな？　だがいまは探している時間がない。金庫はどこだい？」

わたしは壁に近づき、絵をはずした。ダーシーは金庫を調べていたが、やがてうなりながら言った。

「最新式だな。こんなものを見たのは初めてだ。ボボはなんの組み合わせ数字を使っていただろう？　誕生日？　日にちは知っているが、何年かは聞いていないぞ」ダーシーはいくつか数字を試したが、うまくいかなかった。さらに別の組み合わせを試し、首を振る。金庫に耳を当て、ゆっくりとダイヤルを回していたが、やがてつぶやいた。「考えろ。彼女は卑劣なところがあった。独創的だった。だが不精でもあった。ちょっと待てよ」ダーシーがダイヤルを左に右にと何度か回すと、驚いたことに金庫の扉がさっと開いた。

「どうやったの？」わたしは訊いた。

ダーシーはにやりと笑って答えた。「運がよかった。まずは、最初の状態にダイヤルを戻したんだ。ボボは金庫を閉めたあと、一度しかダイヤルを動かさなかったんじゃないかと考えた。不精だからね」

それは小さな金庫で、中身はほぼいっぱいに詰まっていた。宝石が入っているのかと思ったが、意外なことにほとんどが写真と手紙だった。ダーシーは五ポンド札の分厚い束を取り出しながら、口笛を吹いた。

「緊急時用の現金だな。残りはここにあるらしい」預金通帳らしいものを掲げながら言う。

「スイスの銀行だ。彼女はかよわい女性を演じていたが、実は頭が切れたというわけだ」

「でも死んだわ。危険が迫っていることに気づくほどには、頭がよくなかったということね」

わたしたちは無言のまま、しばしその場に立ちつくした。やがてダーシーが言った。

「写真と手紙を見てみよう」

わたしは一枚を手に取った。〝愛しのジェラルド、きみが恋しいよ。きみはわざとぼくから距離を置いているのかい？〈ブラック・キャット〉に何度も足を運んだのに、きみは一度も顔を出さなかったね〟

「ラブレターだわ」わたしは送り主のサインを見た。「〝傷心のヒューゴより〟って書いてある。男性から男性に宛てたものね。どうしてボボがこんなものを？」

今度は写真を手に取った。水着を来た男たちが肩を組んでいる写真だ。見たことのある顔がいくつかある気がした。小さなスナップショットだったので、わたしは目を凝らした。

「この人、ビーチャム＝チャフ少佐に似ているわ。若くて、ひげがないけれど」

「弟かもしれないな」ダーシーが言った。「軍人はみんな似てくるからね。イートンやサンドハーストを出ているから」ダーシーもその写真を眺めた。「ボボが、海岸で撮った男たちの写真を金庫に入れていた理由はわからないが、これを見てごらん」ダーシーは、田舎のコテージの近くで写した女性と六歳か七歳くらいの子供の写真を見せた。その裏にはこう書かれていた。〝この子はきみにそっくりだ。トビー〟

「トビー？　サー・トビー・ブレンチリーなの？　でもこの人は奥さんじゃないわよね？」

「違う。ボボがどうやってお金を手に入れていたのか、わかった気がする。麻薬の売買をしていたのかと思っていたが、これを見てごらん。確たる証拠だ。全財産を賭けてもいいが、ボボは恐喝していたんだ」

「なんてこと。ずいぶんたくさんあるわ。このなかのだれが、彼女の死を望んでもおかしくないということね」

「これはサー・ジェレミーに渡さなくてはだめだ。適切な権限もなしにサー・トビーを探ったりすれば、ぼくが火の粉をかぶりかねない」

「でもボボはサー・トビーの愛人だっていう噂だったわ。それなのにどうして彼を脅迫するの？」

「それが彼女のやり方だったのかもしれない。まず、権力のある男性と親しくなる。情熱的な時間を過ごすあいだに、男性はぽろりと秘密を洩らし、彼女はそれをばらすと言って脅迫する。男性は失うものがあまりに多すぎる」

「サー・トビーのように」わたしは言った。「少なくとも、ボボが殺された夜の彼の行動を確かめることはできるわ」

ダーシーは首を振った。「前にも言ったが、サー・トビーのような人間は自分の手は汚さない。人を雇うんだ」

「それはそれで危険じゃない？」

「これまでも汚れ仕事を引き受けてきた忠実な部下がいるんだと思うね。口を封じておくために、たっぷりと支払っているんだろう。権力のある人間はなぜ自分には司法の手が及ばないと考えるのか、不思議でたまらないよ」

「どうして彼はだれかに命じて、この金庫から証拠を盗みだそうとはしなかったのかしら」

わたしは写真を眺めながらつぶやいた。

「証拠は銀行の金庫か、同じくらい安全な場所に保管してあると思わせていたんだろうね。

たとえばスイスの銀行とか」

わたしはほかの写真と手紙にざっと目を通した。水着姿のボボがヨットの上でジョージ王子といっしょに写っている写真があった。王子はボボの肩に手をまわし、ふたりは揃ってカクテルグラスを持っている。

「まさか彼女はジョージ王子を脅迫したりしなかったでしょうね？」

ダーシーは写真を見つめた。「可能性がないとは言えないだろうね」

「まさにそれこそが、王家の方たちが恐れていることよ。ジョージ王子はまた容疑者になってしまったわ」

「反論できる唯一の点は、彼は絶対に未来の妻が滞在しているまさにその場所に、死体を放置したりはしないだろうということだ。いくらあのジョージでもそこまでばかではないし、鈍感でもない」

「それはそうね」わたしは少し気持ちが楽になった。わたしはジョージ王子が好きだ。マリナ王女も好きだ。この事件にふたりの結婚を邪魔させたくはないし、ジョージ王子が殺人者などと信じたくもない。「犯人はジョージ王子の仕業だとわたしたちに信じこませることで、疑いの目を自分から逸らせると思っているのね」わたしはさらに写真を眺めた。見たことのある顔のような気もするが、はっきりとは断言できない。パーティで知人らしき人を見かけたときのような気分だった。

「そろそろ金庫を閉めて、帰らないと」わたしは言った。「あまり長くいたら、ウィリアムに怪しまれるわ」

ダーシーは金庫の扉を閉めると、ハンカチで指紋を拭きとった。

「念を入れるに越したことはないからね」絵を元通りにしながら、部屋を見まわす。「ぼくたちは寝室にふたりきりで、邪魔が入る心配もないというのに、なんてもったいないことをしているんだろう」

「ダーシー・オマーラ」わたしは憤然として言った。「あなたがほかの女の人と過ごしたことのある場所で、わたしとなにかするつもりなら、考え直したほうがいいわよ」

ダーシーはくすくす笑った。「なにも本格的に楽しもうっていうんじゃないさ。ちょっとキスして抱きしめるくらいならいいんじゃないかと思ってね」

「キスして抱きしめるくらいなら、反対しないわ」わたしは彼の首に腕を巻きつけながら言った。「あなたが夢中にならない限りはね」

「夢中になるのはぼくだけじゃないだろう。きみも時々、かなり激しくなるからね。だがお喋りは時間の無駄だ」そしてダーシーはわたしの口を封じた。いつものように彼のキスは素晴らしくて、お腹の奥のほうで欲望が目を覚ますのがわかった。彼が欲しかった。ドアの裏側にかかっている彼のガウンが目に入らなければ、彼を受け入れるどころか、自分から誘っていたかもしれない。わたしは彼を押しのけた。「もう行かないと。ここは落ち着かないわ。ボボがなにをしていたにせよ、どうやって暮らしていたにせよ、あなたはベッドを共にしてもいいと思うくらいには彼女のことが好きだったたっていうことよね。でも、彼女が殺されていいはずがない」

ダーシーは真面目な顔でうなずき、わたしたちは部屋を出た。一階におりるエレベーターのなかで、ダーシーは手紙と写真をコートの内側に隠した。

「どうでしたか、ミスター・オマーラ？」ウィリアムが訊いた。「なにかありましたか？」

「なにもなかったよ、ウィリアム。古いガウンだけだった。ところで、最後にミス・カリントンを見たのはいつだい？」

「そうですね、四日前だと思います」ウィリアムは眉間にしわを寄せて、記憶をたぐった。

「そうだ、日曜日でした」

「どこに行くか言っていたかい？　スーツケースを持っていた？」

「いいえ、いつもの夜と同じでした。イブニング・ドレスに毛皮のロングコートという格好でしたよ。タクシーを呼びますかって訊いたんですが、だれかと会うことになっているからと言ってパーク・レーンのほうに歩いていきました。もちろんそのあとでフレデリックが彼女に会っているかもしれませんが」

「ありがとう、ウィリアム」ダーシーが礼を言った。「ご家族によろしく」

「また近いうちにお会いできるといいですね、ミスター・オマーラ。どういうことになるのかはわかりませんが、この件が片付いたときに」

なんて悲しい話だろうとわたしは思った。ボボが死んだことも、彼女が二度とここに戻ってこないこともだれも知らない。ダーシーがタクシーをつかまえて、わたしをケンジントン宮殿まで送ってくれた。いっしょに夕食をと誘ったにもかかわらず、すぐにサー・ジェレミーのところに戻って今後のことを相談したほうがいいと思うというのが、彼の答えだった。わたしもいっしょに連れていってくれればいいのにと思ったが、それができないことはわかっていた。マリナ王女がドーチェスター・ホテルでご両親と食事をしていて、イルムトラウトとふたりで夕食をとらなければならないことがわかると、彼といっしょに行けなかったことがますます残念に思えた。

29

一一月一〇日　土曜日、さらに一一月一一日　日曜日
ケンジントン宮殿

ボボの死についてもうなにも調べなくてもよくなったのは、妙な感じだ。ダーシーが手紙と写真をサー・ジェレミーに見せている。権力者たちをどうやって探るのかは彼らにまかせればいい。わたしはこの事件のことは忘れて、マリナ王女の結婚準備を手伝うことに集中しよう。

クイーニーがわたしの部屋で、着替えを手伝うために待っていた。

「あの外国人の女性には二度と近づきませんから」彼女が言った。「どんなふうにあたしを怒鳴りつけたか、聞かせたかったですよ。ただ靴を磨くクリームを間違えたっていうだけなのに。まったく、まるで彼女のひとり娘をお風呂で溺れさせたみたいな剣幕でしたよ」

わたしはため息をついた。「あなたがスエードの扱い方を知らなかったのも仕方がないことでしょうね。わたしはスエードの靴を持っていないから。それに彼女に近づかないでいるのは、いい考えだと思うわ。あなたの振る舞いを王女や少佐には知られたくないもの。あなたがふさわしくないメイドだということがわかれば、王妃陛下の耳にまで入るかもしれない」

「どうしてあたしがふさわしくないメイドだって思われるのか、わかりませんよ。あたしはちゃんとお嬢さんの面倒を見ているじゃないですか。違いますか？」

わたしはあきれてクイーニーを見つめた。

「クイーニー、あなたはここに来るとき、イブニング・ドレスを一着忘れてきたし、そのあとは一着びしょ濡れにしたわ。わたしのところで働くようになって以来、あなたはわたしが持っている服のほぼすべてを燃やしたり、アイロンで焦がしたり、縮ませたりしたのよ。あなたはどんな仕事にもふさわしくないと思う。でもあなたは善良な心の持ち主よ。よかれと思ってするのだし、実のところわたしはあなたを好きになってきているの。絨毯に粗相《そそう》をする犬をかわいいと思うみたいに」

「あたしは絨毯に粗相なんてしませんよ」クイーニーは憤然として言うと、グイっとわたしのドレスを引っ張って頭から脱がせた。

眠りに落ちたとき、わたしの顔には笑みが浮かんでいたと思う。

翌日はなにも心配することがなかったので、妙な気分だった。ベリンダの家に行き、彼女がロンドンに帰ってきたときのために食べるものを用意し、気持ちが上向くように花を飾っておいた。宮殿に戻ると、マリナ王女の両親からドーチェスター・ホテルでの翌日のランチに招待されていると聞かされた。イルムトラウトも招待されていて、当日の朝は前面に銀のボタンのついた、とんでもない民族衣装のようなものを着て現われた。おかげでわたしの格好がいたって普通どころか、おしゃれにすら見えたのは幸いだった。地位を追われ、亡命したとはいえ、ヨーロッパの王家の人たちと会うのは不安だったが、ご両親はどちらもとても気持ちのいい人たちだった。デンマーク系ギリシャ人の父親もロシア生まれの母親も共に優れたユーモアのセンスの持ち主で、流暢《りゅうちょう》な英語を話し、わたしたちは楽しいひとときを過ごした。わたしはドーチェスター・ホテルのような場所を訪れることにも慣れてきたようだ。

マリナ王女がわたしとショッピングに行ったことを母親に話すと、母親はそんな楽しいことをしないで帰るわけにはいかないと言いだしたので、店が閉まる前にボンド・ストリートにみんなで繰り出すことになった。父親は、騒がしい女性たちとのショッピングなどまっぴらごめんだと言って、バーに向かった。わたしたちはタクシーに乗りこみ、青いガーターや、白いシルクのストッキングや、魅惑的で罪深いネグリジェといった嫁入り衣装を楽しく買い揃えた。ネグリジェを買ったときには、イルムトラウトがひどく動揺したので、店員に水を持ってきてもらわなければならなかった。

お茶の時間には、マリナ王女の母親もいっしょにケンジントン宮殿に戻ってきた。王女は自分の部屋を母親に見せたがったので、わたしもふたりのあとを追った。階段を半分ほどあがったところで、クイーニーがおりてきていることに気づいた。空になったお茶のトレイとカップを持ち、口のまわりにはたっぷりとジャムがついている。のみならず、黒いドレスの胸のあたりは食べかすだらけだ。

「どうも」王家のふたりのレディとすれ違ったというのに、クイーニーはまばたきひとつしなかった。

「クイーニー」わたしは声を潜めて言った。

マリナ王女の母親が振り向いたので、わたしはすくみあがった。ああ、どうしよう。わたしが彼女に呼びかけたと思ったのだ。

「なにかしら？」彼女はけげんそうに訊いた。「わたしはただの王女なのよ。女王ではなくて」

「大変申し訳ありません、妃殿下」わたしはしどろもどろになりながら謝った。「メイドに言ったんです。あいにく、彼女の洗礼名がクイーニーというものですから」

幸いなことにマリナ王女も母親もおおいに面白がってくれたので、国際問題に発展することは避けられた。クイーニーはみなが笑っている隙にさっさと階段をおりていった。今度ふたりきりになったら、厳しく叱っておこうと心に決めた。

お茶を飲んでいると、手紙をのせた銀の盆を持った従僕がやってきた。ダーシーからかもしれないと半分期待したが、それはマリナ王女宛てだった。彼女は手紙を開くと、笑みを浮かべた。「まあ、なんてご親切に。ルイーズ王女からよ。おばさまたちは毎週日曜日、アリス王女の部屋でランチをしているそうなんだけれど、もし都合がつくようなら明日はジョージアナとわたしにも来てほしいんですって」

「まあ、誘ってくださったのね。あなたの予定は？」

マリナ王女はちらりと母親を見た。

「いっしょに教会に行くって、お父さまとお母さまに約束したんだけれど、そのあとはなにも予定はないわ。未来の親戚に会っておくべきでしょうね」

「もちろんですとも」母親がうなずいた。

「わたしはどうなんです？」イルムトラウトが訊いた。「わたしは招待されていないんですか？」

「あなたがここに滞在していることを知らないんだと思うわ。あなたもいっしょに行っていいかどうか、手紙で訊いてみるわね」マリナ王女が言った。「もちろん、あなたも来てくれないと」

マリナ王女は本当にいい人だ。

「あなたは行くべきじゃないでしょうね、イルムトラウト」マリナ王女の母親が言った。「新たに親戚になる人たちとマリナが会う身内の集まりだもの」

「わかりました」イルムトラウトは硬い声で言った。「身内の集まりを邪魔してはいけませんね」

「でもお母さま、彼女は……」マリナ王女が言いかけたのをイルムトラウトが遮った。

「いいえ、そのとおりです。わたしは行くべきではありません。居心地が悪いでしょうし、気の毒な親戚のように思われたくはありません」

「お好きなように」さすがのマリナ王女もイルムトラウトにいら立ちを覚え始めているのがわかった。

マリナ王女はわたしに向き直った。「明日のために、おばさまたちのことを教えてちょうだい」

わお、大変だ。ルイーズ王女とベアトリス王女のことならわかる。ふたりともヴィクトリア女王の娘だ。アリス王女はアレグザンダー・オブ・テック王子と結婚しているから、国王陛下だけでなく王妃陛下とも親戚ということになる。残るひとりのおばミルフォード・ヘイヴン侯爵未亡人のことはあまりよく知らない。ヴィクトリア女王の孫娘だから、わたしの父のいとこということになるが、それ以外のことはわからなかった。ヴィクトリア女王は、ヨーロッパのあちこちの王家と親戚になれるくらい大勢の子供がいたようだ。

「でもあなたはミルフォード・ヘイヴン侯爵未亡人を知っているじゃないの」マリナ王女の母親が言った。「彼女の娘のアリスはあなたの叔母よ。お父さまの弟と結婚したんだから」

「ああ、そうだったわ」マリナが微笑んだ。「それじゃあ、彼女の息子がフィリップね。あの金髪の」

「あの年ですでにとてもハンサムね」マリナ王女の母親が言った。「だれと結婚することになるのかしら」

「あいにく、彼はあなたには若すぎるわ、ジョージー」マリナ王女が言った。「でもあなたには心に決めた人がいるんでしょう？」

楽しい日曜日が待っているようだ――大おばたちとのランチ、そしてノエル・カワードとの魅惑的な夜会。それが特別なことではないと感じている自分が驚きだった。フィグにいまのわたしを見せられたなら！

マリナ王女とご両親はバッキンガム宮殿で夕食をとることになっていたので、今夜もまたわたしはイルムトラウトとふたりきりだった。食事の前にシェリーを飲んでいると、メイドがやってきた。

「お嬢さま、お客さまがいらしています。ミスター・オマーラです」

「ありがとう」わたしは頬が赤らむのを感じながら、玄関に急いだ。ダーシーは玄関脇の長広間にいて、興味深そうにあたりを見回していた。

「ここはペンキを塗り直す必要があるね。王女に滞在してもらうのなら、もう少しましなところはなかったのかい？」

「いま空いているのはここだけなのよ」わたしは説明した。「王家のおばさま方がお住まいだから」

「ああ、そうだったね。デイヴィッド王子言うところの、山盛りおばさんか」ダーシーがにやりとして言った。

「シェリーをいっしょにどう？ あの手ごわいイルムトラウトに紹介するわ」

ダーシーは迷っているような表情だった。「きみに最新の情報を届けようと思って寄っただけなんだ。出生証明書を見つけたが、父親の名前は記されていなかった。子供はすでにアメリカにいるようだ」

「アメリカ？」

ダーシーはうなずいた。「サー・ジェレミーはサー・トビーから話を聞いた。サー・トビーはアメリカにいるあいだに、裕福な出版社の社長との養子縁組を手配したらしい。最後の最後でボボの気持ちが変わって子供を手放したくないと言い出したんで、ちょっとした騒ぎになったそうだ。だが結局、彼女を説得した」

「トビー・ブレンチリーが父親だということ？」

「彼は違うと言っている。彼女はただの知り合いだそうだ。だが彼女が困ったことになっているのを聞いて、奥さんがとても子供を欲しがっているアメリカの友人のことをすぐに思い出したらしい。そこで養子縁組の手配をしたということだそうだ」

「ただの知り合いのために、そこまでするかしら？」

「多分しないだろうね。だがサー・トビーがこれほど長く閣僚の座にいるのは、学ぶべきことを学んだからだ。彼が父親だと証明する術はない。それどころか、ジョージ王子が父親であることはだれでも知っているというようなことをほのめかしたそうだ。だが当然ながら、よきイギリス人は決して人前でそんなことを口にしたりはしないだろうね」

「でもボボがサー・トビーといっしょにいるところは何度も目撃されているわ。愛人でないとしたら、どうしてかしら？」

「ひとつ考えがある。証明はできないだろうけれどね。外交から戻ってくるときに、彼が麻薬を持ちこんでいた可能性がある。政府の仕事で外国に行っていた閣僚の荷物が調べられることはまずない。彼がボボのような人間に麻薬を供給していたのかもしれない」

「でもそんなことだれにも言えないわ」

「なにも疑ってなどいないふりをしておいて、彼が次にニューヨークに行くときには、すべての荷物を徹底的に調べるよ」

わたしはうなずき、大きく息を吸った。「でも、ボボを殺した犯人には少しも近づけていないわ。もしサー・トビーがボボに麻薬を売っていたなら、生きていてもらったほうがいいわけでしょう？　一方で、もしもボボが彼を脅迫していて、あの証拠を新聞社に持ちこむと脅していたとしたら……」わたしは言葉を切った。

「彼女が邪魔になったのかもしれない」ダーシーがあとを引き取って言った。

「警察ができることはもっとあるはずよ」わたしは腹立たしくなった。「ケンジントン・ガーデンズにいるすべての路上生活者や、ガーデンをパトロールしている巡査全員に話を聞くのよ。宮殿に乗りつけた車を見た人がいるはずだわ」

「だとしたらどうなんだい？　たとえばきみは大型車がやってくるのを見たら、宮殿の住人のだれかが戻ってきたのだと、ごく当たり前のように考えないか？　しげしげと眺めたりはしないだろう？　それにあの日は天気が悪かった。夜の散歩をする人間はいなかった。みんな家にこもっていたんだ」

「罪を逃れる人間がいるなんて許せない」

「問題は、事件を秘密にしておかなければならないことなんだ。ほかの殺人事件であれば、なにか目撃してはいないかと広く尋ねることができる。麻薬に関わっている人間に情報を求めることもできる。だが今回はそういうことが一切だめだ」ダーシーは癖のある黒い髪を片手でかきあげた。「まあぼくは、サー・トビーが怪しいと思っているけれどね。いつか、口を滑らせるかもしれない。だれかが密告してくるかもしれない。とりあえずいまは、戻ってシェリーを楽しんでおいで。ぼくは帰るから」

「いっしょに食事をしていって」わたしは彼の手を取った。「土曜の夜ですもの、そんなに忙しいはずはないでしょう？」

「いくつかしなければならないことがある。それにこんな格好だし」

「イルムトラウトとわたしだけなの。彼女だって文句は言わないわ」

ダーシーは笑って言った。「わかったよ。そうしよう。ほかに誘いもないしね」

「あなたって、わたしといっしょにいたくて仕方がないのね」

ダーシーは笑って、わたしの肩に腕をまわした。「それじゃあ、行こうか。その手ごわい女伯に会わせてもらおう」

わたしは彼を居間に案内した。イルムトラウトは、泥だらけの長靴を履いた農夫を連れてきたかのような顔でわたしたちを眺めた。

「女伯、こちらがわたしの恋人のジ・オナラブル・ダーシー・オマーラです。キレニー卿の息子です」

「初めまして」イルムトラウトは手を差し出しながら、わたしの曾祖母とも張り合えそうな、いかにも〝面白くない〟表情を彼に向けた。

ダーシーはその手を取ると、驚いたことに口に持っていってキスをした。

「初めまして《アンシャンテ》、女伯」

その後ダーシーはすっかりイルムトラウトを手なずけてしまい、わたしはそもそも彼に惹かれることになったその魅力を改めて実感した。マリナ王女が留守だったので、夕食は簡単な家庭料理だった。トード・イン・ザ・ホールほどひどくはないが、ステーキ・アンド・キドニーパイとキャベツ、そしてデザートは干しブドウ入りプディング《スポテッド・ディック》だった。イルムトラウトはフォークでプディングをつつきながら訊いた。

「これはなんです？」

「スポテッド・ディックです」

イルムトラウトは皿をしげしげと眺めている。「ディックってなんですか？（ディックには俗語で男性器の意味がある）どうして見つかった《スポテッド》んです？」

ダーシーとわたしは自分たちの皿を一心に見つめ、噴き出したくなるのを必死にこらえた。

「あなたは女伯をとりこにしたわね」コーヒーを飲み終え、玄関まで彼を送っていきながらわたしは言った。

ダーシーはにやりとした。「たまには自分の能力がまだ健在であることを確かめておかないとね。今後は彼女もきみにもう少し優しくなると思うよ」

ダーシーは軽いキスを残して帰っていった。

「あなたの恋人は魅力的ですね」わたしが応接室に戻るとイルムトラウトが言った。「アイルランド人でしたね？」

「アイルランドとイングランドのハーフです」

「それじゃあ、カトリック教徒ですよね？」

「ええ」

「だったら、彼とは結婚できないと思いますけれど。王家の人間はプロテスタントと結婚しなければならないというのが、イギリスの法律じゃありませんでしたか？　ジョージ王子と結婚するには、ギリシャ正教から英国国教会に改宗しなければならないとマリナから聞いています」

「そのとおりです。でもわたしは王位継承順位がとても下のほうなので、それを放棄するつもりです」

「もし国王陛下が許してくださらなかったら？」

ああ、もう。そんなことを言いださないでくれればよかったのに。

「きっと許してくださいます」わたしは内心以上の確信を込めて言った。

わたしの心をかき乱したことがうれしかったのか、イルムトラウトは満足げだった。今日一日でもっとも楽しい一瞬だったに違いない。

翌日の日曜日はのんびりした朝を過ごした。ほかの人たちといっしょに教会に行かないことにも、ほんのわずかな良心の呵責を覚えただけだ。伝統的なイギリス風のサンデー・ランチが控えていることがわかっていたから、ニシンとポーチド・エッグの軽い朝食をとった。教会に行った人たちが戻ってきたあとは、約束の時間までモーニング・ルームでコーヒーを飲んで過ごした。アリス王女のお宅の玄関のドアが開くと、ビーフをローストするおいしそうなにおいが漂ってきた。わたしたちとほぼ同時に、見事な軍服姿の少佐が到着した。四人の老婦人たちは当然のように彼をほめたたえながら、わたしたちを美しく設えられた居間に案内した。

「軍服で来てくれてうれしいですよ、少佐」アリス王女が言った。「このあいだの夜、ちょうどわたしがベッドに入ろうとしていたときにあなたが帰ってきたのを見ましたが、そのときも軍服姿のあなたはなんて立派なんだろうと思ったのですよ。あなたがまだふさわしい女性と結婚していないことが不思議でたまりません」

「士官の給料で暮らしたいと思う若い女性はあまりいませんから」少佐は残念そうに微笑んだ。「わたしは次男で、なにも相続するものはありませんし」

「まったくばかげたルールですよ」ルイーズ王女が言った。「〝勝者がすべてを得る〟というのは。時代遅れにもほどがあります。それに、この時代にいったいだれが大きな屋敷を相続したいというのです？　家を暖めるのにも、使用人にお給金を払うのにも莫大なお金がかかります。わたしが暮らしているのが、隙間風の入る広大なお屋敷じゃなくてこの小さなアパートメントであることを、日々感謝しているのですよ。わたしが若い人たちに助言できるとしたら、ハロッズとフォートナム近くにお住みなさいということです」

シェリーが振る舞われ、わたしたちは正面玄関が見える食堂に案内された。日曜日なので、観光客は立ち入り禁止になっている。

「今日は静かでありがたいですね。階段をどすどすとあがる音がしませんから」アリス王女が言った。

ベアトリス王女がうなずいた。「あなたの部屋は階段の下でなくてよかったですね。まるで侵略してくる軍隊のように聞こえるときがありますよ。母が生きていたら、震えあがったでしょうね。昔、ここで暮らしていたことがあるのですよ」そう言ってから、マリナ王女に訊いた。「あなたはどこで暮らすのかしら？　デイヴィッド王子といっしょにセントジェームズ宮殿に住むわけではないでしょう？」

「はい。ベルグレーブ・スクエアに家をいただいたので」マリナ王女が答えた。「ジョージアナのロンドンの別宅の近くなんです。わたしは自分の家を管理したことがないので、彼女の近くに住めるのがとても楽しみです」

「あいにく、あそこはもうわたしの家ではないんです。いまでは兄夫婦のもので、わたしはあまり歓迎してもらえません」

「悲しいことね。家族は助け合うべきなのに」ルイーズ王女が言った。「わたくしたちには

お互いがいますからね。それにあなたのような若い人もね、ジョージアナ。いったいだれが

あなたと暮らしたくないと言っているのかしら?」

「義理の姉です」わたしが答えたところで、従僕がヨークシャー・プディングを運んできた。

素晴らしい食事だった。王女たちと少佐はいっしょにいて気持ちのいい人たちだったから、

笑いが絶えなかった。四時にようやくお開きとなって戻ってくると、イルムトラウトがひと

りでお茶を飲んでいた。機嫌が悪いらしく、マリナ王女がなにを訊いても短く答えるだけだ

った。

「ミスター・カワードの夜会まで少し休んだほうがいいわね」マリナ王女が言った。「フォ

ーマルなものなのかしら?」

「インフォーマルすぎるくらいだと思います。ミスター・カワードにはありとあらゆる知人

がいますから」

「わくわくするわね」マリナ王女はうれしそうに笑った。

「わたしは行きませんよ」イルムトラウトが言った。「芸術家や俳優たちと会いたくはあり

ません。わたしの両親が認めません」

「まあ、トラウディ。そんな固いこと《スティック・イン・ザ・マッド》を言わないの」

「わたしは棒《スティック》じゃありません。失礼じゃないですか」

「あら、そういう意味で言ったんじゃないのよ」マリナ王女は説明しようとしたが、イルムトラウトはさっさと立ちあがって部屋を出ていった。

マリナ王女はわたしに言った。「困ったわ。彼女を怒らせてしまったみたい。彼女がどうしてここに来たがったのか、よくわからないのよ。楽しんでいるとは思えないのに」

「あなたのお世話をするように王妃陛下がわたしに頼んだことが気に入らないんです。でもわたしにはどうすることもできません。王妃陛下にノーなんて言えませんから」

「もちろんよ」マリナ王女はわたしの手を握った。「ジョージー、あなたがいてくれて本当によかった。もしあなたの義理のお姉さんから邪魔者扱いされたら、いつでもわたしたちのところに来てちょうだい」

「ありがとうございます」

部屋を出たところで、階段の上でなにかが動いたことに気づいた。イルムトラウトがわたしたちの話を立ち聞きしていたのだ。

30

一一月一一日　日曜日
ノエル・カワードの夜会。これ以上華やかなものがあるかしら？

車が六時に迎えに来て、わたしたちはチェルシーにあるノエルの家に向かった。まだあまり客は到着しておらず、まず紹介されたのがノエルの友人の女優ガートルード・ローレンスと、仲間の数人の作家、そしてミセス・アストリー＝クーパーだった。

「新郎抜きでいらしたのね」ミセス・アストリー＝クーパーが言うと、ノエルがいさめるようなまなざしを彼女に向けた。「賢明だわ。結婚すると、夫の付属品としての外出しか許されないと考える女性が多いんですよ。あなたもご自分の人生と友人を持つようにしてくださいね」

「付属品がどうしたって？」若い男性のひとりが声をあげた。

「おいおい、下品だぞ、ヒューゴ。やんごとない女性がいらしているんだ」ノエルがそう言って彼の手をぴしゃりと叩いた。

わたしは興味深くその男性を眺めた。ヒューゴというのはそれほどある名前ではないが、ボボの金庫にあった手紙の一通にその名前のサインがあった。ジェラルドという男性に宛てたラブレターだ。つまりヒューゴもまた、脅迫されていた人間のひとりだということになる。わたしはあたりを見まわした。ジェラルドも来ているのかしら？

客がぞくぞくと到着した。新聞の写真で見たことのある顔もいくつかあった。カクテルが注がれ、カナッペが振る舞われた。ノエルがピアノの前に座り、演奏を始めた。軽妙だが、かなりきわどい歌だ。イルムトラウトが来なくてよかったとわたしは胸を撫でおろした。彼の機知に富んだ風刺を理解できないか、あるいはひどく気を悪くするかのどちらかだっただろう。けれどマリナ王女はわたしたちといっしょになって笑っていた。

「彼女ならジョージとうまくやれるんじゃないか？」低い声でだれかが言ったのが聞こえた。「そうだな。だが、彼女のせいでジョージの付き合いが悪くならないだろうか？　それが問題だな」

ノエルは別の歌を歌っている。作ったばかりの曲らしい。「ちょっときわどいだろうか？」彼が尋ねた。「観客の前で披露しても大丈夫だと思うか？　ロンドンの劇場は受け入れてくれるだろうか？」

「まずは〈ブラック・キャット〉で試すんだな」だれかが叫び、笑い声があがった。

「〈ブラック・キャット〉はナイトクラブなの？」わたしは隣に立っている男性に尋ねた。

「そんなところだ」彼は用心深いまなざしをわたしに向けた。「ある種の気質を持つ若い男性が、同じ気質の若い男性と会うために行く場所なんだ。絶対秘密だよ。でないと警察に封鎖されてしまう」

「ああ、そういうことね」わたしは、癖のある金髪の美しすぎる若い男性と話をしているヒューゴをちらりと見た。手紙では、〈ブラック・キャット〉に顔を見せないと言ってジェラルドを責めていた。わたしは隣の男性に再び訊いた。

「ジェラルドは今夜は来ている？」

彼は眉を吊りあげた。「来ていないだろうね」即座に答えが返ってきた。

「こういう場を彼は好まない。ノエルとは付き合いたがらないんだよ。我らがジェリーはとても用心深いんだ」

つまりジェラルドは失うものが多いということだ。明日、ダーシーに話さなければ。社会的に認められない行為を黙っていてもらうために、ボボにお金を払い続けていた人間はどれくらいいるのだろう？　そのうちのだれかが、彼女を永遠に黙らせようと考えたのだろうか？

パーティーは終わる気配がなかったが、九時になるとマリナ王女がそろそろ帰りたいと言いだしたので、車を呼んだ。

「ごめんなさいね、でも頭痛がしてきて」車が走りだしたところで、彼女が言った。「それにあの煙や、喧噪や、好き勝手に喋っていて、失礼にならないように時々相手に話しかけるだけの人たちに疲れてしまって」

「わかります。わたしも同じように感じていましたから」わたしはそう言いながら、マリナ王女にとっては大変な重圧だったに違いないと考えた。結婚式を控えてそれでなくても不安なときに、知らない国でだれに対してもにこやかに接しなければならないのだ。「あの人たちは本当に長々と話をするのが好きですね。みんなが機知を競い合っているみたいでした」マリナ王女はくすくす笑って言った。「そういうお友だちばかりだと疲れるでしょうね」

ケンジントン宮殿に戻ってみると、イルムトラウトの姿が見えなかった。玄関のテーブルにメモが残されていた。〝頭痛がするので、先に休みます〟

「かわいそうなトラウディ。すねているのね。できるだけ仲間に加わってもらおうとしているのだけれど、なかなか喜んでもらえないのよ」

「いつもあんなふうなんですか？」

「彼女の一家にはあまり会ったことがないけれど、小さいときからむっつりした子供だったわ。妹たちといっしょになっていたずらをしようとは――」マリナ王女は片手で口を押さえた。「いやだ、どうしよう。すっかり忘れていたわ」

「どうしたんです？」

「妹たちとほかのブライズメイドが、フーク・ファン・ホラントから夜行列車で来ることになっているのよ。駅まで迎えに行くようにって母に言われていたのに、運転手に頼むのをすっかり忘れていたわ。カクテルの飲みすぎね」

「列車は何時に着くんですか？」わたしは訊いた。

「リバプール・ストリート駅に七時半。どうしましょう」王女はあたりを見回した。「電話もないし、そもそもだれに電話をすればいいのかもわからない」

「タクシーを呼んだらどうでしょう？」

「王家の女性を迎えに行くのにタクシーは歓迎されないと思うわ。少佐を探したほうがいいかもしれない。彼ならきっとなんとかしてくれる」

マリナ王女はぐったりしていた。「わたしが行きます。朝早く起きなくてはならないなら、あなたはもう休んでください」

マリナ王女は笑顔になった。「あなたって本当にいい人ね、ジョージー。七時に車をよこしてほしいって伝えてくれるかしら。リバプール・ストリート駅はここから遠いんでしょう？」

「ええ、ロンドンの反対側ですから。でも三〇分あれば充分です」

わたしはそう答え、再び夜のなかへと歩み出た。外は冷たい空気がぴんと張りつめ、宮殿の正面玄関へと向かうわたしの足音が通路に反響した。中庭を横切れば、最短距離で少佐の部屋の裏口に行けることはわかっていたが、緊急事態でもない限り、裏口から訪ねるのはマナー違反だろう。それに、暗闇のなかで中庭を横切るのは気が進まなかった。わたしの鍵で玄関のドアを開けることができたので、薄暗いメインロビーに足を踏み入れた。階段の上に小さなランプがひとつ灯っているだけで、気がつけば大理石の床を爪先立ちで歩いていた。

少佐の家とおぼしきドアにたどり着いた。間違いなく少佐の家であることを確かめるために、真鍮のカードホルダーに入れてある名刺に目を凝らした。ノックしようとして持ちあげていた手が、ドアから数センチのところで止まった。ジェラルド・ビーチャム＝チャフ少佐。

「なんてこと」

彼がジェラルドだった。世界じゅうにジェラルドは大勢いるだろうが、これですべて筋が通る。大佐への昇進を望んでいる生真面目な少佐は、同性愛者であることを人に知られるわけにはいかないだろう。彼のキャリアはそこで終わりだ。問題は、彼はあの夜、宮殿にいなかったということだ。わたしたちと同時に帰ってきたのだから。少なくとも彼自身はそう主張している。そのとき、思い出だしたことがあった。アリス王女がベッドに入ろうとしたときに寝室の窓から彼を見たと、アリス王女が言っていた。

彼女が何時にベッドに入ったのかを知る必要があった。それだけではない。あの何気ないひとことのせいで、彼女の身に危険が及ぶかもしれないのだ。わたしは大理石の階段を足音を忍ばせてあがり、アリス王女の部屋に向かった。薄明かりのなかで腕時計に目を凝らす。九時三五分。だれかを訪ねるのに遅すぎるという時間ではない。ドアをノックした。長い間があってから、メイドがドアを開けた。あわてて帽子をかぶったことがひと目でわかる。

「レディ・ジョージアナ」メイドは息を切らしながら言った。「申し訳ありませんが、妃殿下はすでにお休みになられました」

「王女さまはいつもこんなに早く休まれるの？」

「そうです。早寝早起き、とおっしゃっています。朝は六時に起きて、公園を散歩なさるんです」

「ありがとう。手間をかけてごめんなさいね」

「なにかメッセージでも？」

「いいえ、いいわ。明日の朝、自分で届けるから」

その場をあとにしたものの、これからどうすればいいのかわからなかった。少佐にメッセージを届けるとマリナ王女に約束した。疑っていることを悟られずに、彼と話ができるだろうか？　電話ボックスを探して、サー・ジェレミーに電話をかけるべき？　鼓動が速くなっていた。とりあえず、わたしの身は安全だ。いま心配なのは一一月の霧の朝に散歩に行くというアリス王女だった。わたしは信じられずに首を振った。いくらなんでも、王家の人間を殺そうだなんて考えないでしょう？

事故に見せかけられると思えば、行動に移すかもしれない。明日の朝は必ず起きて、アリス王女といっしょに散歩に行こうと決めた。大理石の手すりのどっしりした感触を心強く感じながら階段をおりる。できるかぎり音をたてないようにした。アリス王女の部屋を訪れたことを少佐に知られたくはない。カーブを描く階段を進み、ロビーに視線を向けたところで、心臓がどくんと打った。階段の下の薄暗いところにだれかが立っている。少佐だった。わたしを見つめている。

わたしはせいいっぱいにこやかな笑みを浮かべた。

「こんばんは、少佐。ちょうどよかった。あなたに会いに来たんです。マリナ王女から伝言があるんです。明日の朝早く、車の手配をしてほしいんです。できますか？」

少佐は一段ずつ、ゆっくりと階段をあがってくる。「二階でなにをしていたんです、レディ・ジョージアナ？　夜のこんな時間に、展示室を見に来たわけでもないでしょう？」

わたしは、できるかぎりのんきで屈託のない笑い声をあげた。「まさか。アリス王女にもメッセージを届けるとマリナ王女に約束しただけです」

「ですが、アリス王女はもう休まれたようですね。聞こえましたよ」

「ええ。でも大丈夫です。明日の朝、また来ますから」

どうして少佐は一段ずつ、ゆっくりと階段をあがってくるの？　わたしの逃げ道をふさいでいるのだと気づいた。その顔は冷静そのものだったが、彼は人を殺すための訓練を受けているのだ。そのうえ、実際にひとり殺している。二度目は簡単だろう。

嘘をつき続けようと決めた。「二階になにか用かしら、少佐？　この階段の先はアリス王女のお部屋と展示室しかなかったはずだけれど」

「あなたといっしょに展示室を見に行こうかと思いましてね。せっかくふたりしてここにいることですし」

「素敵な考えですけれど、わたしはパーティーから帰ってきたばかりで疲れているんです」

頭のなかを様々な考えが駆け巡っていた。ホールにわたしたちの声が反響する。階段は闇のなかに落ちこんでいくように見えたし、まるでここだけが世界から切り離されているようだ。たとえ悲鳴をあげたとしても、だれにもその声は届かないだろう。あたりを見回した。なめらかな大理石。高い天井。武器になりそうなものはなにもない。抵抗する手段はなかった。

「やっぱり、いまアリス王女にメッセージを届けることにします。朝一番に見てもらえるようにメモを残しておけばいいわ」

わたしは向きを変え、早足で階段をのぼり始めた。少佐がすぐうしろをついてくるのがわかったが、振り向かなかった。アリス王女の部屋の玄関までたどり着ければ……ノックできれば……。

けれど階段をのぼりきったところで少佐がするりとわたしの脇をすり抜け、アリス王女の部屋とわたしのあいだに立った。

「いやいや、それよりは下のわたしの部屋に行きましょう。温かい飲み物でもいかがです？」

少佐は相変わらず礼儀正しく、その口調は親しげだったが、彼が差し出す飲み物にベロナールが入っていることをわたしは露ほども疑わなかった。今回はあとで窒息死させる必要がないくらいの濃度だろう。

「わたしをまったくの世間知らずだと思っているわけじゃないわよね。かわいそうなボボと同じ運命をたどるつもりはないから。どうしてわたしが気づいたってわかったの？」

「ベッドに入ろうとしたときにわたしを見たとアリス王女が言ったときのきみの態度だ。きみはちらりとわたしを見て、軍服を眺めただろう？　モールにからまっていたスパンコールに、きみが気づいていたんだとそれでわかった。ボボのドレスの大きなスパンコール。自分でも気づいていなかったんだ。わたしの世話をしてくれる当番兵はいないからね」

そうだった。あの夜の少佐の軍服には、なにか光るものがあった。わたしは無意識のうちに、不自然なものを見て取っていたのだ。なんてばかだったんだろう。

「アリス王女が何時にベッドに入ったのかを調べようと思ったんだろう？　彼女はもう休んだとメイドが答えるのを聞いて、きみはすぐにサー・ジェレミーに電話をするつもりだとわかった」

わたしは無言のまま、彼からじりじりと遠ざかった。

「こんなことはしたくなかったんだ」少佐が言った。「彼女を殺すことにはなんの良心の呵責も覚えなかった。腹黒い狡猾な女だったからね。だがきみは……。きみが口をつぐんでいると信じられればよかったんだがね。無理だろう？　きみは祖先から正直さを受け継いでいる。真実を話さずにはいられない。だから悪いね。本当に申し訳ないと思う。だがこれにはわたしの人生がかかっているんだ。これまで生きてきたすべてが」

わたしは少佐の顔から、階段の下へと視線を移した。玄関のドアは開いたままだ。それなりの速さで階段を駆けおりることができれば、少佐より先にドアにたどり着けるかもしれない。けれどわたしはイブニング・ドレスに華奢な靴という格好だった。少佐に追いつかれるだろう。あっさり捕まってしまうに違いない。

もし反対方向に逃げたなら——彼が予期していない展示室のほうに——チャンスがあるかもしれない。隠れる場所はたくさんあるし、なにか身を守る武器になるものがあるかもしれない。ひょっとしたら別の階段があって、外に出られるかもしれない。わたしは走りやすいようにスカートを持ちあげると、くるりときびすを返し、暗がりに向かって駆けだした。足音が通路に反響する。玄関ホールの薄明かりが届かないところまでくると、あたりは真っ暗だった。なにかを展示しているガラスケースにぶつかり、手探りでそれを迂回した。ふたつめのガラスケースの脇を抜けて、次の部屋に入った。少佐の毒づく声が聞こえたところを見ると、彼もやはりなにかにぶつかったらしい。目が暗闇に慣れてきて、古い家具や展示してある衣装がぼんやりと見えるようになってきた。わたしはためらうことなく一段高くなった台にあがり、展示してあるマネキンの中央に立った。

間一髪だった。少佐が目の前を通り過ぎていく。彼の息遣いが大きく聞こえた。「ずっと隠れてはいられないぞ。いずれ見つける。出口はひとつしかないんだ」

わたしはマネキンのあいだでぴくりとも動かずにいた。このまま彼が次の部屋まで行ってしまえば、その隙にこっそりと階段をおりられる。

だがあいにく彼は戻ってきた。動揺しているのか、息遣いが荒い。

「このあたりに明かりのスイッチがあったはずだ」少佐が言った。

明かりをつけさせるわけにはいかなかった。なにか武器になるものはないかしら？　一番近くにあるマネキンの冷たい腕に手が触れた。これははずれる？　そっと引っ張ってみたが、動かない。だがマネキンの手のなかにパラソルがあるのがわかった。華奢なものであまり役には立たないだろうが、ないよりはましだ。それに握りの部分は石かなにかでできているようだ。わたしは音を立てないように台からおりると、彼の息遣いが聞こえるほうに近づいた。少佐はわたしに背中を向けて、まだ明かりのスイッチを探している。パラソルを振りかぶり、思いっきり頭をなぐりつけた。彼は悲鳴をあげてよろめいたが、倒れることはなかった。

わたしは戸口を走り抜けて、通路に出た。いずれ捕まる。きっと捕まるだろうけれど、それでも必死で走った。階段の向こう側の通路までたどり着くことができたら、アリス王女の部屋のドアを叩こう。悲鳴をあげよう。だれかが聞きつけてくれるだろう。少佐の足音が近づいてきた。通路の半ばまで来たところで、不意に冷たい風が吹き抜けた。あたりの温度が一気にさがる。どこからともなく白いものが現われたかと思うと、若い女性の姿になった。わたしはなにが起きているのかを理解する間もなく、彼女はわたしの脇を通り過ぎていった。わたしは足を止めた。少佐が展示室から出てきて、ぞっとするような恐ろしい顔でこちらに走り寄ってくるのが見えた。女性の幽霊が近づいていくと、階段の前で少佐は動きを止めた。彼女の体が次第に明るくなっていくようだ。少佐は一歩あとずさった。彼女はさらに進んでいく。

「わたしは幽霊なんて信じない」少佐が叫んだ。「おまえは存在しない。おまえにわたしは傷つけられない」

そのとき、少佐のすぐ近くでけたたましい笑い声があがった。あまりに唐突だったので、心臓が口から飛び出しそうになった。少佐の体がこわばったのがわかった。緑色の服を着た少年が現われた。髪はくしゃくしゃで、なにかに夢中になっているような表情だ。少年が飛びつこうとすると、少佐はさらに一歩後退した。それが文字通り、命取りだった。足を踏み出したところにはなにもなく、少佐はバランスを崩した。彼の悲鳴と階段を落ちていく音が聞こえた。少年は嬉しそうな顔でわたしを見ると、姿を消した。白い女性もまたわたしを見つめてから、壁のなかへと消えていった。それは家族と認めた者に向ける表情だった。

31

一一月一一日　夜遅く
ケンジントン宮殿

わたしはあわててアリス王女の使用人を起こそうとした。

「急いで。少佐が階段から落ちたの」わたしの叫び声を聞いて現われたのは、寝間着姿のアリス王女だった。

「救急車を呼びなさい、ヘッティ」メイドに向かって言う。

「その必要はないようです」わたしは言った。メイドのひとりがシャンデリアのスイッチを入れたので、こちらを見あげている少佐の顔が見えた。ありえない角度に曲がっていた。

わたしは不意に泣きたくなった。本当にこれでよかったの？　人がこんなふうに死ぬなんて、なにもかもばかばかしすぎる。アリス王女はわたしを部屋に招き入れ、ブランデーを出してくれた。わたしは、夜の見回りをしていた少佐の前に幽霊が現われて、ひどく驚いたために階段から足を踏み外して落ちたのだと説明した。彼がわたしを殺そうとした話はしなかった。

「笑っていたいたずらっ子のような顔の子供？」アリス王女が言った。「ピーターね。野生児ピーター。一度、わたくしも見たことがありますよ。ジョージ一世のお気に入りだったのですよ。ドイツの森で発見されて、ジョージ一世がこの国に連れてきたのです。王家の人間を守っているつもりなのでしょうね」

　アリス王女は長いあいだわたしをじっと見つめていた。

　警察と救急車が到着した。ペラム警部を呼んでほしいと言いたかったが、これはただの事故だと主張している以上、そうする理由を思いつかなかった。壁から幽霊が現われて、驚いたビーチャム＝チャフ少佐が階段から落ちたのだと、嘘いつわりなく証言できたのは幸いだった。あとずさったときに足を踏み外したんです。恐ろしかった。痛ましい事故です。それ以上、なにも質問されることはなかった。

　その場から解放されたわたしはすぐにサー・ジェレミーに電話をかけた。すぐに行くからじっとしているようにと、彼は言った。温かいものを飲んでベッドに入ることだけを考えながら自分の部屋に向かって歩いていると、背後から足音が聞こえた。ダーシーが駆け寄ってきたかと思うと、わたしをつかんだ。

「無事なのか？　サー・ジェレミーから、少佐が階段から落ちたという要領を得ない伝言をもらったんだ。だれかが関わっているのか？　本当に事故なのか？　そもそもどうして少佐が？」

わたしはできるかぎり落ち着いた口調で説明した。「ひげがなくて若かったけれど、少佐によく似た人が写っていた写真を覚えている？　あれはやっぱり少佐だったのよ。いっしょに写っていたのは、彼の――その、友人たちだったんだわ」

「それできみはあれこれ考え合わせ、彼に会いに行ったのか？　こんな時間に？」ダーシーは怒鳴りつけるようにして言った。

「違うわ。そうじゃないの。少佐にメッセージを届けてほしいってマリナ王女に頼まれたのよ。それで彼の部屋の玄関まで行ったら名刺があって、彼の名前がジェラルドだってわかったの――ラブレターに書いてあった名前よ。覚えている？　それに〈ブラック・キャット〉っていうのは……」

「〈ブラック・キャット〉がどういうところかは知っている」ダーシーは素っ気なく答えた。

「それに今日のランチのとき、少佐が戻ってきたところを見たとアリス王女が言っていたの。ちょうどベッドに入ろうとしていたときで、彼の軍服姿が素敵だったって。それでわたしは王女が何時に休もうとしたのかを確かめに行った。早い時間だったってわかったわ。少佐は実際以上にわたしが知っていると考えて、わたしを殺そうとしたの」

「それできみは彼を階段から突き落としたのかい？」

「いいえ。王家の幽霊がふたり現われて、それを見た少佐があとずさりして足を踏み外したの。ソフィア王女と野生児ピーターよ」

「冗談だろう！」

「本当の話よ、ダーシー。ソフィア王女は前にも見たことがあるけれど、素晴らしい人だわ。わたしを守ろうとするかのように、少佐に向かっていったの」

ダーシーは首を振った。「驚きだよ。ビーチャム＝チャフだったっていうのもね。王子を守ることが彼の動機だと考えたのが、間違いだったんだな。それに、宮殿に死体を残してジョージ王子に疑いがかかるようなばかな真似をするはずがないというのもあった」

「ベロナールを入れた飲み物でボボを殺すつもりだったのよ。彼女にそれを飲ませてから、アリバイを作るために軍人仲間との会食に出かけた。計画では、戻ってきたときには彼女は死んでいるはずだったんでしょうね。でもボボは麻薬とアルコールに耐性ができていて、目を覚まして逃げようとしたんだと思う。なにかが中庭をふわふわしているのを見たってクイーニーが言っていたの。きっとそれが、朦朧《もうろう》として歩いていたボボだったんだと思う。そこに少佐が帰ってきて、まだ彼女が生きているのを見て窒息死させたのね。そうしたらわたしたちの車が近づいてくるのが見えたので、慌てて自分の部屋に戻り、わたしたちが彼を探しに行ったときは、戻ってきたばかりのようなふりをしたのよ。まさかあの夜にわたしが中庭を見に行くとは思っていなかったんでしょうね。だれかに見つかる前に、死体をどこかに運ぶつもりだったんだと思う」

「きみはどうして中庭を見に行ったんだい？」

「緑色の光が見えたから、それがなんなのかを確かめに行ったの。きっとそれも幽霊だったんでしょうね。アーチの下になにも光るものはなかったから」

「ぼくにはわからない」ダーシーは首を振った。「どうしてきみはごく当たり前の若い女性のように、そういうものと距離を置くことができないんだろう？　ピアノとか、刺繍とか、ほかにできることはいくらでもあるのに。トラブルに首を突っこむのはもうやめてくれないか？　きみが視界から消えているあいだじゅう、ずっときみを心配しているわけにはいかないんだ」

「いい考えがあるわ。わたしがあなたの視界から消えないようにすればいいのよ。それに、わたしが刺繍を始めたら、あなたは五分でわたしに飽きるでしょうね」

ダーシーはわたしの顔を両手ではさむと、わたしを見つめて微笑んだ。「ジョージー、愛しているよ」

「わたしも愛しているわ」

それから数分間、わたしたちはどちらも無言だった。

二日後、『タイムズ』に、功績やどれほど素晴らしい人物だったかが記されたビーチャム＝チャフ少佐の追悼記事が載った。わたしに異存はなかった。多くの点で、彼は素晴らしい人間だった。これまで何人もの殺人者を見てきたが、根っからの悪人はいなかった。ただ追いつめられてどうしようもなくなった人が、そこから抜け出す唯一の手段として殺人を犯しただけなのだ。

ようやくわたしたちは結婚式の最後の準備に集中できるようになった。ドレスの仮縫いがあり、祝宴に出席する若い女性たちを招いたメアリ王妃のお茶会があった。そこでわたしはなにひとつこぼしたり、落としたりしなかったし、花瓶を倒すこともなかった。不器用さが直ってきたのかしら？　ダーシーに愛されているという自信のおかげ？　楽しみにできる未来があるとわかっているから？

ベリンダがロンドンに戻ってきたので会いに行き、家に充分な食べ物があって、彼女がしばらく買い物に行く必要がないことを確かめた。ベリンダはとても弱々しく見えて、わたしがずっと憧れていたきらびやかな女性はそこにはいなかった。

「あなたって本当にいい人ね、ジョージー」紅茶とクランペットを用意したわたしにベリンダが言った。「結婚式のあとは、どこに行くの？」

「決めていないわ。クリスマスまでは、ビンキーとフィグといっしょにロンドンの家にいるかもしれない」

「いつでもここに来てくれていいのよ。住みこみのメイドを雇うつもりはないの。少なくとも、あなたのお母さんから連絡があって、これからどうするかを決めるまでは。だからあなたが使えるように、予備の寝室を片付けるわ。居心地のいい部屋にする」

「あなたの生活スタイルを邪魔しない？」

「そういう生活スタイルはもう考えていないから。少なくともいまのところは。それに、だれかいてくれるほうがうれしいわ」

「クイーニーはどうすればいい？　あの子を放り出すことはできないわ」

「屋根裏に折り畳み式ベッドを置いたらどうかしら。彼女が梯子《はしご》をのぼるのがいやじゃなければだけど」

「クイーニーが梯子をのぼるところを想像できる？」わたしたちは声を揃えて笑った。

「どういうことになっても、わたしが近くにいるから」わたしは彼女の手を握りしめた。

「なにもかもうまくいくわ。大丈夫」

「ありがとう、ジョージー。あなたのような友だちがいて本当によかった。あなたがずっと幸せで、たくさんの子供に恵まれることを祈っているわ」

「ええ、わたしも」


その日がやってきた。わたしはカジノで勝ったお金の一部で、ロイヤル・ブルーのおしゃれなツーピースと羽根飾りのついた同じ色の帽子を買った。ダーシーも招待されて、ウェストミンスターの聖マーガレット教会でわたしの隣に座ることになった。晴れ渡った気持ちのいい日で、ジョージ王子とマリナ王女はとても華麗で幸せそうだった。ふたりの幸せがずっと続くことを願った。トレーンとベールを引きずりながら身廊を進むマリナ王女を見ながら、わたしは自分の結婚式のことを想像せずにはいられなかった。わたしもいつかこんなところで結婚式をあげるんだろうか？　祭壇でダーシーが待っていて、聖歌隊が讃美歌を歌っていて。それってすべての女性の夢でしょう？　隣に座るダーシーに、つい視線が向いてしまう。一度は彼と目が合い、笑みを交わした。

式典のあとはバッキンガム宮殿で祝宴が開かれた。シンプソン夫人がいないので、デイヴィッド王子は不機嫌そうだ。彼女が招待されるはずもない。彼の横を通り過ぎざま、ジョージ王子が肩を叩きながら言った。

「つぎは兄さんの番だね。それともひとり身を通すつもりかい?」

「わたしの望みはおまえもよく知っているだろう」デイヴィッド王子は素っ気なく答えた。

「だれもがあれこれうるさく言うのをやめて、わたしの好きなようにさせてくれさえすればね」

「だが兄さんとぼくたちには大きな違いがある。兄さんはいずれ国王になるんだから。そろそろ身の回りを整理して、自分の義務を果たす頃合いだと思うよ」

「自分のことを棚にあげて、よくそんなことが言えたもんだ」デイヴィッドは冷ややかな笑い声をあげた。「わたしはおまえほど整理しなければならないようなことはないぞ」

「ぼくは落ち着くつもりだよ。これからは身を慎んで、いい夫になるんだ」

「実際にそれができたときに、その言葉を信じるよ」デイヴィッドはそう言うと、あたりを見回した。マリナ王女はヨーロッパの王室の老婦人から頰にキスを受けているところだった。

「ところで、ボボはどうしたんだ?」

「死んだよ。麻薬の過剰摂取だそうだ」ジョージ王子が答えた。

「おまえにとってはもっけの幸いだったじゃないか。初々しい花嫁には聞かれたくないようなことだからな」

新婚夫婦が出発し、わたしたちは国王陛下と王妃陛下にいとまごいをした。

「次はきみの番かな、ジョージー」国王陛下が尋ねた。

「どうでしょうか、サー」わたしはダーシーのほうを見ないようにしながら答えた。

ダーシーとわたしはタクシーでケンジントン宮殿に戻った。「せっかくのふたりの夜を無駄にしたくないね」

「もう少しくつろげる服に着替えたいわ。それに、クイーニーに台無しにされるまえに、自分で吊るしておいたほうがいいと思うの」

「着替えなくていいよ。出かけるから。これから向かうところに、その服はぴったりだ」

「わかったわ」わたしは沸き立つ思いで彼に微笑みかけた。

「車を借りたんだ。ほら、こっちだ」

それは以前にも借りたことのあるコンバーチブルのトライアンフではなく、高級車のアームストロング・シドレーだった。

「ずいぶん高そうな車ね。いったいだれからこんな車を借りることができたの？」

「ぼくにはそれなりのコネがあるからね」ダーシーは謎めいた笑みを浮かべた。

わたしは助手席に座った。日が落ちて、ラウンド池を霧が覆い始めている。

「どこに行くの？」わたしは尋ねた。

「着いてのお楽しみだ」ダーシーがにやりとしながら答えた。

車が動きだした。街灯が流れていく。エッジウェア・ロードからフィンチリー・ロードを進み、ゴルダーズ・グリーンを通り過ぎた。都会の風景は消えて、人々が映画館の前で列を作り、パブのまわりにたむろしているのが見えた。

「郊外に行くの？」わたしは訊いた。

ダーシーはまっすぐ前を見つめたままうなずいた。

「お友だちのところ？」

「違う」

「あなたって本当にいらつく人ね、ダーシー・オマーラ」

ダーシーは街灯がところどころにあるだけの道路に視線を向けたままにやりと笑った。わたしは興奮と不安に胸が締めつけられるのを感じた。ダーシーはもうこれ以上待てないと思って、どこかのホテルに行くつもりだろうか？　でもそれなら普通は、ブライトンやニュー・フォーレストのある南の方面に向かうものじゃない？　内陸部の工業地域しかないような北ではなくて？　あまり心が浮き立つ場所ではないが、ダーシーにはなにか考えがあるのかもしれない……胸の締めつけがさらに強くなった。それが本当にわたしの望み？　海岸沿いのクリニックでひとりで座っていたベリンダの姿が不意に脳裏に浮かんだ。子供を手放さなければならなかったボボ。奪われた子供を捜して幽霊となって宮殿をさまよっているソフィア王女。わたしと彼女たちの状況は確かに異なる。わたしにはダーシーがいる。彼がわたしを見捨てることはない。どんなことがあろうと、彼はわたしと結婚するだろう。それでも……。

「ダーシー」わたしは切りだした。ダーシーがちらりとわたしを見た。「わたし……きちんとしたいの。正しくしたいの」

ダーシーはわたしの心の内を読んだように言った。「そうするよ」

「でも……」

ダーシーは片方の手をハンドルから離し、わたしの手を握った。

「そうするよ。わかっている」

「それじゃあ、どこに行くつもりなの？」わたしは訊いた。

ダーシーはわたしではなく、まっすぐ前を見つめたまま答えた。

「グレトナグリーンだ」

コージーブックス

英国王妃《えいこくおうひ》の事件《じけん》ファイル⑨

貧乏《びんぼう》お嬢《じょう》さまと時計塔《とけいとう》の幽霊《ゆうれい》

著者　リース・ボウエン
訳者　田辺千幸《たなべちゆき》

2018年9月20日　初版第1刷発行

発行人　成瀬雅人
発行所　株式会社　原書房
〒160-0022 東京都新宿区新宿 1-25-13
電話・代表　03-3354-0685
振替・00150-6-151594
http://www.harashobo.co.jp
ブックデザイン　atmosphere ltd.
印刷所　中央精版印刷株式会社

落丁・乱丁本はお取り替えいたします。
定価は、カバーに表示してあります。
 ISBN978-4-562-06084-9 Printed in Japan